족장 세르멕

족장 세르멕
—하권, 불 속의 끓는 불

초판 1쇄 발행 | 2018년 10월 23일

지은이 우광환
발행인 이대식

편집 김화영 나은심 손성원 김자윤
마케팅 배성진 박상준 **관리** 이영혜
디자인 모리스

주소 서울시 종로구 평창길 329(우편번호 03003)
문의전화 02-394-1037(편집) 02-394-1047(마케팅)
팩스 02-394-1029
홈페이지 www.saeumbook.co.kr
전자우편 saeum98@hanmail.net
블로그 blog.naver.com/saeumpub
페이스북 facebook.com/saeumbooks
인스타그램 instagram.com/saeumbooks

발행처 (주)새움출판사
출판등록 1998년 8월 28일(제10-1633호)

우광환 장편소설

족장 세르멕

하권
—

불 속의 끓는 불

새움

차례

상권 · 초원을 흔드는 바람

작가의 말

제1부
초원의 영웅
-
9

제2부
분열의 씨앗
-
63

제3부
대국의 기둥
-
175

제4부

숨겨진 계획

–

7

제5부

새로운 문명

–

121

제6부

권력의 조건

–

213

제4부

숨겨진 계획

1

 융국과 스카루국은 오랜 반목의 역사를 가져왔다. 양국의 백성들은 서로 감정의 골이 깊었다. 남자들 치고 전쟁에 나가지 않았던 사람이 드물었고, 아들과 남편을 잃은 여자들과 아비와 형을 잃은 아이들은 원한과 두려움에 몸을 떨었다. 지금의 융국 왕이 평화정책을 선포하고 불침을 선언한 뒤로도 불안하기는 마찬가지였다. 지배자들의 마음이 손바닥 뒤집듯 바뀌면 언제든 전쟁이 벌어질 수 있었다. 그런데 이제 두 나라의 왕가가 혼인으로 맺어지게 되었다. 비로소 진정한 평화가 찾아오게 된 것이었다.

 스카루국 왕자와 융국 공주의 혼인 잔치가 드디어 시작되었다. 전국의 제후들과 도성의 귀족들이 궁궐에 모여 주연과 놀이가 벌어지고, 악사들의 음악과 무희들의 춤이 연일 잔치의 흥을 고조시켰다.

 하지만 모두가 기뻐하며 축복하는 그 혼인을 달갑지 않게 생각하는 사람이 있었다. 스카루국 태자였다. 잔치가 이어지던 어느 날, 스카루국 태자는 장인인 부카르 제후와 자기 처소에서 마주 앉았다.

 "아우가 융국 공주와 혼인을 하게 되다니, 생각지도 못한 변수가 생기질 않았습니까."

 태자가 일어나 의자를 걷어차고는 말했다. 그러나 부카르는 폭신

한 장의자에 몸을 비스듬히 누인 채 여유로운 표정을 지었다.

"보위를 빼앗길 걱정이라도 드십니까?"

"융국 공주예요. 융국 공주라구요. 융국 태자의 누이가 아우의 부인이 되는 겁니다. 그럼 아우의 등 뒤를 융국이 받쳐주게 되는 거 아닙니까. 지금 아우를 보세요. 그놈 입이 귀밑까지 찢어지질 않았습니까."

부카르는 일부러 섭섭하다는 표정을 감추지 않았다. 풍요롭기 그지없는 서쪽에 스카루국 최대의 영지를 갖고 있는 자신의 위상을 태자가 과소평가하는 것이다.

"태자님 뒤에는 내가 있습니다. 이 장인이 태자님을 지켜드릴 텐데 무엇이 걱정입니까. 융국보다는 내 영지가 도성에서 가깝다는 것을 아셔야지요."

조바심이 나서 이리저리 발걸음을 떼어 놓던 태자가 부카르를 쳐다보았다.

"보십시오. 부왕께서 융국과의 관계를 고려한답시고 아우에게 덜컥 왕위를 물려줄 수도 있다구요."

물론 그런 일이 벌어지지 말라는 법은 없었다. 사실 그것은 부카르가 바라는 일이기도 했다. 태자를 위한다는 명분으로 군사를 일으킬 수 있는 절호의 기회가 오기 때문이다. 그러나 노회한 부카르는 지금까지 그랬듯, 사위 앞에서 진정을 숨기는 데 그다지 어려움을 느끼지 않았다.

"현명하신 대왕께서 차후의 일도 생각지 않고 그렇게 섣불리 결정하시지는 않을 겁니다."

"차후라니요. 나를 멀리 영지로 쫓아내고 아우를 도성의 태자에 앉히면 그것으로 그만 아닙니까. 그렇게 되면 차후라는 것은 없어요. 더구나 도성엔 스기요메 장군이 군사를 쥐고 있어요. 그자가 누굽니까. 그자는 아예 우리 형제를 길가의 돌멩이로 아는 자예요. 부왕만 그 사실을 모른다구요. 내가 왕위에 오르지 못하면 이후 우리 스카루국엔 무슨 일이 벌어질지 모릅니다."

어리석은 태자를 볼 때마다 부카르는 항상 마음의 안도를 느꼈다. 부카르가 보기엔 어차피 태자나 왕자나 다음 왕위를 이어받지 못할 것이다. 스기요메 역시 자기 손아귀를 벗어날 수 없다. 부카르가 기다리는 것은 다만 대왕이 죽을 날이었다. 키안국과 인접한 자기 영지에서 국경을 지킨다는 명목 하에 이미 충분한 군사력을 키워놓았다. 그래도 그는 태자의 불안을 건드려 자신에게 더욱 기대오도록 만들 필요를 느꼈다.

"그럴 리야 없겠지만 태자께서 영지로 물러나신다 해도 오히려 우리에겐 두 배의 힘이 생기는 것입니다. 도성은 빈껍데기만 남게되는 거지요. 무엇이 걱정입니까."

"스기요메는 어떻게 하구요. 그자의 야심을 나는 압니다. 우리 형제간에 분란이 터지면 가만있을 놈이 아니에요."

불안한 태자와는 달리 부카르는 전혀 문제될 것이 없다는 듯 노예들이 가져온 과일을 우걱우걱 씹었다.

"스기요메는 어차피 대왕이 돌아가시면 그 운명도 끝입니다. 그놈이 자기 운명을 알고 있기나 한 건지 모르겠군요."

태자는 답답하다는 듯이 창을 활짝 열었다. 초원의 바람이 높은 천장에서 내려온 육중한 비단 커튼을 밀고 들어왔다. 바람을 맞고 있는 태자를 뒤에서 쏘아보는 부카르의 입꼬리에 비웃음이 감돌았다. 태자는 자기 아우와 스기요메만을 경쟁 상대로 여기고 있다. 그에겐 자기 장인이 넓고 풍요로운 영지를 바탕으로 키워낸 강력한 군사력이 시야에 들어오지 않는 것이다. 이 얼마나 다행한 일인가.

2

훈추는 오늘도 일찍 왕궁을 나와 별궁의 자기 처소에 들었다. 크고 화려한 왕궁은 연일 잔치로 흥겨웠지만 훈추에게는 고통의 나날이었다. 게다가 연이은 잔치에 기력이 소진된 공주는 며칠 전부터 별궁에 틀어박혀 나오지 않았다.

훈추가 처소에 들어서니 여자 노예가 무릎을 꿇고 앉아 미소로 반겼다. 사뿐히 일어난 그녀는 훈추를 욕실로 안내했다. 훈추가 욕실로 들어서자마자 그녀의 부드러운 손놀림에 옷이 벗겨져 내렸다. 욕실 안에 온통 사향 냄새가 가득 찼다. 목욕물 위에 떠 있는 꽃잎에서 나는 향기로 착각할 정도였다.

적당히 데워진 물속에 몸을 담그고 피어오르는 김을 물끄러미 바라보는 훈추의 눈은 공허했다. 하지만 여자 노예는 훈추 곁에서 미소를 지었다.

"몸이 너무 아름다우세요."

훈추가 별궁에 처음 들던 날, 왕자가 그녀를 데려왔다.

'괜찮은 아이요. 우리나라에 계시는 동안 이 아이가 훈추 공을 정성껏 보살펴드릴 거요.'

왕자는 의미 있는 웃음으로 그녀의 손을 건네주었다.

그녀는 처음부터 훈추의 아름다움에 매혹된 것 같았다. 첫날부터 훈추의 시중을 드는 그녀의 손길엔 온갖 정성이 묻어났다.

훈추가 그녀를 돌아보며 물었다.

"너는 어느 나라 출신이냐."

"이 나라 사람입니다."

"그런데 어쩌다가 노예가 되었느냐."

"제 아비가 빚이 많았지요."

스카루국의 어느 상인이 그녀를 사서 왕자에게 선물했다는 것이었다. 훈추가 보기에도 그녀는 선물로는 대단한 여자였다. 스카루국의 상거래를 관장하는 왕자는 아마도 그 상인에게 많은 혜택을 주었을 것이다. 그러나 왕자는 그녀를 훈추에게 보내왔다. 새신부가 된 융국 공주의 미모가 왕자의 마음을 움직였는지도 모를 일이었다.

그녀가 훈추의 등 뒤로 돌아가 물을 살포시 끼얹었었다. 부드러운 손길이었다.

"너무 아름다우세요."

그녀의 입김이 훈추의 귀밑으로 부딪쳐왔다. 젖가슴의 감촉이 등으로 느껴졌다. 훈추는 눈을 감았다. 공주의 흐느낌이 들려오는 듯했다.

'공주님은 무얼 하고 계실까. 몸은 얼마나 불편하신 걸까.'

공주가 보고 싶었다. 왕궁의 연회 자리가 아니라면 같은 별궁에서 생활해도 전혀 얼굴을 볼 수가 없었다. 보는 눈이 많아 함부로 만날 수가 없었다. 이제 잔치도 내일이면 끝이었다. 훈추는 한숨을 길게 내쉬었다.

"많이 피로하신가 봐요."

달콤한 목소리와 뿜어져 나오는 입김이 귓가에서 맴돌았다. 훈추의 귀엔 그것이 공주의 것으로 느껴졌다. 자기 몸에 닿은 손길이 공주의 부드러운 손길과 다르지 않았다.

"이리 들어오너라."

그녀가 물속으로 들어오며 일으킨 물결에 꽃잎들이 살갗을 간질였다. 여전히 눈 감은 훈추의 가슴에 그녀가 얼굴을 묻었다. 그녀는 작은 몸을 훈추에게 파묻으려는 듯 목을 끌어안았다. 미끄러운 육체가 꿈틀거리고 뜨거운 입술이 훈추의 젖혀진 목에서 느껴졌다. 여전히 훈추는 눈을 뜨지 않았다. 그녀의 느낌에서 공주의 그것을 찾고 싶었다.

'어쩌면 이토록 같은 느낌일까.'

훈추가 눈을 뜨고 그녀를 바라보았다. 그녀의 얼굴에 맑은 웃음이 감돌았다. 사향 냄새가 아직도 배회하는 목욕탕 안에 자욱하게 김이 서렸다. 훈추가 천천히 그녀의 몸을 닦았다. 작고 귀여운 얼굴을 손으로 쓸어 물기를 닦아내고 양손으로 머리칼을 뒤로 젖혔다. 그 얼굴이 해맑은 웃음으로 다가오다가 멈췄다.

"너무 아름다우세요."

"너도 예쁘구나."

그녀의 가슴이 훈추의 몸에 와닿았다. 물결이 잔잔하게 일렁이며 꽃잎들이 춤을 추었다.

"내가 말이다."

훈추가 그녀를 바라보며 말했다.

불 속의 끓는 불

"내가 너를 갖고 싶은데 어찌하면 좋겠느냐. 어떻게 하면 너를 융국으로 데려갈 수 있겠느냐는 말이다."

그녀가 화들짝 놀라면서 훈추에게서 떨어졌다. 아련한 그녀의 눈에서 물기가 떨어졌다.

"왜, 싫은 게냐?"

"정말이세요? 정말 데려가실 거예요?"

"정말이지 않고. 그런데 왕자님께 어찌 말을 꺼내야 할지 모르겠구나."

"내일 아침, 제가 왕자님을 모셔오겠어요. 잔치가 시작되기 전에 이리로 모셔오면 그때 말씀하세요. 저도 애원해보겠어요."

그녀가 훈추의 품으로 뛰어들었다. 훈추가 그녀를 안고 물 밖으로 나갔다.

부드럽고 미끄러운 육체가 흥분으로 요동쳤다. 밤새도록 그녀의 흥분은 가라앉지 않았다. 훈추 역시 거의 뜬눈으로 밤을 지새웠다.

다음 날 아침, 여자 노예의 안내로 왕자가 들어오자 훈추는 손수 차를 대접했다. 왕자의 얼굴도 많이 피로한 기색이었다.

"이 아이를 제게 주셨으면 합니다. 얼마라도 값을 치르겠습니다."

말이 끝나기 무섭게 왕자가 호탕하게 웃었다.

"역시 훈추 공도 사내인 것이 틀림없군요. 처음 봤을 땐 왠지 남장을 한 여자인 줄 알았소이다."

왕자가 다시 한번 웃었다. 훈추도 겸연쩍게 따라 웃었다.

"요 며칠간 이 아이에게 빠져 살았더니 혼자 돌아갈 생각을 하면 막막하지 뭐겠습니까. 부디 제 부탁을 거절하지 말아주십시오."

"사내가 한번 눈독 들인 계집이라면 절대 포기할 수 없음을 잘 아는 내가 어찌 거절을 하겠소이까. 만약 거절한다면 융국으로 돌아가서 군사를 몰고 올 것 같구려?"

왕자가 호쾌하게 웃자 여자 노예가 쪼르르 달려와 무릎을 꿇고 머리를 조아렸다.

"왕자님, 이 은혜 잊지 않겠어요. 정말이지 이 은혜 절대 잊지 않겠습니다."

"너도 훈추 공께 푹 빠진 게로구나. 하마터면 내가 두 사람에게 원망을 들을 뻔했지 않았느냐."

왕자는 매우 유쾌한 듯 찻잔을 쭈욱 들이켰다. 훈추가 또다시 그의 잔에 차를 따랐다.

"제가 너무 무례한 부탁을 드린 것은 아닌지 모르겠습니다."

"아니오. 좋은 선물을 드린 것 같아 기쁘기 한량없소이다."

왕자가 다시 차를 마셨다. 그러고는 찻잔을 들어 보였다.

"향이 좋은 차구려. 융국에서 가져오셨소?"

"그렇습니다. 마음에 드신다면 사람을 시켜 보내드리겠습니다."

"아, 그래주겠소? 독특한 향이라 욕심이 나는구려."

왕자가 붉은 예복을 펄럭이며 자리에서 일어났다. 훈추와 함께 기쁜 얼굴로 별궁을 나서니 호위병사들이 기다리고 있었다. 그들은 유쾌한 웃음을 지으며 함께 왕궁으로 향했다. 이제 혼인 잔치의 마지막 날이었다.

그로부터 사흘째 되는 날 아침, 훈추는 융국으로 돌아갈 채비를 마쳤다. 여자 노예는 긴 외투를 입었다. 모래바람을 가려줄 큼직한 모자가 달린 외투였다.

"공주님과 왕자님께 하직 인사를 드려야겠구나. 너도 함께 가서 왕자님께 다시 한번 고마움을 표하거라."

그녀는 꿈에 부풀어 훈추와 함께 왕자의 처소로 향했다.

노예들이 아침부터 분주한 별궁 뜰에는 잔치가 끝났어도 오가는 사람들이 많았다. 노예들은 두 사람 모두 아직 일어나지 않았다고 키득거리며 말했다. 그러나 그들의 말과는 달리 공주가 창가에 나타나 훈추를 들어오게 했다. 훈추는 나인들에게 넓은 방으로 안내되어 공주에게 인사를 했다.

"공주님, 건강은 어떠신지요."

따라온 여자 노예도 공주 앞에 무릎을 꿇고 절했다. 공주가 위엄 있게 말했다.

"나는 괜찮아요. 그간 수고가 많으셨습니다. 돌아가시면 혼인이 잘 끝났다고 아바마마께 전해주세요."

"알겠습니다, 공주님. 왕자님께서는 아직 기침을 하지 않으셨는지요?"

"오랜 잔치에 피로가 쌓여 아직 자리에 누워 계십니다. 침실로 들어가서 인사를 드리세요."

훈추가 머뭇거리는 여자 노예를 데리고 공주의 뒤를 따랐다. 훈추가 침실로 들어가면서 은밀히 쳐다보자 공주가 턱을 앞으로 숙이며 눈으로 말했다.

'죽었어요.'

여자 노예가 부복하는 것을 보고 훈추는 누워 있는 왕자에게 다가갔다. 싸늘한 냉기가 서려 있는 얼굴은 평온해 보였다.

'아무런 맛도 향도 없고, 독약으로 죽은 시체의 피부에 나타나기 마련인 시반(屍斑)조차 남지 않는 약이지.'

아버지 파이한의 말처럼 왕자의 시체는 말끔했다. 그 앞에 무릎을 꿇은 훈추는 천연덕스럽게 말했다.

"왕자님, 저는 떠나겠습니다. 모쪼록 평안하시기를 바랍니다. 그리고 저 아이를 제게 주셔서 다시 한번 감사를 드립니다."

훈추가 고개를 들어 여자 노예에게 말했다.

"이리 와서 너도 왕자님께 인사를 드리거라."

그녀가 종종걸음으로 다가와 훈추 옆에 무릎을 꿇었다.

"왕자님, 크나큰 은혜를 잊지 않겠습니다. 부디 건강하시고……읍!"

훈추의 손이 빠르게 움직여 고개 숙인 여자 노예의 목을 조였다. 엉겁결에 당한 여자 노예는 몸부림을 치며 훈추를 쳐다보았다. 하지만 소용없었다. 그녀는 이내 혀를 빼고 몸을 늘어뜨렸다.

돌아서 있던 공주는 얼른 실내복을 벗고 여자 노예의 두꺼운 외투를 벗겨 자신이 입었다. 훈추 역시 재빠른 동작으로 공주의 실내복을 쓰러진 여자 노예에게 입혀 왕자 옆에 눕혔다.

공주는 외투에 달린 모자를 얼굴이 가려질 정도로 푹 눌러썼다. 그녀는 심하게 떨고 있었다. 훈추가 공주의 귀에 대고 속삭였다.

"침착해야 됩니다. 도성을 빠져나가기 전까지는 어떤 말도 하지 마십시오."

그들이 침실에서 나오자 노예들이 머리를 숙였다. 훈추가 짐짓 거드름을 피우며 뒤따라오는 공주에게 말했다.

"먼 길을 가려면 어서 서둘러야겠구나. 지체하지 말고 잘 따라오너라."

그러고는 돌아서서 공주의 나인들과 별궁의 노예들을 휘 둘러보며 말했다.

"두 분이 오늘은 푹 쉬고 싶다고 하셨네. 누구도 얼씬거리지 말라는 분부시야. 부르시기 전에는 침실에 들어가지 않는 것이 좋을 걸세."

훈추의 말에 그들이 입을 막고 키득거렸다. 훈추 역시 빙그레 웃음을 지으며 공주와 함께 유유히 별궁을 빠져 나갔다.

스카루국의 도성을 벗어난 뒤 훈추는 공주를 뒤에 태우고 빠른 속도로 말을 몰았다. 이제 공주와 함께하게 된 훈추는 한껏 자유를 느꼈다. 그것은 공주 역시 마찬가지였다.

그렇게 두 사람은 키안국으로 향했다.

3

잔치 마지막 날, 왕궁에 들어갔던 세르멕은 공주를 보지 못하고 나왔다. 왕자는 연일 벌어진 잔치로 피로해진 공주가 별궁에서 쉬고 있다고 말했다. 훈추의 동태를 살피던 토라는 별다른 낌새를 채지 못했다고 했다. 어차피 나흘 후면 훈추는 상단과 함께 떠나야 했다. 세르멕은 안심했다.

사흘 뒤, 세르멕은 용국으로 가져갈 물건들을 점고했다. 짐을 갈무리한 뒤 세르멕이 토라에게 물었다.

"아직도 소식이 없느냐?"

세르멕의 물음에 토라가 머리를 저었다. 훈추를 데리러 별궁에 보낸 사람이 아직 돌아오질 않았다.

"공주와 헤어지려니 발길이 떨어지질 않는 모양이구나. 내일 떠날 때 별궁에 들르기로 하자."

저녁 무렵, 세르멕은 스카루국에서의 마지막 날을 기념하여 상인들과 함께 도성 주막으로 갔다. 술이 몇 순배 돌며 여흥을 즐기고 있을 때, 훈추에게 갔던 사람이 돌아왔다. 돌아왔다기보다 쫓겨온 것에 가까운 모습이었다. 산만하게 흩어진 옷매무새와 헝클어진 머리가 그가 얼마나 황급하게 뛰어왔는지 말해주었다.

"크…… 큰일났습니다요! 와…… 와…… 왕자님이 죽었답니다요!"

무슨 말인지 몰라 어리둥절해진 사람들이 물었다.

"뭐가 죽어?"

"스카루국 왕자님이 죽었습니다요! 우리 공주님 신랑이 죽었대요."

세르멕은 자기도 모르게 벌떡 일어났다.

"언제 죽었다더냐! 어찌 죽었다는 것이냐?"

"이유는 모르겠습니다요. 사람들이 그렇게 말하는 것을 들었습니다요. 훈추 공은 어디 갔는지 보이지 않고, 공주님도 만날 수 없었습니다요."

토라가 의미심장한 눈길을 세르멕에게 보냈다.

'결국 올 것이 왔나 보군요.'

세르멕은 한참 생각한 끝에 토라에게 말했다.

"자넨 스기요메 장군께 가보게. 거기서 자세한 내막을 알아오게."

세르멕은 사람들을 이끌고 상단이 기거하는 여곽으로 향했다. 길 가는 도성 사람들에겐 별 다른 변화가 없었다. 왕자의 죽음 소식은 아직 도성에 퍼지지 않은 것이 틀림없었다.

마지막으로 봤을 때 왕자는 혼인 잔치에 피로한 기색이기는 했어도 건강해 보였다.

'세르멕, 이 훈추 공이 말이오. 알고 보니 남자는 남자입디다. 내가 시중들게 해준 여자 노예와 그만 눈이 맞았지 않았겠소? 그래서 아예 그 아이를 선물로 주었다오.'

왕자는 술이 얼큰하게 취한 채 훈추의 어깨를 붙들고 말했다. 그때 흡족한 웃음을 짓던 훈추가 생각났다. 세르멕은 머리를 흔들었다. 자세한 내막은 어차피 모른다. 공주와 훈추를 만나봐야 할 것이다. 스기요메의 도움이 절실했다.

불 속의 끓는 불

4

토라는 스기요메와 함께 여곽으로 돌아왔다. 스기요메가 말했다.

"공주님과 훈추 공이 사라졌소. 왕자의 시신 곁에는 여자 노예가 죽어 있었다고 합디다. 왕자가 어찌 죽었는지는 의원들도 원인을 모르고 있소. 사람들은 공주가 죽인 것으로 단정하는 모양인데, 나는 영문을 모르겠소. 정말 왕자를 죽였는지, 죽였다면 그 이유가 무엇인지 말이오."

공주가 의심받는 것은 당연했다. 왕자가 죽자마자 공주가 사라진 것은 스스로 왕자를 죽인 범인임을 고백하는 것이나 다름없었다. 그때 무언가 세르멕의 머리를 스쳤다. 갑자기 왕자가 죽고, 공주는 훈추와 함께 이 나라를 탈출했다. 스카루국에서는 공주를 범인으로 단정한다. 융국 입장에서는 말도 안 되는 누명을 공주에게 뒤집어씌우는 일이다. 양국은 전쟁을 피할 수 없게 된다. 훈추가 이런 결과를 몰랐을 리 없다. 그렇다면⋯⋯

'파이한.'

세르멕의 얼굴이 사색이 되었다.

'그자가 이 일을 꾸민 것이다. 처음부터 전쟁을 원했던 것이다! 어째서 지금까지 파이한의 속내를 몰랐다는 말인가. 훈추의 음모를 진작 알았으면서도 거기까지 생각하지 못했을까!'

세르멕이 말했다.

"이것은 훈추의 아비인 파이한의 음모가 틀림없습니다. 그 사람은 융국의 대장군입니다. 훈추에게 왕자를 죽이고 공주와 이 나라를 탈출하도록 사주해서 스카루국이 군사를 일으키게끔 유도한 것입니다. 대장군으로서는 양국의 오랜 평화가 달갑지 않았겠지요. 그래서 아들에게 왕자를 죽이라고 지시한 것입니다. 파이한의 음모가 틀림없습니다. 이 사실을 융국 왕은 전혀 모를 겁니다."

스기요메는 이제야 전말을 알겠다는 듯 머리를 끄덕였다. 놀랍게도 그의 입가엔 빙그레 웃음이 감돌았다.

"나도 그자를 모르는 바 아니오만, 그 아들 역시 대담한 자로군."

"훈추와 공주가 연모하고 있는 사이라는 것은 이미 알고 있었습니다. 그는 공주를 잃지 않으려 앞뒤 가리지 않고 아비의 명을 따랐을 것입니다."

"왕의 눈을 가리고서라도 전쟁을 유도하겠다는 심산이로군."

스기요메가 혼잣말을 뇌까리며 골똘한 생각에 빠졌다. 그 모습은 직면한 사태에 대한 걱정보단 무언가 알 수 없는 계산을 하고 있는 듯 보였다. 세르멕은 애가 탔다.

"스카루국으로서는 전쟁으로 득될 것이 없지 않습니까. 오히려 파이한을 도와주는 결과만을 낳을 겁니다."

"전쟁이라…… 아무튼 두고 봅시다."

스기요메는 돌아갔다. 그가 남긴 묘한 여운에도 불구하고 전쟁은 코앞에 닥쳐온 느낌이었다. 세르멕은 불안했다. 상인들도 두려운 표정이었다. 공주와 함께 온 자신들에게 어떤 혐의가 씌워질지 모르는 판이었다. 이 사태를 안전하게 벗어날 궁리를 해봐도 방법이 떠오르지 않았다. 이 많은 상인들이 근위대 병사들의 눈을 피해 도성을 빠져나갈 수도 없었다.

일은 생각보다 빨리 터졌다.

여곽을 박차고 들어오는 발자국 소리가 부산하게 들렸다. 사람들은 이내 그 소리의 실체를 알게 되었다. 근위대장이 군사들을 이끌고 들어오는 것이었다.

"너희들을 가두라는 태자님의 명령이시다!"

모두가 끌려간 곳은 도성 지하 감옥이었다. 역겨운 냄새가 진동하고 죄수들은 말라붙은 피가 얼굴에 덕지덕지 붙어 있었다. 곳곳에서 신음소리가 들렸다. 처참한 광경이었다. 세르멕과 상인들은 당장 생명의 위협을 느꼈다.

옥에 갇힌 채 날이 흘러갔다. 며칠이 지났는지 알 수도 없었다. 온갖 지저분한 냄새가 가득한 어두운 공간에 신음 소리, 악다구니 쓰는 싸움 소리가 들려왔다. 어떤 자는 눈만 뜨면 울부짖었다. 그야말로 생지옥이었다.

상인들은 이제 세르멕에게 애원하는 것도 지친 것 같았다. 세르멕이라고 뾰족한 수가 있을 수 없었다. 그러던 어느 날, 옥사정이 세르멕을 불러냈다.

"스기요메 장군이 찾아와서 당신과 일행들의 안부를 묻고 가던데, 그분과는 어떤 관계요?"

"우리 상단과 각별한 분이오."

옥사정이 의아하다는 듯 물었다.

"그럼 그분의 도움을 받고 풀려나면 그만일 것을 어째서 이 생고 생이오?"

"근위대장이 뭔가 오해를 한 것 같소이다."

세르멕이 쓴웃음을 지으며 말했다.

"그 사람한테 붙들렸다면 억울한 누명을 썼을 거 같긴 하외다만, 거 참 운이 나빴구려."

옥사정은 근위대장 수하에 있는 사람답지 않게 세르멕을 두둔했다. 근위대장의 소행이라면 자세한 사정은 안 들어봐도 알 것 같다는 투였다.

"그 사람 손아귀에 걸렸으면 스기요메 장군이 돕는다 해도 빠져나가기 힘들 텐데, 안됐소이다."

스기요메라고 특별한 방법이 있는 것이 아니라는 것을 상인들도 눈치채게 되었다. 그들은 체념한 듯 피로한 몸을 바닥에 뉘어버렸다.

어두운 곳에서 쥐들이 날뛰고 사람 몸엔 벼룩과 이가 극성을 부렸다. 옥졸들이 저녁나절 한 끼니 먹을 것을 가져다주면 죄수들은 굶주린 살쾡이처럼 서로를 물고 할퀴었다. 힘없는 자들은 그마저도 차례가 오지 않았다. 음식을 빼앗은 죄수들만 서로를 노려보며 게걸스럽게 먹었다. 날이 가면서 죽은 자는 실려 나가고 새로운 죄수들이 끌려왔다.

어느 날, 새로 들어온 죄수가 심하게 구토를 했다. 세르멕이 다가가 보니 그의 아랫도리가 젖어 있었다. 죄수는 땀과 오물을 쏟아내면서도 구토를 멈추지 않았다. 나이 든 죄수 하나가 그를 살펴보더니 갑작스레 뒤로 나자빠지며 외쳐댔다.

"이, 이자가 역병이 들었네! 이, 이건 트, 트, 틀림없는 역병이오!"

역병이라는 말에 감옥 안은 놀란 죄수들로 아수라장이 되었다. 걷잡을 수 없는 난장판 속에서 세르멕은 죄수를 바로 눕힌 뒤 소리쳤다.

"조용하시오! 아직은 위험하지 않으니 동요하지 마시오."

그러나 아우성은 그치지 않았다. 오히려 그들은 세르멕을 윽박질렀다.

"네가 역병을 물리칠 수 있단 말이냐!"

"다 죽게 생겼는데 무슨 개수작이냐!"

토라가 죄수들 앞을 막아섰다. 그러나 죄수들 중에는 악소패로 굴러먹던 자들이 많았다. 그들은 토라가 눈을 부릅떠도 물러나지 않았다. 결국 토라가 한 덩치 큰 자의 멱살을 잡고 내동댕이치자 그들은 겨우 구석으로 물러나 앉았다.

옥방의 소란에 옥졸들이 뛰어왔다.

"웬 소란이냐!"

눈을 부라리던 옥졸은 세르멕의 무릎을 베고 누워 있는 환자를 보더니 고개를 갸웃거리며 물었다.

"그놈은 어제 새로 들어온 놈이지 않느냐. 분명 멀쩡하던 놈인데 어찌 다 죽어간단 말이냐?"

"역병 환자요."

세르멕의 말에 옥졸들이 겁을 집어먹은 얼굴로 소리쳤다.

"옥사정 나으리! 어서 와보십시오."

옥졸들의 외침에 달려온 옥사정도 사정을 알고 나자 사색이 되었다. 그는 환자를 태연히 무릎 위에 뉘어놓은 세르멕을 이해할 수 없다는 듯 쳐다보았다.

"당신 죽으려고 환장했소? 애들아, 어서 저 병자를 밖으로 내가지 않고 뭣들 하느냐!"

옥사정은 뒤로 물러나면서 다리가 꺾여 비틀거렸다. 옥졸들도 옥사정의 눈치를 살피며 뒤로 물러났다. 누구 하나 옥방으로 들어가려는 자가 없었다. 죄수들도 환자에게서 떨어진 옥방 구석으로 도망갔다. 세르멕이 죄수를 내려놓고 일어섰다.

"옥사정, 병자는 내가 돌볼 테니 이 방의 죄수들을 다른 옥방으로 옮겨주시오."

이미 역병이 시작되었다. 감옥은 물론 도성에서도 역병을 막을 길이 없다. 그런 마당에 환자를 밖으로 끌어낸다고 해서 해결될 일이 아니라고 세르멕이 설명했다. 겁에 질린 옥사정은 세르멕의 청을 들어주었다. 토라만은 세르멕의 곁에 남겠다고 하여 그대로 두었다.

세르멕은 파룬 의원에게 들었던 역병 퇴치 방법을 떠올렸다. 그는 옥사정에게 병자가 발생하면 자기 방으로 보내라고 부탁했다. 병자와 있던 옥방 죄수들은 뜨거운 물로 씻기고 옷도 삶을 것이며, 죄수들이 먹을 물과 음식도 철저히 끓여주도록 일렀다.

"어쩔 수 없소. 잘못하면 죄수들이 다 죽을 것이오."

그 말은 옥사정을 떨게 했다. 감옥 관리 책임자인 자기 목숨이 달린 문제였다.

"하필이면 내 감옥에서 이런 일이 벌어지는 것이냐."

옥사정은 한탄하면서도 두말없이 시키는 대로 할 도리밖에 없었다.

옥사정은 옥졸들을 시켜 죄수들의 몸을 뜨거운 물로 씻게 하고 옷도 벗겨 삶게 했다. 죄수들에게 감옥을 청소하게 했고, 용변을 통제하여 땅에 묻었다. 세르멕과 토라도 환자가 토한 바닥을 뜨거운 물로 닦아내고 옷을 벗겨 삶았다. 물론 그런다고 역병이 멈추지는 않았다. 오히려 환자들이 늘어갔다. 도성도 마찬가지였다.

얼마간 지나자 죽는 환자가 나왔다. 그러나 처음 병이 발생했던 죄수는 차도를 보였다. 옥사정이 머리를 갸웃하며 세르멕에게 물었다.

"어떻게 된 것이오? 어째서 저자는 죽지 않는 거요?"

"병이 발생한 환자라고 해서 다 죽는 것은 아닌가 보오."

세르멕의 말에 다른 환자들도 희망을 가졌다. 아직 병이 발생하지 않은 죄수들은 더욱 열심히 옥방을 청결히 했다. 덕분에 감옥 안엔 전염이 빠르지 않았다. 환자들 중에도 죽는 자보다 차도를 보이는 자들이 더 많았다. 환자가 죽으면 시체는 즉시 태워 없앴다.

그러나 감옥 밖은 사정이 달랐다. 역병이 확산되면서 도성 백성들은 속수무책으로 죽어갔다. 병자가 발생하면 가족은 물론 주위 대부분의 사람들이 쓰러졌다. 무서운 기세로 사람들이 죽어나가도 처리할 이가 없었다. 시체들은 거리나 집 안에 그대로 방치되었다.

도성에 역병이 퍼져나갈 때 거짓말처럼 감옥에는 이제 병자가 나오지 않았다. 처음 병에 걸린 죄수는 벌써 완전히 회복되었다. 그는 자식뻘 되는 세르멕을 어버이처럼 대했다.

"어찌 이 은혜를 갚을 수 있을지 모르겠습니다."

그는 사람이 유순했다. 악소패로는 보이지 않아 감옥에 들어온 연유가 궁금했다.

"어쩌다가 여길 들어오시게 되었소?"

그는 한숨부터 내쉬었다.

"근위병 놈을 죽였습죠."

도무지 누군가를 해할 것 같지 않은 사람에게서 그런 말을 들으니 의아했다. 그러나 사람이 분노에 휩싸이면 자기도 모르는 힘이 불끈 솟는 법이다. 그 역시 대다수 도성 사람들처럼 근위병들의 악랄한 처사를 참지 못했을 것이리라 세르멕은 짐작했다. 다만 그가 병에 걸린 연유만큼은 묻지 않을 수 없었다.

"역병이 창궐했던 곳을 지나 도성으로 올라왔습니다."

"우리처럼 외국인이라면 이 나라 지리와 사정을 잘 모르니 그럴 수 있지만, 역병이 유행하는 고장을 아셨을 텐데 어찌 그런 곳을 지나왔다는 말이오?"

그가 머리를 흔들었다.

"저도 스카루국 사람이 아니올시다. 키안국 사람입지요."

"키안국? 어쩌다 이 스카루국 땅까지 오셔서 역병에 걸리게 되셨소?"

"전쟁 때 포로로 잡혔습니다. 스기요메 장군이라는 분이 저를 풀어주셨는데……"

그가 말을 잇지 못하는 것을 보고 세르멕이 말했다.

"스기요메 장군이라면 나도 잘 아는 분이오. 인품이 남다른 분이지요."

갑자기 죄수가 울음을 터트렸다. 세르멕과 토라는 영문을 몰라 얼굴을 마주 보며 그가 진정하길 기다렸다. 한참 후에 그가 입을 열었다.

"그분 인품이야 제가 잘 알지요. 그런데도 배반하고 도성을 떠나 버렸습죠. 이제 다시 그분을 찾아 돌아온 것인데 그만 병에 걸릴 줄은 몰랐습니다."

"어차피 풀려난 사람이 자기 마음대로 도성을 떠났다 해서 뭐가 잘못이오?"

"제가 원래 대장장이인지라 장군님이 병기고 대장간을 맡겨 일을 시켰습니다. 그분은 제 기술에 기대를 거셨지요. 그런데 제가 대장간에 불을 지르고 도망가버린 겁니다."

세르멕의 눈이 커졌다.

"당신이 독수리라는 사람이오?"

그가 놀라는 얼굴로 세르멕을 바라보았다.

"제 이름을 어찌 아시는지요?"

놀란 것은 세르멕과 토라도 마찬가지였다. 세르멕이 자기도 모르게 바싹 다가앉았다.

"스기요메 장군 말씀으로는 당신이 대장간 안에서 타 죽었다고 하던데 어찌 된 것이오?"

"제가 그렇게 보이도록 수작을 한 것이지요."

그는 근위대장의 괴롭힘이 극심해지자 도성에서 마음 편히 살아

31

갈 길이 없음을 알았다고 했다. 그는 원한 깊은 근위대 병사에게 다가가 보검 한 자루를 주겠다고 꼬드겨 대장간으로 데려왔다. 그러고는 방심하고 있던 병사를 죽이고 시체를 놔둔 채 불을 지르고는 그대로 도성을 빠져나갔다는 것이었다.

"당신이 그를 죽인 것을 근위대 병사들이 알고 있었다는 말씀이오?"

"그들도 처음엔 시체를 내 것으로 믿었던 것 같았습니다. 그런데 도성에 다시 돌아온 저를 마침 알아본 놈 때문에 일이 꼬였지요."

그날, 독수리를 따라 어둠 속으로 사라지는 병사를 목격한 어떤 근위대 병사가 있었다. 하지만 그런 사실을 독수리는 몰랐다. 다시 도성에 나타난 독수리를 한눈에 알아본 그 병사는, 그렇다면 지난날 대장간에서 타 죽은 시체가 바로 사라진 동료 병사라는 것을 깨달았다.

"그 일이 탄로 나면 스기요메 장군께도 화가 미칠 것이라는 생각이 들더군요. 그자의 입을 막으려면 다른 도리가 없었지요. 칼을 뺏어서 목을 후려쳤습니다. 그러곤 뒤이어 달려온 근위대 병사들에게 붙들렸습죠."

다행히도 다른 병사들은 그동안 모습이 바뀐 독수리를 알아보지 못했다고 했다. 하지만 도성에 돌아오자마자 죄수로 죽음을 기다리는 신세가 되었다는 것이다.

"그런데 어찌 스기요메 장군을 다시 찾으려 하셨소?"

그가 눈물을 닦고 세르멕을 쳐다보았다.

"이 이야기만큼은 아무에게도 하지 않으려 마음먹었지요. 하지만 저를 살려주신 분이니 말씀드리지요."

눈물을 흘릴 때와 달리 그의 눈이 빛났다. 그는 머리를 세르멕 쪽으로 들이밀며 작은 소리로 말했다.

"실은 제가 철을 정제하는 새로운 방법을 알아냈습지요. 죽기 전에 그것을 스기요메 장군께 알려드리려고 다시 돌아왔습니다."

'철을 정제하는 새로운 방법이라?'

세르멕이 물었다.

"철을 새로운 방법으로 정제하면 무엇이 다른 것이오?"

"더욱 단단한 강철이 나오지요. 그래도 천하 명검을 만들려면 수없이 두드려서 단조해야 하는 것은 똑같습니다. 하지만 일반 병장기를 만들 때는 사정이 다릅지요."

세르멕과 토라는 독수리의 말을 이해하지 못했다. 그는 두 사람의 표정을 읽고는 다시 말했다.

"철 병장기도 청동처럼 주형틀, 즉 거푸집으로 주조(鑄造)할 수 있다는 말씀입니다. 다시 말해 진흙 벽돌처럼 대량으로 찍어낼 수 있다 이 말이지요. 그래도 잘 부러지지 않는 단단한 강철이지요."

그것은 놀라운 말이었다.

철광석을 정제해 얻어진 보통의 연철(鍊鐵)로 병장기를 만들 때는 망치로 오래 두드려서 압착시켜야 했다. 그러려면 시간이 많이 걸리기 때문에 스카루국 군대에서도 웬만큼 지위가 높지 않은 이들은 강철 무기를 가질 수 없었고 대부분 청동무기를 휴대했다. 만약 독수리의 말이 사실이라면 그것은 군사력에 큰 변화를 가져올 일이었다. 하지만 지금 그는 감옥에 갇혀 죽음을 기다리는 신세였다. 그렇더라도 세르멕은 그 기술이 궁금했다. 독수리는 자기 삶이 끝났다는 것을 각오한 터라 세르멕과 토라에게 그 방법을 이야기해 주었다.

"녹인 쇠에 숯가루를 뿌려주면서 용해시키면 철의 밀도가 강해진다는 것을 알아냈습죠. 그러려면 기존에 쓰는 풀무도 손을 봐야 합니다. 숯과 철이 골고루 섞이게 하려면 화력이 보다 강해야 하기 때문이지요."

철에 대한 지식이 없는 두 사람이었지만 자세한 설명이 이어지면서 적어도 독수리의 기술이 획기적이라는 것만은 이해했다. 둘은 입을 벌린 채 놀라운 얼굴로 마주 보았다.

얼마 뒤, 마지막으로 죽은 몇 명의 환자를 끝으로 죄수들은 역병의 공포에서 벗어났다. 그동안 자기 몸을 돌보지 않고 환자들을 보살핀 세르멕과 토라는 감옥의 모든 죄수들로부터 은인으로 추앙받았다. 자기 죄수를 다 죽일 뻔했던 옥사정도 세르멕을 남다르게 대했다. 곧 세르멕이 감옥 안에서 역병을 물리쳤다는 소문이 스카루 국 도성으로 퍼져나갔다.

5

스카루국 왕자의 죽음 소식이 알려지자 융국 왕궁은 발칵 뒤집혔다. 최근 들어 건강이 더욱 악화되고 있는 왕까지도 사태의 심각성에 대전으로 나왔다.

"대장군, 스카루국 왕자가 왜 죽었다는 것이오?"

병색이 짙은 왕은 근심까지 더해져 얼굴이 하얗게 변했다. 왕후와 그녀의 오라비까지도 초조한 기색이었다. 태자와 군부대신은 자신들에게 어떤 불똥이 튈지 몰라 안절부절못했다.

"피로와 과음으로 죽은 것 같습니다. 며칠씩 지속되는 잔치에 술을 퍼마시다 보니 기력을 잃었겠지요. 그러나 스카루국에서는 왕자의 죽음을 공주님의 소행이라 단정한 것 같습니다."

왕후가 파이한의 말에 입을 씰룩이더니 말했다.

"그렇다면 공주가 나서서 일을 해결하면 될 것 아니겠소. 자기가 죽이지 않았다면 스카루국 왕에게 진실을 고하면 될 것을, 어찌 일을 이다지도 크게 만드는 것이오?"

군부대신이 발끈하여 일어났다.

"왕후께서는 말씀이 지나치십니다. 공주님이 누명을 쓰고 어려운 처지에 몰렸거늘, 어찌 그런 말씀을 하십니까. 황망하게 벌어진 일에 놀라셨을 공주님이 불쌍하지도 않다는 말씀입니까?"

왕후가 표독스러운 눈으로 군부대신을 노려보았다. 왕이 파이한에게 말했다.

"대장군, 그러면 사태가 어떻게 돌아가는 것이오? 공주는 무사하오?"

"공주께서는 이미 스카루국을 떠나셨습니다. 공주님을 모시고 간 제 아들 훈추가 신속하게 대처했습니다."

파이한의 말을 듣고 태자는 안도하는 기색이었지만, 왕후는 참지 못하고 다시 나섰다.

"그럼 공주가 책임을 회피하고 그대로 내뺐다는 말이오? 어찌 이럴 수가 있소이까? 왕자를 죽인 사람이 자기가 아니라면 끝까지 결백을 주장할 일이지, 그대로 내빼버리면 그 나라에서 우리 융국을 어떻게 생각하겠소이까."

대전에 싸늘한 공기가 감돌았다. 그녀의 표독스러운 말은 계속되었다.

"파이한 장군, 어서 사람을 보내 돌아오고 있는 공주를 다시 스카루국으로 보내세요. 결백을 주장하든지, 죄가 있으면 죗값을 받아야 할 것 아니겠소이까?"

왕후의 말에 태자의 얼굴이 하얗게 변했다. 군부대신마저 할 말을 잃은 듯했다.

파이한이 대답했다.

"왕후마마, 그런다고 해결될 일이 아닙니다. 스카루국은 전부터 우리 융국을 침공할 구실을 찾고 있었습니다. 우리 측 간자들에 의하면 그들은 벌써 군사를 모으고 있는 중이라 합니다. 그리고 공주마마께서는 융국으로 오고 계시는 것이 아니라 키안국으로 들어가셨습니다."

왕후는 깜짝 놀라 이성을 잃은 사람처럼 악을 썼다.

"공주는 어찌 나라를 이토록 어렵게 만든다는 말이오! 시집을 갔으면 얌전히 잘 살 일이지, 먼 외국까지 가서 자기 나라를 구렁텅이로 빠지게 하는구려. 공주의 혼사를 담당했던 자들에게 죄를 물어야……."

"잠자코 있지 못하겠소? 이 난국에 어찌 왕후까지 나서서 혼란을 가중시킨다는 말이오!"

힘없이 용상에 앉아 있던 왕이 믿기지 않을 만큼 큰 목소리로 호통을 쳤다. 왕후는 거친 숨소리를 내뿜으며 입을 닫았다. 파이한이 다시 말했다.

"이번 일은 누구의 책임도 아닙니다. 어차피 제 명이 다해 죽어버린 스카루국 왕자 때문에 전쟁이 불가피하게 된 것일 뿐입니다. 하지만 대왕마마, 심려 놓으십시오. 우리는 잘 훈련된 병사들이 출전 준비를 끝내놓고 있습니다."

"우리가 먼저 군사를 일으키면 더 큰 오해를 할 테니 아직은 기다리시오. 그러나 스카루국의 동태를 면밀히 주시하시오."

"대왕마마, 어차피 전쟁은 피할 수 없습니다. 저들의 침공을 앉아서 기다릴 것이 아니라 먼저 선수를 치는 것이 유리합니다. 군사를 일으킬 것을 윤허해주십시오."

왕은 파이한의 요청에 머리를 흔들었다. 왕후마저 선제공격을 주장하는 파이한을 노려보았고, 대신들도 파이한의 의견에 반대하고 나섰다. 대전에 모인 사람들은 어떻게든 전쟁을 피하고 싶은 사람들이었다. 그들은 당장 전쟁으로 이익을 볼 일이 없는 것이다.

대전을 나온 파이한은 분통을 터트렸다. 아비의 뜻을 간파하고 실행에 옮겼을 아들의 노고가 물거품이 될지도 모르는 일이었다.

불 속의 끓는 불

6

"스기요메 장군께서 찾아오셨소."

옥사정의 부름에 세르멕이 감옥에서 나오자 스기요메가 반갑게 맞았다.

"당신이 감옥 안에서 역병을 물리쳤다는 이야기를 들었소. 대왕께서 당신을 데려다가 도성의 역병을 퇴치시키라는 명을 내렸소. 도성엔 지금 많은 사람들이 죽어가고 있소이다."

그러나 세르멕은 당장 융국과 스카루국 간의 전쟁이 걱정되었다. 세르멕이 이를 묻자 스기요메는 전과 달리 단호하게 대답했다.

"전쟁은 역병이 물러간 다음에 논의될 것 같소."

스카루국 백성들에게 역병의 화는 당장 전쟁보다 극심한 고통이었다. 세르멕은 토라와 함께 스기요메를 따라 도성으로 나갔다.

역병의 피해는 생각보다 컸다. 시체들이 널린 거리에서 사람들은 모두 하늘만 원망하고 있었다. 도성 의원들은 벌써 도망쳤고, 근위대 병사들도 자취를 감추고 없었다.

제법 큰 저택 앞을 지날 때 열린 대문 안으로 몇 구의 시체가 보였다. 세르멕과 토라가 시체들을 문밖으로 내왔다. 스기요메는 병영의 군사들을 데려오겠다며 급히 달려갔다. 두 사람이 집 안으로 들어가 방들을 살피니 내실에서 기척이 들려왔다. 세르멕이 큰 소리로 물었다.

"안에 누가 있소?"

방문이 열리고 초췌한 중년 여자가 문을 열었다. 호화로운 침상에 병자가 누워 있는 것이 보였다.

"누구신지요?"

"안에 역병 환자가 있는지 확인하려고 그러오."

그녀는 얼른 문을 닫고 밖으로 나오더니 손사래를 치며 말했다.

"아니, 아니에요. 우리 집 양반은 그저 고뿔이 걸렸을 뿐이지 역병에 걸린 게 아닙니다."

주인 여자는 세르멕과 토라를 경계했다.

"안심하시오. 우리는 병자를 도우러 온 사람들이오."

세르멕과 토라는 물을 끓여 집 안을 청소하고 주인 여자를 시켜 환자의 옷과 생활용품을 삶게 했다.

"마당에 쓰러져 있던 시체들은 가족입니까?"

세르멕의 말에 그녀는 눈시울을 붉혔다.

"우리 집 노예들이에요. 지난밤에 죽었는데, 에이그 불쌍해서 어쩌나."

"가족들은 더 없소?"

"딸년이 셋 있는데, 큰아이는 시집을 갔고, 둘째와 막내는 역병을 피해 도성 밖 친척집으로 보냈다우. 우리 부부는 요 앞에서 크게 주막을 하는 처지라 오도 가도 못하다가 바깥양반이 그만 병에 걸렸지요."

토라가 남편의 병세를 보고는 세르멕을 향해 고개를 저었다. 과연 남편은 얼마 지나지 않아 숨을 거뒀다. 하지만 주인 여자는 병에 걸리지 않았다. 세르멕은 주인 여자에게 끓는 물로 세간과 집안을 자주 소독할 것을 당부하고 남편과 그 집 노예들의 시체를 말끔하게 태웠다.

세르멕과 토라가 집을 나서려는데 주인 여자가 세르멕의 팔을 잡아끌었다.

"이 고마움을 어떻게 갚을지 모르겠습니다."

"우리는 지금 다른 환자들을 돌봐야 하는 처지라 어서 나가봐야 합니다."

그래도 주인 여자는 잡은 팔을 놓지 않았다.

"누구신지 존함이라도 들었으면 합니다."

"융국 상인 세르멕이라 하오. 건강 잃지 않기를 바랍니다."

세르멕과 토라는 저택을 나와 도성 거리로 향했다. 스기요메가 병사들을 이끌고 와 세르멕을 도왔다. 속수무책으로 떨고 있던 건강한 사람들도 거리로 나왔다. 그들은 세르멕의 지시대로 더러운 웅덩이를 치우고 시체와 환자들이 사용하던 모든 것을 불태웠다. 멀쩡한 사람들도 몸을 닦게 했고, 뭐든 끓이지 않은 것은 먹지 못하도록 했다. 사용하는 식기나 생활용품 또한 끓는 물에 소독하도록 일렀다. 감옥 안에서 역병을 물리친 세르멕을 사람들은 따르지 않을 수 없었다. 죽음의 병도 사람의 의지에 달렸다는 세르멕의 말은 많은 도성 사람들을 움직이게 했다.

역병과 싸우는 나날이 얼마간 지나자 어느덧 전염의 속도가 고개를 숙였다. 죽음의 땅에 다가가던 도성이 겨우 살아날 기미를 보였다. 도성 백성들은 팔을 걷어붙이고 역병을 퇴치한 세르멕을 찬양했다.

"세르멕이라는 사람은 융국 상인이라며?"

"그렇긴 한데 융족도 아니라지 아마?"

"융국에서도 멀리 동쪽에서 온 사람이라고 들었어."

"의원도 아니면서 그 지독한 역병을 몰아냈단 말이야?"

"거 참, 그런 고마운 사람을 하늘이 보내주셨구면."

마침내 역병은 사라졌지만 그것이 훑고 지나간 상처는 깊게 남았다. 백성들의 삶을 전과 같이 돌려놓기에는 아직도 산적한 일들이 많았다. 세르멕은 스기요메의 군사들과 함께 거의 폐허로 변한 도성의 재건을 돕느라 또다시 분주했다. 스기요메의 군사들은 세르멕의 지시에도 일사불란하게 움직여주었다.

그러던 어느 날, 세르멕은 역병을 피해 도성 근교의 여름 별궁에 거처하고 있는 스카루국 왕이 자신을 부른다는 전갈을 받았다. 세르멕은 스기요메와 함께 그의 군사들의 호위를 받으며 도성 문을 나섰다.

도성에서 하루 거리의 드넓은 호수 뒤로 아름다운 돌산이 펼쳐지고, 별궁은 호수를 굽어보듯 돌산의 중턱에 자리하고 있었다. 펄럭이는 푸른 깃발이 그 건물에 왕이 기거한다는 것을 나타냈다.

별궁은 도성 밖에 세워진 또 다른 궁궐이었다. 양쪽으로 웅장한 대리석 기둥이 즐비한 계단에 왕궁의 호위군들이 서 있었다. 계단 밑에서 올려다보면 대리석 기둥들이 호랑이 입에서 빛나는 이빨처럼 사람을 압도했다.

"두 분만 들어가시지요. 병사들은 들어갈 수 없습니다."

입구의 호위군이 스기요메를 따르는 병사들을 제지했다. 병사들이 눈을 부라리며 쳐다보았지만 호위군은 끄떡도 하지 않았다.

"너희들은 호수 구경이나 하고 있거라. 세르멕, 들어갑시다."

세르멕은 맹수의 입으로 들어가는 느낌을 억누르며 입구로 들어섰다.

별궁 안쪽 어디선가 서늘한 바람이 불어왔다. 비 오듯 쏟아지던 땀이 이내 식을 정도였다. 아무리 둘러보아도 어느 쪽에서 불어오는 바람인지 알 수 없었다. 다만 비스듬히 세워진 벽에서 물 흐르는 소리가 희미하게 들려왔다.

"더운 공기를 식혀주는 장치요. 산에서 끌어온 물이 벽을 타고 흐른다오."

스기요메의 설명을 듣고 벽을 들여다보니 촘촘한 작은 구멍들이 뚫려 있었다. 차가운 바람은 거기서 새 나왔다. 불볕더위로 세상이 들끓는다 해도 건물 안은 전혀 더위를 느낄 수 없을 것 같았다. 신기하고도 경탄할 만한 기술이었다.

"여러 나라를 다녀봤습니다만 이런 장치는 처음 봅니다."

세르멕이 감탄을 하면서 손을 벽에 대보았다. 얼음을 스치고 불어오는 바람처럼 차가운 공기에 손이 시릴 지경이었다.

"이 별궁은 오래전에 지어졌소이다. 당시의 대왕께서 더위를 피할 수 있도록 별궁을 지으라는 명령을 내렸소만, 기술자들이 아무리 매달려도 동굴 속에 집을 짓지 않는 한 시원한 건물을 지어낼 수가 없었소. 결국 이 별궁을 지어놓고 그들은 목숨을 잃었소이다.

그런데 어디선가 우리나라로 흘러들어온 사람 하나가 자기에게 맡기면 건물을 부술 것도 없이 그대로 더위를 식힐 장치를 해주겠다고 장담했다고 합디다. 그 사람이 이 건물 곳곳에 저런 장치를 한 것이오."

"어느 나라에서 온 사람이었습니까?"

"그건 아무도 모르오. 그는 막대한 선물을 받고 곧바로 우리나라를 떠났다고 들었소. 그 이후로 사람들이 이런 장치를 만들어보려 했지만 모두 실패했다고 합디다. 보기보다 그리 간단한 기술이 아닌 모양이오."

세르멕은 신묘한 기술을 가진 사람들이 수수께끼 같은 일을 벌이는 것을 간혹 들어왔지만, 이 장치를 만든 기술자의 행방을 알수 없게 된 것은 참으로 아까운 일이라는 생각이 들었다.

"대왕의 거처가 아닌 다음에야 감히 이런 호사를 꿈꾸는 자체가 건방진 일이지."

갑자기 뒤에서 귀에 익은 목소리가 들려왔다. 뒤돌아보니 태자가 서 있었다.

"안 그렇소? 스기요메 장군. 감히 어느 누가 대왕의 별궁을 흉내내려 한단 말이오."

태자가 팔짱을 낀 채 천천히 다가왔다. 덫에 걸린 먹이 앞으로 느긋하게 걸어오는 사냥꾼처럼 그의 몸가짐은 한껏 도도했다. 어쩐 일인지 스기요메는 태자에게 인사도 없이 돌아서 버렸다. 세르멕이 보기에도 무엄한 행위였다. 태자가 발걸음을 멈추고 스기요메의 등에 대고 말했다.

"장군의 태도가 지금 얼마나 경박한 줄 알기나 하오? 하긴 도성의 역병을 겨우 외국 상인에게나 맡기는 위인이니 자신의 모습을 알아챌 현명함이 있을 턱이 없겠지."

조롱 섞인 말투가 스기요메의 거대한 몸집을 돌려 세웠다. 스기요메가 천천히 태자 쪽으로 다가갔다. 그의 눈에선 불덩이가 일고 있었다. 당장이라도 태자의 먹살을 움켜쥘 듯했다.

"감히 제가 어찌 태자님 앞에서 경박함을 숨기겠소이까. 도성의 역병을 피해 이런 호젓한 별궁에서 품위 있게 숨어 계시는 태자님 앞에서 말이오."

태자가 스기요메의 비아냥에 멈칫했지만 그의 표정엔 이내 야비한 미소가 깃들었다.

"병이란 의원들의 소관이란 것을 모르오? 함부로 군사를 동원해 역병 속으로 몰아넣는 장군의 무책임함이 오히려 한심스럽소. 아, 여기 그 잘났다던 상인이란 자도 함께 왔군. 자네가 의원도 아닌 주제에 역병 환자들을 돌봤다지?"

세르멕이 뭐라 대꾸할 겨를도 없이 스기요메가 태자의 코앞까지 바짝 다가갔다.

"도성엔 의원들이 없었소이다. 병자들을 돌볼 생각은 않고 역병을 피해 쥐새끼같이 도성을 빠져나갔지요. 귀족들이나 근위대 놈들처럼 말이오. 그러니 위험을 마다않는 이 사람이나 내 군사들처럼 어리석은 자들이라도 환자들을 돌볼 밖에요."

"흥! 장군의 그 검은 속을 내가 모를 줄 아시오? 국가의 재난을 이용해 자기 군사들을 사지에 몰아넣으면서까지 영달을 꿈꾸는 그

속을 말이오. 대왕의 눈은 속여도 내 눈만큼은 속일 수 없소."

스기요메가 눈을 일그러뜨리며 차가운 웃음을 흘렸다.

"태자님을 속일 수 없다는 것을 이제야 알았소이다. 하지만 내가 아무리 대왕의 눈을 속이고 영달을 꿈꾼들 태자님을 능가하겠소이까."

태자의 얼굴이 붉게 물들었다. 스기요메는 쾌활한 웃음을 지으며 돌아섰다. 태자가 그를 스치고 앞으로 성큼성큼 걸어가도 스기요메의 웃음은 끊이지 않았다. 그들은 태자의 뒤를 따라 왕이 기다리는 방으로 들어갔다.

천장이 높고 넓은 방이었다. 옥좌에 앉아 있던 왕은 스기요메와 세르멕에게 가까이 다가오라 명했다.

금빛 수로 치장한 옷이 화려했다. 하지만 그 안에 얼굴을 내민 사람은 작고 늙은 노인이었다. 세르멕은 스카루국의 왕을 이처럼 가까이서 보기는 처음이었다. 공주의 환영연 자리에서는 먼 곳에서 바라보기만 했을 뿐이었다. 멀리서 보던 처음 느낌과는 달리 오늘따라 위엄이 깃든 모습을 발견할 수 없었다.

왕이 손을 내밀어 세르멕의 손을 잡았다. 검버섯 핀 늙고 파리한 손은 시체처럼 온기가 없었다. 게다가 몹시도 떨려 과연 앞에 있는 찻잔을 들어 올릴 수나 있을지 걱정될 지경이었다. 막 숨이 끊어질 듯 그의 목소리도 떨렸다. 가슴을 쥐어 짜내야 겨우 입 밖으로 소리가 나오는 듯했다.

"왕자가 죽고서 융국 사람들을 원망했건만, 자넨 오히려 우리를 위해 몸을 아끼지 않았구나. 장하고도 고마운지고."

불 속의 끓는 불

스카루국 왕이 깊은 눈길로 세르멕을 그윽하게 내려다보았다. 한평생 온갖 풍상을 겪은 눈이었다. 늙고 초라한 겉모습과는 달리 왕은 눈에서 형언할 수 없는 위엄을 쏟아냈다. 그토록 도도하던 태자와 그 무엇도 거칠 것 없던 스기요메도 그 눈길 앞에서는 마음이 움츠러드는 듯했다.

왕은 도성 백성들의 환란을 통탄했다. 육체의 늙음으로 백성에게 가까이 다가가지 못하는 자신을 그는 답답해했다. 많은 희생자와 그 가족들에 대한 위로와 함께 어떻게 하면 그들을 도울 수 있을지 세르멕과 스기요메의 의견을 물었다.

세르멕은 그에 앞서 왕에게 할 말이 있었지만 어쩐지 망설여졌다. 결국 스기요메가 거들었다.

"대왕마마, 세르멕이 드릴 말씀이 있다고 합니다."

왕의 입에서 희미한 미소가 스쳐가며 고개를 끄덕였다. 세르멕이 입을 열었다.

"대왕마마, 송구스러우나 먼저 돌아가신 왕자님의 일과 관련된 말씀을 드리려 합니다."

웃음을 짓던 왕의 얼굴이 일그러졌다.

"……우리 왕자에게 시집온 융국 공주가 참담한 일을 저질렀네. 한시라도 빨리 복수하고 싶은 마음으로 역병이 찾아들기만 기다리는데, 그대는 무슨 말을 하려는가?"

세르멕이 마음을 가다듬고 말했다.

"대왕마마, 뜻하지 않은 왕자님의 변고를 생각하면 저 역시 참담합니다. 대왕마마의 분노를 충분히 이해합니다. 하지만 마마, 그 혼사를 제의한 쪽이 융국 왕이었다는 것을 잊지 말아주셨으면 합니다. 아시다시피 융국의 왕은 이전부터 평화를 정착시키고자 애를 쓰셨던 분입니다. 그런 분이 어찌 불순한 의도를 품고 자기 딸을 외국으로 시집보냈겠습니까. 이 혼사에 흑막이 깔려 있었을 줄은 그분 역시 모르셨을 것입니다."

스카루국 왕의 눈이 가늘게 빛났다.

"그게 무슨 말인가? 그대는 그렇다면 우리 왕자의 목숨을 노린 자가 달리 있다는 말을 하려는가?"

"대왕마마, 그 혼사를 성사시키기 위해 융국의 왕실을 움직인 사람은 대장군인 파이한이라는 자입니다. 대장군으로서 자신의 영달을 위해 전쟁을 유도한 것입니다. 그자 때문에 융국 왕께서도 지금 참담한 지경에 이르러 계십니다. 이를 대왕께서 살펴주시길 간청합니다."

"그렇게 단정짓는 이유를 말해보게, 세르멕."

스카루국 왕의 음성이 전에 없이 날카로웠다. 하지만 세르멕은 차분하게 대답했다.

"왕자님을 살해한 자는 필경 공주의 호위자인 훈추일 것입니다. 그러고도 그는 공주를 데리고 무사히 스카루국을 빠져나갔습니다. 그 행위의 치밀함은 가히 혀를 내두를 정도입니다. 그런데 그 훈추의 아비가 바로 파이한입니다. 그러한 사실은 그 부자의 공모를 누구도 부정할 수 없게 하는 것입니다."

잠자코 듣던 왕의 눈이 다시 깊어졌다. 세르멕은 이어 말했다.

"대왕마마, 지금 이 나라 백성들에게는 역병의 피해가 극심합니다. 또한 서쪽에서 키안국이 기회를 엿보는 이런 때에 대왕께서 만약 파이한의 간교한 술수대로 군사를 일으키신다면 스카루국의 백성들에게 더 큰 불행이 이어질까 두렵습니다."

왕의 깊은 눈이 세르멕의 이야기를 좇아 다른 세계를 넘나드는 듯했다. 그것이 세르멕의 이야기를 이해하려 애쓰는 모습이라는 것을 태자는 눈치챘다.

"아바마마, 이자는 융국 상인입니다. 아우의 죽음을 몰고 온 융국 공주와 함께 우리나라로 들어온 사람입니다. 저자의 말에 귀를 기울일 필요가 없습니다!"

태자가 세르멕을 노려보았다. 왕은 얼굴을 돌리지 않은 채 옆에 앉아 있는 태자에게 말했다.

"우리 백성을 위해 목숨을 바쳐 노고를 아끼지 않은 사람에게 그 무슨 무례냐."

작고 떨리는 목소리였지만 거기엔 노기가 들어 있었다. 하지만 태자도 물러서지 않았다.

"아바마마, 제 아우가 비명에 죽은 일을 벌써 잊으셨습니까. 어찌 왕도 모르게 일개 장군이라는 자가 이런 음모를 꾸미겠습니까. 융국 왕은 우리에게 씻을 수 없는 원한을 안겨주었습니다. 얼토당토 않은 주장에 현혹되시면 안 됩니다."

표정을 보아서는 왕이 태자의 말을 듣는 것인지 그의 머릿속에 다른 생각이 들어 있는지 알 수가 없었다. 왕이 동요 없는 얼굴을 돌려 스기요메를 향했다.

"스기요메, 그대의 생각은 어떠한가?"

그동안 잠자코 부복해 있던 스기요메가 양손을 무릎에 얹으며 왕에게 말했다.

"대왕마마, 지금은 역병의 피해를 돌보는 일이 시급합니다. 백성들의 어려움이 너무도 큰 이때, 다른 무엇을 생각할 수 있겠습니까."

스기요메의 입에서 역병 이야기가 나오자 태자도 입을 다물었다. 그만큼 스카루국을 휩쓴 역병은 당장 시급한 국가의 환란이었던 것이다. 그러나 세르멕은 스기요메의 간단한 대답이 의아했다. 전쟁을 일으키려는 파이한의 음흉한 의도는 그도 인정했다. 그렇기에 그 역시 융국 왕을 변호할 것이라 여겼다. 하지만 스기요메는 무슨 이유인지 더 이상 입을 열지 않았다.

왕의 눈이 더욱 깊어졌다. 짧지 않은 시간이 흐른 뒤 왕이 말했다.

"아들이 죽은 원통함이 내 지혜를 잠시 막았던 것 같네그려."

왕은 결정을 내렸다. 그 결정 속엔 융국 상인들의 석방도 들어 있었다. 세르멕은 안도하며 왕에게 감사의 인사를 올렸다. 하지만 스기요메의 얼굴엔 아무런 표정이 없었다. 세르멕은 문득 왕자의 죽음을 알리던 스기요메의 담담한 태도가 생각났다. 당시로서는 역병만 아니었어도 당장 전쟁으로 이어질 상황이었다. 그런데도 스기요메의 얼굴엔 전혀 전쟁을 걱정하는 기색이 없었다. 그의 속마음은 파이한처럼 전쟁을 원하는 것일까. 세르멕으로서는 알 수 없는 노릇이었다.

감옥에서 풀려난 상인들은 감격에 겨워하며 융국으로 돌아갈 채비를 서둘렀다. 혹독한 감옥 생활로 그들은 이제 스카루국이라면 진저리를 쳤다. 그러나 세르멕은 아직 스카루국을 떠날 수 없었다. 할 일이 남아 있었다. 상인들은 함께 돌아갈 수 없다는 세르멕을 모두 나서서 말렸다.

"위험한 스카루국에 남아 어쩌시렵니까. 고집부리지 말고 함께 가시죠."

상인들의 애원에도 세르멕은 고개를 저었다. 세르멕은 독수리의 말을 기억했다.

'철 병장기도 청동처럼 거푸집으로 찍어낼 수 있다는 말씀입니다.'

세르멕은 그의 기술을 사장시킬 수 없었다. 그 기술은 병장기에만 국한될 것이 아니었다. 잘 부러지지 않는 단단한 철이라면 온 세상의 혁신을 불러올 터였다.

'독수리의 기술을 세상에 보급시켜야 한다. 사람들에게 새로운 세상을 열어 주는 거다.'

세르멕은 무슨 수를 써서라도 독수리를 감옥에서 구출해내기로 마음먹었다.

"스카루국 쪽에서는 어떤 동향도 포착되지 않고 있습니다."

붉은수염이 파이한을 바라보았다. 파이한은 주변국의 지도를 펼쳐놓은 채 생각에 잠겼다. 스카루국과 융국 사이에는 서쪽의 사막과 북쪽의 가파른 산악지대가 놓였다. 어느 쪽이라도 상대를 침공할 땐 산악지대를 이용했다. 드넓은 사막지역에서는 군사행동이 어렵기 때문이었다.

왕자의 죽음으로 스카루국이 북쪽 산악지대를 통해 융국을 침공해 들어올 것이라 파이한은 생각했다. 하지만 그들은 파이한의 생각처럼 움직이지 않았다.

"역병이 심했다고 합니다. 스카루국 도성도 피해가 컸다는 보고입니다."

파이한은 역병까지 예견할 수는 없었다.

융국 내부 또한 조용했다. 간혹 말썽을 일으키는 지방 부족들의 봉기 소식도 없고, 주시하고 있는 제후들도 잠잠했다. 왕의 병세만 날로 악화될 뿐이었다.

붉은수염이 은근한 목소리로 말했다.

"저, 그런데 장군님. 키안국에서 사람이 왔습니다. 쿤둘 장군이 보냈다고 합니다."

"쿤둘 장군이?"

그 이름만으로도 파이한은 전율을 느꼈다. 일평생 전쟁터에서 승리를 거두어온 파이한에게 쿤둘은 유일한 패배를 안겨준 사람이었다. 오래전 자신의 부하 거의가 괴멸당했던 그 전투를 파이한은 생생하게 기억했다.

파이한이 옛 생각에 잠겨 있는데 낯선 사내가 대장군 관청으로 들어왔다.

"쿤둘 장군께서 융국 공주님과 파이한 장군의 아드님을 잘 모시고 있다는 전갈을 드리라고 하셨습니다."

그 말은 곧 두 사람을 볼모로 잡고 있다는 말이라고 파이한은 이해했다. 어차피 키안국에서 소식이 오기를 파이한도 기다리고 있었다. 다만 그가 놀란 것은 키안국의 정식 사신을 왕궁으로 보내지 않고 자기에게 직접 사자를 보내왔다는 것이었다. 파이한은 쿤둘의 의도를 즉시 알아차렸다.

'공주와 당신 아들의 귀환을 위해 우리 키안국에게 합당한 선물을 기대하겠소.'

왕의 죽음이 임박한 융국에서 차후 군대를 움직일 유일한 사람이 파이한이라는 것을 그는 멀리서도 내다보고 있는 것이다.

파이한이 지도를 다시 들여다보았다. 키안국 땅이 스카루국의 서쪽과 융국 남쪽으로 광대하게 자리했다. 키안국 서쪽으로는 바다가 펼쳐졌다. 최근 몰라보게 힘이 강성해진 키안국은 여세를 몰아 스카루국과 융국을 주시했다.

파이한은 키안국과 맞닿은 스카루국의 서쪽 지도를 유심히 들여다보았다. 스카루국이 자랑하는 광활한 곡창지대였다.

 '이곳을 가질 기회를 주겠다고 하면 쿤둘은 반드시 받아들일 터.'

8

어의의 노력에도 불구하고 융국 왕의 병은 차도가 없었다. 그나마 왕이 여태껏 목숨을 지탱해 왔던 것도 파룬이 처방한 약 덕분이었다.

왕은 땀이 흥건히 밴 얼굴을 들어 어린 태자의 손을 잡았다. 태자는 눈물을 흘렸다. 어의가 왕의 입에 약을 떠 넣으려는 것을 왕이 거부했다. 자기 생명이 다한 것을 그 스스로 깨달은 것이었다.

"……괜찮다. 나를 그냥 놔두거라."

왕의 얼굴에 쓸쓸한 고뇌가 스쳐갔다.

태자의 손을 잡고 있는 왕을 왕후가 쏘아보았다. 왕은 왕후의 소생인 어린 아들에게는 눈길 한번 주지 않았다. 하지만 왕후는 자신의 아들에게도 관심을 가져달라 이를 수 없었다. 태자의 외숙인 군부대신이 눈을 부라리며 앞에 앉아 있었다. 왕후는 초조했다. 왕의 침실에 긴 침묵의 시간이 흘렀다. 왕은 잠자는 듯 눈을 감은 채 숨을 가쁘게 몰아쉬었다. 얼마 후, 그의 숨이 멎었다.

왕의 승하 소식이 융국의 도성에 퍼져나가자 백성들은 통곡했다. 그들에게 왕은 자애로운 어버이였다. 전쟁을 일소하고 평화를 일군 어진 임금이었다. 그의 덕에 융국 백성들은 전에 없는 풍요와 번영을 누렸다.

왕의 장례 기간 동안 태자의 외숙인 군부대신과 왕후의 갈등은 표면에 나타나지 않았다. 이제 갈등이라 할 것도 없었다. 왕의 죽음은 곧 태자의 승리였다. 벌써부터 눈치 빠른 사람들은 태자의 처소로 몰려들었다. 하지만 대세가 기울었다는 것을 왕후는 인정할 수 없었다. 한 달에 걸친 장례가 끝나 태자가 즉위하기 전에 어떻게든 권력을 빼앗아야 했다.

왕후가 골치 아픈 머리를 싸매고 누워 어의의 진맥을 받고 있을 때, 그녀의 오라비인 재상이 들어왔다. 왕후는 기다렸다는 듯이 어의를 뿌리치고 일어났다.

"오라버니, 대신들의 반응은 어떻던가요?"

"제 말에 수긍하고는 있지만 아직은 태자 측의 눈치를 보고 있습니다. 그러나 곧 우리의 세를 알게 되면 대부분 호응할 것입니다."

"원, 오라버니도 무슨 일을 그렇게 하시우? 당장 우리 편을 만들어야지 그들이 제 발로 걸어올 때까지 기다리겠다는 것입니까?"

"하지만 대왕의 장례 기간이고 사람들의 눈이 있는 터라……"

"지금 그까짓 남들 눈을 신경 쓸 때인가요? 이러다가 장례가 끝나고 태자가 즉위라도 하게 되면 어떡하려고 그러십니까. 파이한과 태자 측 말대로 스카루국이 우리 땅을 침공했나요? 괜스레 군사들만 모아가지고 왕궁에 겁만 주고 있지를 않습니까. 더구나 스카루국은 역병으로 고초를 겪고 있다던데 어찌 우리를 침공하려 들겠어요. 이건 모두 태자가 파이한과 결탁하여 우리를 말려 죽이려는 수작이에요. 대신들도 스카루국이 침공할 거라는 거짓말에 속아 잠자코 있지만, 그것이 모두 저놈들의 음모라는 사실을 알아보세요. 다들 태자와 파이한에게 등을 돌릴 것은 뻔한 일입니다."

답답해진 왕후는 머리를 싸잡고 벌렁 누워버렸다. 재상도 왕후의 말이 틀리다고 생각하지는 않았다. 하지만 대왕의 장례 기간에 경거망동한다면 일을 그르칠 우려가 있었다. 그렇기에 조용하게 물밑에서 일을 처리하던 중이었다. 그러나 성정이 불같은 왕후는 참지 못했다.

왕후가 드러눕자 뒤쪽에서 머리를 숙이고 기다리던 어의가 다가왔다. 누워 있는 그녀의 팔을 들어 다시 진맥을 하려던 어의는 갑자기 뒤로 벌러덩 넘어져버렸다. 왕후가 냅다 걷어찬 것이었다.

"귀찮다! 썩 물러나지 못하겠느냐!"

왕후가 버럭 소리를 질렀다. 어의가 황망히 일어나 밖으로 나갈 때, 왕후가 다시 오라비에게 말했다.

"지금이라도 당장 대신들을 모으세요. 파이한부터 없애야 합니다. 태자는 그 후에 도모해도 늦지 않아요. 지체할 시간이 없습니다!"

그녀의 목소리가 방문 밖까지 쩌렁쩌렁 울렸다.

밖으로 쫓겨나온 어의는 눈살을 찌푸렸다.

'저년이 제 명을 재촉하는군.'

어의는 파룬 의원에게 신세를 진 사람이었다. 파룬이 처방을 가르쳐 주지 않았다면 왕은 발병 초기에 죽었을 것이다. 왕이 허무하게 죽어버렸다면 그의 목도 무사할 수 없었다. 결국 파룬이 자기 목숨을 살려주었다 해도 과언이 아니었다. 그런데 대장군 파이한이 왕후 일파에게 오라를 받는다면, 그의 이복형인 파룬 의원마저 위태롭게 되는 것이 아닌가. 생명의 은인이라 할 수 있는 파룬 의원에게 불행이 닥쳐올 것을 알고 어의는 가만히 있을 수 없었다. 어의는 왕궁을 빠져나와 대장군의 관청으로 향했다.

어의의 말을 듣고 파이한은 수염을 떨었다. 그는 생각처럼 움직여주지 않는 스카루국 때문에 절박함을 느끼고 있었다. 왕의 장례가 끝나면 무언가 새로운 계획을 세워야 했다. 그런데 그사이에 왕후가 엉뚱한 짓을 벌이려 한다? 파이한의 눈이 곁에 있는 붉은수염을 향했다. 그의 눈빛도 무언의 언어를 쏘아 보냈다.

'장군, 묵과할 수 없습니다.'

파이한이 그를 향해 고개를 끄덕여 보였다. 파이한은 즉시 도성 호위부장을 불러 사태를 알리고 그들이 왕궁에서 물러나 있게 했다. 훈추의 후임으로 그 자리에 앉아 있는 호위부장은 파이한의 말에 거역할 수 없었다.

그날 저녁, 왕궁 내 대왕의 빈소로 군사들이 들이닥쳤다. 빈소 앞에서 곡을 하던 태자와 대신들은 갑주 차림에 칼을 차고 나타난 파이한을 보고 기겁했다. 파이한은 떨고 있는 그들 앞에 공손히 머리를 숙이고 말했다.

"태자마마, 대왕마마의 상중에 소란을 피우게 되어 죄송합니다. 지금 왕후와 그 일파들이 태자마마를 해하고 보좌를 빼앗으려 모의를 한다고 합니다. 때문에 앞뒤 가리지 않고 이렇게 들어왔습니다. 만약 소장의 잘못이 있다면 후일 죄를 내려주시고, 지금은 당장 왕후 일파를 처단할 수 있도록 허락해주십시오."

태자는 물론 그의 외숙인 군부대신을 비롯해 여러 대신들도 벌어진 입을 다물지 못했다. 태자가 몸이 떨려 말을 잇지 못하자 군부대신이 나섰다.

"태자마마, 위태로운 시기에 발 빠르게 움직여준 대장군의 청을 윤허하셔야 합니다. 간교한 왕후 일파들을 모두 벌하시옵소서."

그러자 간신히 위엄을 되찾은 태자가 파이한에게 말했다.

"어서 왕후를 잡으시오. 나를 해하려 했다는 그 간교한 무리들을 모두 주살하시오."

파이한은 즉시 군사들을 이끌어 왕후의 처소로 달려갔다. 마침 재상과 왕후 그리고 몇몇 대신들이 모여 앉아 머리를 맞대고 이야기를 나누던 중이었다. 왕후는 엉겁결에 소리 한번 쳐보지 못한 채 파이한의 칼에 쓰러지고, 그의 오라비는 붉은수염의 철퇴에 머리가 으깨졌다. 경황 중에 뒷문으로 도망가려던 대신들도 모두 군사들의 칼에 피를 뿌리며 쓰러졌다. 잠을 자다가 뛰쳐 나온 왕후의 어린 아들마저 군사들의 칼을 받고 죽었다.

왕후 일파를 도륙 낸 뒤, 파이한은 군사들에 둘러싸여 태자에게 다가갔다. 피 묻은 그들의 갑주에서 서늘한 기운이 감도는 것을 느끼며 태자와 주위 사람들은 몸을 떨었다.

"태자마마의 명대로 왕후와 그 무리들을 처단했습니다. 그러나 또 어디서 그들의 잔당들이 음모를 꾸밀지 모르는 일입니다. 대왕의 장례 기간 동안 군사들을 도성 안에 주둔시키고 태자마마의 안위를 지켜드릴 수 있도록 윤허해주시길 바랍니다."

비록 한쪽 무릎을 꿇었지만, 눈을 부라리며 말하는 파이한에게 태자는 감히 맞서 반대할 수 없었다. 그것은 군부대신도 마찬가지였다.

"고맙소. 나는 오로지 그대만 믿을 뿐이오."

태자의 목소리는 너무 떨린 나머지 바로 앞에 있는 파이한만이
겨우 알아들을 정도였다.

9

테레아를 둘러싼 북쪽 제후들의 표정이 어두웠다. 그들은 왕가의 불상사와 더불어 파이한의 전횡을 성토했지만, 그렇다고 뾰족한 대책을 내놓는 사람은 없었다. 섣불리 반기를 들기엔 파이한의 존재가 너무도 컸다.

그렇다 해도 테레아 제후는 왕가의 위급함을 두고 볼 수 없었다. 제후에 봉해진 지 오래지 않은 다른 제후들과는 달리 테레아 가문은 그의 5대조가 봉작(封爵)된 이래 지난 백여 년간 왕가와 운명을 같이했다. 그의 아버지는 입버릇처럼 말했다.

'제후는 왕의 분신이라는 것을 잊지 말아라. 사리사욕을 채우는 것도 금물이지만, 위로는 왕가와 아래로는 백성의 안위를 위해 모든 노력을 쏟지 않으면 안 된다. 특히 위기에 닥쳤을 때는 왕가와 백성 어느 쪽이라도 역량을 다해 구해야 한다. 그것이 제후가 할 일이며 가문의 명맥을 잇는 방편이라는 걸 명심해라.'

어전에 출입하는 대신들은 물론이고 태자를 가까이서 지켜야할 군부대신마저 파이한을 두려워했다. 왕의 장례가 끝나지도 않은 마당에 왕후 일파를 한칼에 죽인 그를 어찌 두려워하지 않을 수 있겠는가. 그러나 파이한의 독주를 예측했던 사람은 없었다. 여태까지 그는 오로지 국가와 군대, 그리고 백성을 위하는 인물로 보였다. 그에게서 개인의 영달을 꿈꾸는 모습은 찾아볼 수 없었다. 그렇기에 태자의 외숙은 군부대신으로 영전하면서 파이한을 후임 대장군에 천거하는 데 주저하지 않았다. 왕 역시 꿋꿋하게 장군직에 충실해온 파이한이 대장군에 오르는 일을 반대할 이유가 없었다.

물론 지금도 파이한이 모반을 일으키려 한다고는 볼 수 없었다. 그가 왕후 일파를 처단하고 도성 내에 군사를 주둔시킨 것은 태자의 안정적인 왕위 계승을 위해서라는 명분이 확실했다. 문제는 왕의 죽음 이후 도성의 군대를 통제할 사람은 대장군 한 사람밖에 없다는 데 있었다. 테레아는 태자에 대한 파이한의 변함없는 충성심을 확신할 수 없었다. 무엇보다도 작금의 현실에 휩싸인 내면에서 그를 믿어서는 안 된다고 외치는 것이다. 마침내 테레아가 제후들에게 말했다.

"군사를 일으켜야만 하오. 파이한에게서 태자님을 지키려면 방법이 없소."

테레아 제후의 결단은 제후들의 위축되었던 마음에 희망을 불어넣었다. 그들은 파이한을 처단하고 태자를 보호하기 위해 도성을 향해 진군할 것을 결의하고 각자의 영지로 돌아갔다. 그러나 그들이 자기 영지에 도착했을 때, 놀랍게도 파이한의 편지가 기다리고 있었다.

'북쪽 제후들이 테레아 제후의 영지에 모여 나에게 할 말을 의논한다는 소식을 들었소. 마침 내 병사들이 요즘 도성 안에 한동안 갇혀 있었기에 기강이 풀어져 훈련이 필요하다고 생각하던 참이었소. 일단 기병들의 속전 기동훈련을 위해 그대들의 영지가 있는 북

쪽을 향할까 하오. 다음 초하룻날 테레아 제후의 영지 인근에 당도할 테니 그때 그대들의 이야기를 듣겠소.'

편지를 읽은 제후들은 몸을 떨었다. 다음 초하룻날이라면 겨우 이틀 뒤였다. 파이한의 귀신 같은 정보력과 예상치 못한 빠른 대응은 북쪽 제후들을 얼어붙게 했다. 그들은 약속대로 테레아에게 군사를 보낼 수 없었다. 숨죽이며 파이한의 행동을 주시할 뿐이었다.

테레아 역시 난감했다. 주위 제후들의 도움 없이 혼자 힘으로 파이한을 대적하기엔 불가능했다. 테레아는 어쩔 수 없이 파이한에게 전갈을 보냈다.

'저희는 태자마마의 안전을 지킬 책임이 있는 제후들로서 만약의 사태에 대비한 것뿐입니다. 태자마마를 곁에서 보좌하는 대장군께 반기를 들 생각은 추호도 없습니다.'

파이한이 테레아의 사자를 바라보았다. 파이한의 눈에 분노와 살의 같은 것은 없었다. 그는 가라앉은 목소리로 말했다.

"태자마마에 대한 제후들의 충정이 그치지 않기를 바란다고 전해라. 내 군사들의 훈련도 충분했으니 나는 이만 도성으로 돌아가겠다."

파이한은 아무 일 없었다는 듯이 그날로 군사를 거두어 돌아갔다. 북쪽 제후들은 가슴을 쓸어내렸다.

10

왕의 장례가 마무리되었지만 파이한의 군사들은 여전히 도성 밖으로 나가지 않았다.

파이한이 북쪽 제후들을 향해 진군할 때 군부대신은 어떤 통보도 받지 못했다. 군의 통제 권한을 갖긴 했지만 그는 갑주를 벗은 대신이었다. 사실상 군대를 틀어쥔 대장군이 의견을 달리하면 그로서는 손을 쓸 수가 없었다. 도성으로 군사를 들여올 때도 파이한은 자기와 상의 한마디 하지 않았다. 군부대신은 비참했다.

근래 파이한은 스카루국과의 전쟁 준비에 여념이 없었다. 그러나 군부대신이 보기에 융국은 지금 스카루국과 전쟁을 할 때가 아니었다. 태자가 하루빨리 즉위하여 신하들과 백성의 신망을 다지는 일이 시급했다. 그러나 파이한은 태자의 견고한 왕권엔 관심이 없어 보였다. 아니, 의도적으로 태자의 권위를 무시했다. 자신에게 도전하려던 북쪽 제후들까지 호령 한마디로 평정한 그는 대장군이라는 명목 하에 군부의 일을 스스로 결정했다. 그의 결정은 국정의 다른 분야로도 옮겨갈 것이다. 군부대신은 두려웠다.

스카루국 왕자의 죽음에도 이제 의심이 들었다. 공주가 파이한의 아들 손에 이끌려 무턱대고 키안국으로 도피했다는 것은 아무래도 납득이 가지 않았다. 그 두 사건에 파이한의 계략이 숨어 있는지도 모른다는 생각이 들었다. 그가 죽은 대왕까지도 서슴없이 속이려 들었다면 아직 연소한 태자의 앞날은 더욱 우려스러웠다. 그렇다면 중요한 것은 태자의 어설픈 즉위 문제가 아니었다. 어떻게든 파이한의 전횡을 막아야 했다. 그러려면 무엇보다도 우선 도성에 주둔한 파이한의 군사를 도성 밖으로 물려야 했다.

군부대신은 파이한의 형인 파룬 의원을 떠올렸다. 천하의 파이한이라도 덕망 있는 자기 형의 부탁만은 거절할 수 없지 않을까. 그는 천근처럼 무거운 가슴을 안고 파룬의 집을 찾았다.

"의원님의 도움을 청하러 왔소이다. 의원께서는 파이한 장군의 형님 되는 분이 아니십니까. 파이한 장군에게 도성의 군사를 물려 달라고 설득을 부탁드리려 하오만."

"……답답한 노릇입니다. 비록 그 사람의 형이라고는 하나 일개 의원인 제가 나설 수는 없을 듯합니다. 섣불리 나서면 오히려 더 큰 화를 자초할지 모릅니다."

"그러지 마시고 의원님의 고견이라도 들려주시겠소이까. 도대체 요즘 같아서는 마음이 송곳방석에 앉은 터라 불안하기 이를 데 없소이다."

불안한 것은 파룬도 마찬가지였다. 지금 태자가 즉위해봐야 파이한에게 휘둘릴 것은 뻔한 것이며, 종국에는 태자의 목숨은 물론 왕위마저 빼앗길 것이 자명했다.

파룬이 걱정하는 것은 융국의 안전이었다. 파이한의 야욕은 결국 나라의 파란을 불러오게 될 테고, 그것은 온 백성을 도탄에 빠뜨릴 위험이 있었다. 그는 할 수만 있다면 벌써 아우를 설득했을 것이다. 그러나 도무지 손을 쓸 방법이 없었다.

파룬이 군부대신에게 말했다.

"제 아우가 힘을 가진 것으로 보이긴 합니다만, 다행히도 그 사람은 거기에 대한 명분만은 갖지 못했습니다. 아시다시피 명분이 없는 권력이란 힘이 실리지 않을 뿐만 아니라 그 생명이 길지 못한 법입니다. 그 사람에게 끝까지 명분을 갖지 못하게 한다면 거기에 태자마마의 살길이 있을 것입니다. 그러기 위해서는 달리 방법이 없습니다. 태자께서 제 아우로부터 멀리 떠나야만 합니다."

군부대신이 침통하게 물었다.

"망명이라도 하셔야 한다는 말씀인가요?"

"안타까운 말이지만 그렇습니다. 태자께서 왕궁에 계신다면 제 아우는 어떻게든 자신의 명분을 만들어 낼 사람입니다. 그렇기에 지금으로서 택할 방법은 태자님의 망명뿐입니다. 물론 태자께서 다시 융국으로 돌아와 왕좌에 오르시려면 오랜 세월이 걸릴지도 모르지요. 하지만 당장 제 아우에게 위태롭게 생명을 맡기면서 명분의 샘을 공급하는 것보다는, 태자님의 목숨과 왕좌를 지킬 수 있는 길일 것입니다."

"……듣고 보니 파룬 의원 말씀이 틀리지 않소이다. 허나 태자께서 망명을 하신다면 누가 지켜드릴 수 있을까요. 죽은 제 누이와 돌아가신 대왕을 뵐 생각을 하면 앞이 막막하구려."

군부대신은 참담한 표정으로 고개를 숙였다. 파룬이 그의 손을 잡고 말했다.

"다행히 지금 스카루국엔 예하 상단 사람들이 있어요. 예하 대인에게 부탁을 하면 어떻게든 방법이 있을 겁니다."

군부대신은 일단 태자를 피신시키고 봐야 한다는 파룬의 말에 반박할 수 없음이 답답했다. 어쨌든 융국의 대통을 이을 유일한 태자는 살아남아야 하는 것이다. 처연한 눈길로 파룬을 바라보던 군부대신은 이윽고 고개를 끄덕였다. 한때 융국의 전군을 호령하는 장수였던 그는 늙고 초라한 노인의 모습으로 파룬의 집을 나섰다.

11

스카루국에서 상인들이 돌아왔다는 말에 예하가 문을 박차고 뛰어나갔다. 그동안 노심초사 기다리느라 마음이 검게 타 들어갈 지경이었다. 그만큼 공주를 따라 상단이 스카루국에 들어간 이후 들려왔던 소문들은 이루 말로 표현 못할 청천벽력이었다. 거기다가 지금은 양국 간에 언제 터질지 모를 전운마저 감돌고 있었다. 또한 나라 내부에서도 왕이 죽고부터 벌어지고 있는 일들이 한치 앞도 내다볼 수 없었다. 그런데 천만 뜻밖에도 상인들이 돌아온 것이다.

예하가 마당으로 나오자 에젠이 벌써 나와 있었다. 에젠의 얼굴 또한 병색이 완연했다. 그런데 두 사람이 아무리 둘러보아도 세르멕을 찾을 수가 없었다.

"세르멕 님은 돌아오시지 않았습니다. 스카루국에 남아 할 일이 있다고 하셨습니다."

예하보다도 먼저 에젠이 상인을 다그쳤다.

"그게 무슨 말인가요? 무엇 때문에 적국에 그대로 머물러 계신다는 거죠?"

"저희들도 자세한 건 모르겠습니다. 토라 님과 함께 거기서 하실 중요한 일이 있다고만 말씀하셔서……."

방 안으로 들어온 예하는 골몰하게 생각에 잠겼다.

'그 사람이 무엇 때문에 거기 남았다는 말인가.'

지금 예하에겐 세르멕이 절실했다. 나라가 다시 환란의 도가니 속에 처박힌 지금 서역 상인들은 융국 상단과의 거래를 꺼렸다. 키 안국에서도 전쟁 준비가 한창이라고 했다. 그곳 상단 사람들도 지금 같은 시기에 상인들을 보내기란 어려울 것이었다. 어쩔 수 없이 소규모 대상을 꾸려 서역으로 보내고 있긴 하지만 상단에서 거래 되는 물량을 대기엔 턱없이 부족했다. 사방으로 트였던 장삿길이 한순간 막힐 위기에 처한 것이다. 그런데 이 어려운 시기에 어째서 그가 돌아오지 않았다는 말인가.

"안 되겠어요. 제가 스카루국으로 가야겠어요. 세르멕 님을 만나 서 모셔 와야겠어요."

어느새 들어왔는지 등 뒤에서 에젠의 목소리가 들려왔다. 그러 나 예하는 에젠까지 곁에서 놓아 보낼 수가 없었다.

"세르멕에게 사람을 보내긴 해야겠지만, 너는 안 된다."

"어째서 안 된다고 하시죠? 그럼 양푸 님을 보내실 건가요? 그분 은 미카가 보내지 않을 거예요. 미카한테서 그분을 빼앗을 생각일 랑은 마세요. 거기는 제가 가야 돼요. 제가 세르멕 님 곁에 있어야 된다구요."

"세르멕이 왜 스카루국에 머무르는지는 모르지만, 우리나라와 전쟁을 할지도 모를 적국이지 않느냐. 너마저 위험에 처하게 할 수 는 없다."

"아버지, 그분은 누구도 당할 수 없는 천하의 무사예요. 더구나 곁엔 힘이 장사인 토라 님도 계시구요. 저 역시 웬만한 사내 여럿

정도는 당해낼 수 있다구요. 위험할 것은 없어요. 위험이 두렵지도 않아요. 한두 번 겪는 일인가요?"

에젠이 아무리 애걸해도 예하는 고개를 저었다. 예하가 에젠과 입씨름을 하고 있을 때 외눈박이가 싱글벙글 웃으며 들어왔다.

"어르신, 스카루국에 갔던 상인들이 귀한 물건을 많이 가져왔습니다. 이 물목을 좀 보십시오. 모두 비싼 값에 팔릴 것들입니다."

예하는 외눈박이가 내민 목판 장부를 거들떠보지도 않았다. 외눈박이는 그제야 심상치 않은 방 안 공기를 눈치채고 입을 닫았다. 예하가 말했다.

"내가 늘 하는 말이 무엇이냐. 우리 상인에겐 물건보다 귀중한 것이 사람이라고 했다. 지금 적지에 그런 귀중한 사람이 남아 있건만, 너는 물건만 눈에 들어오느냐."

"그렇지만 어르신. 물건이 있어야 장사를 할 것 아닙니까. 제 발로 오지 않은 세르멕이야 스스로 알아서 처신할 테고, 우리는 가져온 물건을 팔아서 이문을 남겨야 되지 않겠습니까?"

기어이 예하의 입에서 불호령이 떨어졌다.

"네 이놈! 그따위 주변머리로 어찌 상단을 이끌려고 하느냐. 네놈이 그토록 중하게 여기는 물건들을 보내놓고 정작 세르멕은 위험한 적지에 남았느니라. 그 사람이 거기 남아 있는 연유가 도대체 무엇인지 궁금하지도 않다는 말이냐!"

외눈박이는 붉어진 얼굴로 입을 닫았다. 예하는 한참 동안 노기를 가라앉히고는 다시 말했다.

"지금 양푸가 보내온 금괴가 얼마나 되느냐?"

외눈박이가 허리에 차고 있던 목판을 확인하더니 말했다.

"비상용으로 놔둔 것을 빼고 열두 상자입니다. 이달 보름에 또 한 상자가 도착할 것이라 했습니다."

예하는 다문 입술을 조금씩 들썩이며 눈을 감고 무엇인가 한참을 계산하다가 에젠을 돌아보며 물었다.

"며칠 후 서역으로 떠날 아이들에게 금괴가 얼마나 필요할 것 같으냐?"

"스카루국에서 가져온 물건들 중에서도 서역으로 가져가 팔 것들이 많아요. 정작 금괴는 별로 필요치 않을 것 같은데, 왜 그러시죠?"

"세르멕은 지금 가지고 있는 금괴가 없을 것 아니냐. 외눈박이가 그곳으로 갈 때 좀 실어 보내려고 한다. 상인의 주머니가 비어 있으면 안 되지 않겠느냐. 더구나 처신이 어려운 적지에서 말이다."

에젠은 체념한 듯 입을 다물었다. 반대로 외눈박이의 하나밖에 없는 눈이 크게 벌어졌다.

"어, 어르신, 그게 무슨 말씀입니까?"

"너는 서둘러 준비해서 스카루국으로 떠나거라. 남은 금괴를 모두 가지고 말이다."

"어르신, 어찌 저더러 그 사지로 가라 하십니까? 그 많은 금괴를 가지고 어찌 무사할 수 있겠습니까. 어르신, 다시 한번 생각해 주십시오."

"그따위 허약한 심사로 무슨 장사를 한다는 말이냐. 잔말 말고 힘쓰는 아이들을 데리고 당장 내일이라도 떠나거라. 조금의 실수도 없이 세르멕에게 금괴를 전해야 하느니라."

외눈박이는 눈앞이 캄캄했다. 그날 저녁 잠자리에 들었지만 스카루국으로 떠날 걱정에 도무지 잠이 오질 않았다.

'말 말아요. 세상에 그리 무지막지한 놈들은 처음 봤다니까. 근위댄지 뭔지 하는 놈들 말이야. 함부로 남의 물건을 빼앗지를 않나, 사람들을 잡아다가 족쳐대기 일쑤고.'

'그 역병 생각만 하면 지금도 오한이 드네.'

'으이그. 그 지옥 같은 감옥은 어떻고.'

'그나저나 전쟁이 일어나긴 할 것 같더라구요.'

'스카루국 놈들, 군사들도 엄청 많데.'

스카루국에서 돌아온 상인들이 게거품을 물고 해댔던 말들은 모두 비관적이고 암울한 말들이었다. 전쟁은 둘째치고 융국 사람이라는 이유만으로 죄도 없이 감옥에 갇혔다고 했다. 더구나 그곳은 얼마 전까지 역병이 창궐했던 곳이고, 그 역병이 언제 다시 고개를 들지 모를 일이었다. 외눈박이는 역병에 대해서는 누구보다 잘 알았다. 서역에서 역병이 휩쓸고 지나간 도시나 마을을 수도 없이 봐왔기 때문이었다. 모두 하나같이 참혹한 모습이었다. 게다가 신참 시절 전쟁터 한가운데 잘못 갔었다가 모든 재물과 눈 하나를 잃었다. 외눈박이는 지금도 그때만 생각하면 몸서리가 쳐졌다.

'아, 어떻게 해야 하나.'

스카루국으로 그 많은 금괴를 가지고 가려면 낙타 행렬과 함께 백여 명에 달하는 인원을 이끌어야 했다. 전쟁의 위협이 없다 해도 힘든 여행이었다. 재수 없게 전쟁이라도 터지면 어디 숨을 곳도 없었다. 게다가 낙타에 실린 짐이 모두 금괴라는 것이 밝혀지면 살아날 가망은 아예 없을 것이었다. 그는 귀한 목숨을 다른 사람도 아닌 세르멕을 위해 바쳐야 하는 것에 울화가 치밀었다.

'그자만 없었다면 어르신은 지금쯤 내게 상단을 맡겼을 텐데.'

지난날, 그토록 죽기를 바라면서 돌벽 아래에 함정을 파놓았건만 세르멕은 얄밉도록 피해갔다.

'예하 어르신도 그렇지. 어찌 생판 알지도 못하던 야만인을 데려다가 그토록 높이 쓰시는가 말이야.'

처음에 예하는 인질로 데려왔다고 말했지만, 이것은 인질이 아니라 숫제 아들을 데려온 것이나 다름없었다. 세르멕이 나타나자 자기 신세가 얼마나 비참해졌던가. 평생을 예하 상단에 바쳤건만 예하는 자기보다도 신출내기인 세르멕을 싸고돌았다. 상단의 모든 중요한 일을 세르멕에게 맡기고 자신을 세르멕의 지시에 따르는 시중꾼으로 전락시켰다. 무엇보다 외눈박이의 부아를 돋운 것은 세르멕의 노예나 다름없는 출신 배경이었다.

'평생을 바쳐 어르신을 위해 일한 대가가 겨우 이거란 말인가.'

외눈박이는 어금니를 악물고 불끈 쥔 주먹을 부르르 떨었다.

'그래, 이 방법밖에 없어. 내일이면 당장 떠나야 하는데, 망설일 여유가 없다.'

외눈박이는 마음을 다잡았다. 이불을 걷어차고 밖으로 나왔다. 아직 보름이 되지 않았건만 별이 총총한 하늘엔 제법 달이 밝았다. 대문을 나서 어두운 도성 거리로 나왔다. 어둠 속에 선명한 얄렌강물 흐르는 소리를 들으며 그는 둔중한 석교를 건너 파이한의 저택으로 향했다.

예하 어르신의 급한 전갈이라고 하자 다행히 파이한은 자다 말고 나와주었다. 파이한 앞에서 외눈박이는 얼른 무릎을 꿇었다.

"사실은 예하 어르신의 전갈이 아니라, 그분의 비밀을 말씀드리러 찾아뵈었습니다."

파이한의 눈초리에 찬바람이 일었다. 외눈박이는 심호흡을 하고는 다시 말했다.

"예하 어르신에겐 숨겨놓은 금광이 있습니다. 우리 융국 땅도 아닌 동쪽 땅에 있는 것이니 임자가 없는 것이긴 하지요. 그렇더라도 나라에 신고를 하지 않는 것은 아무래도 잘못인 것 같아 일러드리는 것입니다."

갑자기 파이한이 대청에서 맨발로 내려와 외눈박이의 멱살을 틀어쥐었다.

"네 이놈! 목숨이 아깝거든 바른대로 말해라. 어찌하여 네 주인의 치부를 내게 고하는 것이냐!"

파이한의 눈이 어둠 속에서도 이글이글 타고 있었다. 외눈박이의 손이 바르르 떨려왔다.

"사…… 사실은, 예하 어르신이 저더러 내일 당장 스카루국으로 떠나라고 하셨습니다. 제가 그 위험한 적국으로 가야 하는 것이 너무도 원통하여……"

파이한의 눈이 커지더니 외눈박이의 멱살을 놓아주며 말했다.

"거긴 어인 일로 가라는 것이지?"

"지난번에 공주님과 떠났던 세르멕이라는 저희 상단 사람이 스카루국에서 아직 돌아오질 않았습니다. 그자가 분명 거기서 무슨 못된 짓을 하는 모양인데, 저는 통 무슨 영문인지 알 수 없지요. 사실 그자는 우리 융국 사람도 아니고 동쪽 야만족 출신입니다. 그런데 예하 어르신이 저더러 열 상자가 넘는 금괴를 그자에게 가져다주라는 것입니다. 아무래도 예하 어르신과 세르멕이라는 자가 무슨 꿍꿍인지를 알 수가 없고, 또 우리나라에 해가 되는 일인지 몰라……"

말이 끝나지도 않았건만 파이한이 외눈박이의 목덜미를 잡아챘다. 그러고는 안뜰로 끌고 나가면서 소리쳤다.

"게 아무도 없느냐!"

저택을 지키던 군사 몇이 뛰어나오며 부복하자 파이한이 그들에게 명했다.

"이놈을 가두고 당장 붉은수염을 불러라. 어서!"

12

독수리를 빼내려면 세르멕에게는 재물이 필요했다. 하지만 금괴를 모두 거래에 써버린 탓에 세르멕에게는 남은 재물이 없었다. 독수리의 사정을 미리 알았더라면 약간의 금괴를 남겨두었을 테지만 그렇지를 못했던 것이다. 생각다 못한 세르멕은 한 스카루국 상인을 찾아갔다.

그 역시 제법 큰 규모로 장사를 하는 상인이라 저택이 화려했다. 안내하는 노예를 따라 넓은 안뜰을 지나는데 마주 오던 젊은 사내가 세르멕과 토라를 흘끔거리며 쳐다보았다. 역병을 퇴치한 이후로 세르멕은 도성 사람들에게 어느 정도 얼굴이 알려진 터였다. 그 역시 세르멕을 알아보는 눈치였다. 하지만 다른 도성 사람들과는 달리 그는 인사는 물론 아는 체도 하지 않고 그냥 지나쳐버렸다. 그가 멀어지자 토라가 말했다.

"근위대장 밑에서 부장으로 있는 자입니다. 지난번 근위대 건물에서 본 기억이 있는데, 저자도 우리를 알아보는 것 같군요."

"근위대 부장이 이 댁엘 어찌 드나드는 것이냐?"

"글쎄요. 그것은 저도 모르겠습니다."

왕자가 죽은 후로 이제 태자가 상인들 관리를 도맡고 있었다. 그러니 태자의 수족인 근위대장이 수하를 시켜 상인들을 접고하는 것이야 그리 이상할 일은 아니었다. 그러나 상인을 만나 이야기를 들어보니 전혀 엉뚱한 말이 돌아왔다.

"친척 조카뻘 되는 놈이올시다. 근위대로 들어갔다는 이야기는 예전부터 들었는데 벌써 부장이 되었다는구려. 이제 상거래를 태자님께서 관장하시니 그 수하인 근위대장과 친해져야 할 것 아니겠습니까. 그러려면 아무래도 저 아이가 필요할 것 같아 요즘은 자주 부르고 있지요."

상인은 태자가 왕자 때보다 더욱 철저하게 상인들을 관리하고 있다고 말했다.

"그나저나 융국으로 돌아가신 줄 알았는데, 어인 일로 아직 돌아가질 않았소이까?"

스카루국 상인은 아직도 세르멕이 스카루국 도성에 남아 있는 이유를 궁금해했다. 게다가 세르멕이 돌아가지 않았다면 무언가 건수가 있을 것이라는 막연한 기대까지 비쳐 보였다. 처음 만난 융국 상인이었어도 그만큼 그들은 세르멕의 장사 안목을 높게 평가했다.

"개인적인 볼일이 남아 있을 뿐입니다. 그래서 말인데, 머무는 동안 재물이 좀 필요해서 왔습니다. 이것을 내놓을 테니 얼마간 값을 쳐주시겠습니까?"

세르멕이 검을 상인 앞에 내놓았다. 갖가지 보석으로 장식된 휘황찬란한 철검이었다. 상인은 그것을 한참 찬찬히 살펴보더니 말했다.

"천하의 명검이군요. 세르멕 님은 참으로 대단하시오. 어찌 이런 귀한 보검을 지니고 있소이까?"

"실은 어떤 분에게 선물로 받은 것입니다. 갑자기 재물이 좀 필요해져서 어쩔 수 없이 내놓는 것이지요."

"도대체 재물이 얼마나 필요하기에 이 귀한 것을 팔려고 하시오?"

상인이 의아하다는 얼굴로 쳐다보았지만 세르멕은 웃기만 했다.

세르멕도 스기요메에게 선물받은 보검을 팔고 싶은 생각은 없었다. 그러나 제아무리 천하의 귀한 보검일지라도 그것을 만든 대장장이보다 값이 나갈 수는 없는 법이었다. 진지한 눈으로 검을 들여다보는 상인에게 세르멕이 말했다.

"검이 마음에 드신다면 이유는 묻지 마시고 그저 얼마간이라도 값을 쳐주시지요. 어쩔 수 없어 부탁을 드리는 것이니 사정을 이해해주시길 바랍니다."

"글쎄요. 무슨 사정인지 몰라도 당신이 원하는 만큼의 재물을 내드리긴 하겠소만, 이 검은 받을 수 없소이다. 이것은 내가 봐도 웬만한 재물로 값을 치르기에는 너무도 아까운 물건이오. 가져가시는 재물이야 나중에라도 갚으면 될 것이 아니겠소?"

상인이 사람 좋은 표정을 지었다. 그렇지 않아도 세르멕과의 거래로 많은 이익을 본지라 어느 정도의 재물은 그냥 내놓아도 아깝지 않다고 말했다. 하지만 세르멕은 손사래를 쳤다.

"그럴 수는 없습니다. 그렇다면 제가 빌린 재물을 갚을 때까지 이 검을 맡아두기라도 하시지요. 나중에 이자까지 쳐서 갚은 다음 다시 돌려받겠습니다."

상인은 그 제안만큼은 거절할 수 없어 금괴를 내어주고 보검을 받아 들었다.

상인의 집을 나서자 세르멕이 토라에게 말했다.

"주막에서 기다리고 있을 테니 자네는 가서 옥사정을 불러오게. 내가 긴히 할 말이 좀 있다고 말이야."

옥사정은 근위대장의 수하에 있으면서도 그를 달가워하지 않는 사람이었다. 뿐만 아니라 지난번 역병 일로 세르멕을 은인처럼 대해주었다. 그렇기에 독수리의 방면을 그에게 직접 부탁해도 뒤탈이 없을 것 같았다.

토라를 보내고 세르멕은 호화롭기 그지없는 주막으로 들어갔다. 술 달린 멋들어진 등이 도열해 있는 회랑 앞에서 붉은 비단옷을 입은 아리따운 여자가 세르멕을 맞았다. 여자는 긴 회랑을 지나 아담하게 꾸며진 방으로 세르멕을 안내했다.

"내 이름은 세르멕이라고 하네. 곧 나를 찾는 손님이 올 것이니 이쪽으로 안내를 해주게."

여자가 인사를 하고 나가려다가 다시 돌아섰다.

"세르멕 님이라고 하셨나요?"

"그렇다네."

여자가 함박웃음을 지으며 세르멕에게 다가왔다.

"오! 세르멕 님을 기어이 만나 뵙게 되었군요. 어디서 묵고 계신지 몰라 저희는 영영 못 뵙는 줄 알았습니다."

의아하게 쳐다보는 세르멕에게 여자가 미소를 지었다.

"실은 지난번 역병이 도성을 휩쓸 때, 제 어머니가 세르멕 님의 도움으로 살아나셨거든요. 기억이 나시는지 모르겠지만 이 주막 뒤쪽에 있는 저희 집까지 오셔서 손수 저희 아버지와 노예들의 시신을 처리해주시고 어머니를 역병에서 보호해주시질 않았습니까."

그제야 세르멕이 말뜻을 알아듣고 빙그레 웃었다. 그러고 보니 세르멕도 그 여주인의 근황이 궁금했다.

"어머니는 여전히 건강하신가? 그땐 내가 경황이 없어 다시 찾아뵙지를 못했네."

"그럼요. 덕분에 어머니는 역병에서 놓여나셨지요. 어머니가 그때 이후로 세르멕 님 말씀을 얼마나 하시는지 모릅니다. 생명의 은인이라고 말이에요."

"그러셨군. 어쨌든 다행일세."

"어머, 내 정신 좀 봐. 어머니께 말씀을 드리지 않고서는."

그녀가 세르멕에게 잠시 기다려 달라고 하더니 이내 어미와 자매들을 데리고 들어왔다.

"아이구, 세르멕 님. 영영 뵙지를 못하는 줄 알았더니 오늘 기어이 다시 뵙는군요."

여자의 어미가 세르멕의 손을 덥석 잡으며 말했다. 여자들은 세르멕을 마치 죽은 가족이 살아 돌아온 것처럼 반가워했다.

그들이 부랴부랴 음식을 가져오고 술을 따라주며 세르멕에 대한 고마움을 한껏 표시하던 중, 토라가 옥사정을 데리고 들어왔다. 그런데 무슨 영문인지 여자들을 보는 옥사정의 눈이 심상치 않았다. 여자들이 나가자 세르멕이 물었다.

"옥사정께서 아는 사람들이오?"

"저기 붉은 옷을 입은 여자가 근위대장이 목매달고 있는 처자요."

예전에 근위대장이 우연히 술을 마시러 왔다가 여자를 보고는 한눈에 반했다는 것이었다. 그 후 여자의 아비에게 넌지시 딸을 달라고 했지만 일언지하에 거절을 당했다. 도성 사람들에게 원성이 자자한 근위대장이 달가울 리 만무했다.

"그자한테는 딸을 줄 수 없다고 저 여자의 아비가 끝까지 버텼지요. 아마 그가 역병으로 죽지 않았다고 해도 언젠간 근위대장에게 죽임을 당했을 거외다."

여자의 아비가 꿈쩍을 하지 않자 이번엔 본인에게 매달렸다. 그렇지만 포악한 근위대장에게 여자 역시 마음을 줄 리 없었다. 근위대장의 횡포가 나날이 심해질 때, 여자의 아비는 마침 눈에 띈 건실한 젊은이에게 여자를 시집보내버렸다. 그러자 근위대장이 이를 갈며 여자의 아비와 남편을 모두 죽여 버릴 궁리를 하던 중에 역병이 닥쳤다. 그런데 역병이 얄궂게도 그만 아비와 남편 두 사람을 동시에 저승으로 보냈다는 것이었다.

"그래서 저 여자는 다시 친정어머니한테 돌아와서 장사를 돕고 있는 것이군요."

"그럴 거요. 아마 요즘도 근위대장 때문에 수난이 클 겁니다."

상냥하고 여려 보이는 여자들만 남은 일가족이 살모사 같은 근위대장에게 시달릴 것을 생각하니 세르멕의 마음이 편치 않았다. 그렇다 해도 자신이 나서서 해결될 문제는 아니었다. 그 일은 애써 마음에서 털어버리고 세르멕은 옥사정에게 용건을 말했다.

"부탁이 있어서 이렇게 불렀소이다. 먼저 술이나 받고 내 말 좀 들어주시오."

옥사정이 술을 받으면서 웃었다.

"남 부러울 것 없는 대상인이 나 같은 사람한테 무슨 부탁이오? 이거 괜히 겁부터 나는구려."

"사실은 옥사정께서 도와주시지 않으면 이루지 못할 일이 하나 있소이다."

"글쎄요. 무엇인지 모르지만 다른 사람도 아니고 당신 부탁인데 가능한 한 들어드려야겠지요. 말씀해보시오."

"다름이 아니라 감옥에 갇혀 있는 죄수 한 사람을 빼낼 수 있으면 좋겠소만."

"죄수를? 누구를 말씀하시는 거요?"

"독수리라고, 제일 처음 역병으로 쓰러졌던 죄수 있질 않소이까. 그 사람을 좀 빼냈으면 하오."

옥사정은 독수리라는 말에 흠칫 놀란 표정을 지었다.

"그 사람이라면……."

옥사정이 양미간을 좁히고 다시 말했다.

"왜 하필이면 그 사람이란 말이오? 다른 사람이라면 몰라도 그 사람은 좀……."

"어째서 그러시오?"

"그자의 죄목을 아시오? 그는 근위병을 죽였소. 만약 그자가 없어진 것을 알면 근위대장이 가만있을 것 같소?"

"지난 역병 때 죽었다고 하면 될 것 아니겠소. 실제로 그때 제일 먼저 역병에 걸려서 죽을 뻔한 사람이라는 것은 옥사정도 알지 않소?"

옥사정은 머리를 흔들었다.

"글쎄 안 될 말이오. 그자가 설령 죽었다 해도 난 근위대장에게 보고를 해야 하오. 근위대장은 아마 시체라도 확인하려 들 거요. 그만큼 그 죄수의 죄목은 좀 골치 아픈 죄란 말이오."

세르멕은 준비했던 금괴를 탁자에 올려놓았다.

"이것이면 당장 옥사정직을 때려치운다 해도 아깝지 않을 것이외다."

옥사정은 세르멕이 꺼내놓은 금괴를 보고 눈이 휘둥그레졌다. 하지만 이내 평정심을 되찾았다.

"이거, 이러지 마시오. 내가 옥사정직에 연연하는 것이 아니라, 내 목이 달아날 일이라 어렵다는 것이오. 만약 그자가 없어진 것을 근위대장이 알면 나는 살아남지 못할 것이란 말이외다."

옥사정은 답답하다는 듯 술잔을 들이켰다. 그러면서도 못내 미련을 버리지 못하는 듯 두 눈이 자꾸 금괴로 향했다.

"그렇다면 무슨 다른 방도가 없겠소? 옥사정, 나 좀 도와주시오."

"도대체 그자와 어떤 관계기에 융국 사람인 당신이 그를 감옥에서 빼내려는 것이오?"

옥사정의 쳐진 눈가엔 조금 억울한 기색까지 감돌았다. 만약 다른 죄수를 가지고 이런 논의를 했다면 눈앞의 금괴는 당장 자기 차지가 되는 것이다. 그런데 하필이면 그 골칫덩이를 원한다는 말에 오히려 옥사정 쪽이 절망을 느끼는 것 같았다.

"자세한 설명을 할 수는 없소만, 그 사람은 내게 아주 중요한 사람이라오. 그러니 어떻게든 방법을 찾아봅시다."

"정 그렇다면 내게 이럴 것이 아니라 근위대장에게 부탁을 해보시오. 만약 근위대장이 승낙하면 그 독수리라는 자는 그날로 감옥을 걸어 나올 수 있을 거요."

근위대장에게 직접 부탁한다는 것은 있을 수 없는 일이었다. 그가 독수리에게 관심을 갖게 된다면 정체를 기억해 낼지도 몰랐다. 그렇게 된다면 세르멕은 물론 스기요메에게도 화가 미칠 것이었다.

그때, 아무 말 없이 술잔만 비우고 있던 토라가 넌지시 두 사람의 대화에 끼어들었다.

"근위대장이라는 작자를 차라리 죽여버리면 어떻겠습니까. 그렇지 않아도 근위대 놈들 하는 짓거리가 마음에 들지 않았는데, 이참에 그 수괴 놈을 없애는 거지요."

토라의 말에 옥사정뿐만 아니라 세르멕까지도 놀란 표정을 지었다. 옥사정이 말을 더듬었다.

"어, 어찌 그런 말씀을……. 이것 보시오. 그 사람을 설사 죽인다고 해도 당신은 살아남을 수 없을 것이외다. 태자님이 오른팔로 여기는 사람이오."

"쥐도 새도 모르게 죽이는 수도 있질 않습니까. 그까짓 족제비 같은 놈 하나쯤 없애는 것이 무슨 대수라고 그러시오?"

토라는 코웃음을 쳤다. 그러나 옥사정은 목소리를 한껏 낮춰서 아주 어리석은 잘못을 지적하듯 토라에게 말했다.

"근위대장이 죽어준다면 우리 도성 사람치고 반가워하지 않을 사람이 없을 거요. 그렇지만 보시오, 무슨 수로 그를 죽인다는 말이오. 그자는 무술도 대단하려니와 항상 근위대 병사들에 둘러싸여 다닌다 이 말이오. 어찌어찌 그를 죽인다 해도 도저히 도망갈 방법이 없을 것이란 말이외다."

"토라, 내가 생각해도 그것은 안 될 말일세. 남의 나라에서 문제를 크게 일으킬 위험이 있어."

토라가 다시 입을 열려고 할 때, 바깥에서 여자들의 비명과 함께 왁자지껄한 사내들의 웃음소리가 들려왔다. 세 사내가 영문을 모르는 채 서로 얼굴을 쳐다보고 있자니 붉은 옷을 입은 여자가 문을 열고 뛰어 들어와서 오들오들 떨었다.

"웬 소란이오? 악소패들이라도 들었소?"

여자가 미처 대답도 하기 전에 문이 확 열렸다.

"이년이 여기 숨어 있었군. 이자들이 네 새서방이라도 되는 놈들이냐? 어찌 여기 숨어 있는 것이야."

그자는 어이없게도 불쾌하게 취한 근위대장이었다. 그가 세르멕과 눈이 마주치자 순간 얼굴빛이 달라졌다.

"오호라, 내가 몹시 궁금했는데, 저년 새서방이 하필이면 융국 놈이었구만."

근위대장이 비틀거리며 다가오자 세르멕의 뒤에 있던 여자가 얼른 토라의 등 뒤로 도망갔다. 뜻하지 않은 그의 등장에 세르멕은 마음이 언짢아져 퉁명스럽게 말했다.

"난 저 여자의 사내가 아니오. 보아하니 당신도 저 여자와는 무관한 것 같은데 너무 지나친 거 아니오?"

"네 계집이 아니라면 잠자코 있을 것이지 어째 나서는 것이야. 그리고, 옥사정 네놈은 어찌 이런 불순한 자와 어울리는 것이냐!"

근위대장의 호통에 옥사정이 머리를 숙일 뿐 말을 잇지 못하자 세르멕이 나섰다.

"감옥에 있을 때 쏟아준 정리가 고마워 내가 대접을 하던 차였소. 그 사람을 너무 나무라지 마시오."

근위대장이 세르멕을 잠시 노려보더니 더 볼 것 없다는 듯, 성큼성큼 걸어서 토라의 등 뒤에 숨어 있는 여자에게 다가가 팔을 잡고 돌아섰다. 여자는 안간힘을 쓰면서 버텼지만 우악스러운 그의 손아귀에서 벗어날 수 없었다. 문 쪽으로 질질 끌려가면서 여자의 비명이 이어졌다. 세르멕은 더 이상 참을 수가 없었다.

"이보시오, 근위대장! 이게 무슨 행패요. 어서 그 손을 놓지 못하겠소!"

세르멕이 큰 소리로 말하자 문을 열고 나가려던 근위대장의 발걸음이 멈췄다. 근위대장은 여자의 팔을 놓고 돌아섰다. 여자가 얼른 밖으로 도망쳐 나가는 것을 내버려둔 채 그가 세르멕에게 다가왔다.

"네놈 간이 배 밖으로 나온 게로구나."

문밖에는 벌써 근위병사들이 몰려와 있었다. 그들은 여차하면 칼을 뽑아 들 기세로 저마다 손이 칼 근처에서 서성거렸다. 그러나 세르멕은 아랑곳하지 않고 말했다.

"술이 과한 것 같으니 더는 행패 부리지 말고 어서 돌아가시오."

순간 근위대장의 칼이 세르멕의 목에 와 닿았다. 토라가 칼을 빼려는 것을 세르멕이 손을 들어 제지했다. 엉거주춤하고 있는 토라와 세르멕을 번갈아 노려보며 근위대장이 속삭이듯 말했다.

"언젠가 오늘 일을 후회하게 될 것이다. 항상 네놈들을 주시하고 있다는 것을 잊지 마라."

근위대장의 가는 눈가에서 서늘한 바람이 불었다. 그가 눈길을 돌려 옥사정을 노려봤다. 옥사정의 떨리는 손이 갈 곳을 모르고 탁자 위에서 방황했다. 근위대장이 턱으로 옥사정을 가리키며 말했다.

"네놈도 내 칼을 기다려야 할 것이야."

옥사정의 얼굴이 순식간에 납빛으로 변하면서 측은하리만큼 몸이 떨렸다. 칼을 칼집에 꽂은 근위대장은 병사들의 부축을 받으며 나가버렸다.

방 안이 조용해졌다. 말없이 술잔을 기울이는 세르멕의 손이 분노로 떨렸다. 옆에서 토라와 옥사정 역시 거칠게 술잔을 기울였다. 누구도 한동안 입을 여는 사람이 없었다. 세 사람이 침묵을 지키며 술잔을 비우고 있는데 붉은 옷을 입은 여자가 다시 들어왔다.

"정말 죄송합니다. 저 때문에 세르멕 님까지 봉변을 당하셨으니 어찌하면 좋겠습니까."

그녀는 토라에게도 연신 허리를 굽혔다. 조금 있으려니 그녀의 자매들과 어미까지 들어왔다.

"세르멕 님께 무슨 말씀을 드려야 할지 모르겠으나, 우리가 저 사람 때문에 제명에 못 죽겠으니 이것을 어찌하면 좋겠습니까."

여자의 어미가 하소연을 늘어놓았다. 그러나 대책이 있을 수 없었다. 토라의 말대로 근위대장을 죽인다면 모르지만 그것은 있을 수 없는 일이었다.

"이 짓을 오래 하다가는 나도 제명에 죽지 못할 것 같소!"

마침내 옥사정이 참았던 분통을 터트렸다.

"그래도 일단 참아야지 않겠소. 저 사람이 오늘은 술에 취해서 그러는 것이니 괘념치 마시오."

세르멕이 옥사정을 달랬다.

"아니. 내 당장 빌어먹더라도 이놈의 옥사정 노릇을 때려치워야겠소."

분노에 젖은 옥사정의 말은 세르멕을 불안으로 몰아넣었다. 그가 옥사정직을 그만둔다면 독수리를 구출할 실낱같은 기회가 영영 없어질 것이었다. 세르멕이 옥사정을 달래며 난감한 표정을 짓고 있는데, 느닷없이 여주인이 세르멕에게 말했다.

"세르멕 님께서 여곽에서 기거하신다는 말씀을 들었습니다. 은혜 갚을 기회도 주실 겸, 오늘부터라도 저희 집으로 들어오시면 어떻겠습니까? 그 큰 집에 우리만 있자니 썰렁하기도 했습니다."

엉뚱한 제안에 세르멕이 대답을 하지 못하고 있는데 토라가 나서서 재촉했다.

"신세를 지는 것은 좀 뭣하지만 당장 이분들이 곤경에 빠졌질 않습니까. 우리라도 이분들 곁에 있으면 근위대장이 함부로 날뛰지 못할 것 같습니다."

토라의 말이 떨어지기 무섭게 딸들까지 세르멕에게 졸라댔다.

"그렇게 하시어요. 두 분이 저희 집에 기거하시면 저희가 든든할 것은 말할 것도 없지요."

마음이 내키지 않았지만 세르멕은 거절할 수 없었다. 말 못할 곤경에 놓인 사람들을 뻔히 보면서 발길이 돌아서질 않았다. 스기요메에게 사태를 알리고 여자들을 부탁하고 싶은 생각이 들었지만 세르멕은 그렇게까지 그의 도움을 받고 싶지는 않았다. 게다가 근위대장이 술김에 엄포를 놨다 해도 특별한 잘못이 없는 한 융국 최고 상단의 상인을 함부로 대할 수는 없을 터였다.

"그럼, 염치 불구하고 융국으로 돌아갈 때까지만 신세를 지겠습니다."

그날부터 세르멕은 여주인의 집에 기거하며 독수리를 구할 방법을 모색했다. 다행히 옥사정이 근위대장과 한통속이 아닌 다음에야 기다려보면 기회가 와줄 것 같다는 예감이 들었다.

이후 세르멕은 가끔 스기요메와 더불어 사냥을 할 뿐 도성 거리에는 거의 나가지 않았다. 물론 스기요메에게는 독수리의 문제를 상의조차 할 수 없었다. 만약 그가 독수리의 존재를 알게 된다면 독수리의 훌륭한 재주가 한낱 무기 제조에만 쓰일 것이 뻔했다. 세르멕의 생각과 정반대의 길을 고집할 스기요메에게는, 안타까운 일이지만 독수리의 존재를 숨겨야 했다.

'당신은 상인보다 무사에 가까운 사람이오.'

아무리 스기요메가 그렇게 판단했다 해도 당장 세르멕은 상인이었다. 세르멕은 상인의 길을 걷게 된 후 예하가 한 말을 가슴 속에 새겨두었다.

'상인에겐 세상에 필요한 산물을 널리 나누어 줄 책임이 있음을

명심해야 하네.'

그런데 며칠 후, 스카루국 상인이 세르멕을 찾아왔다. 그가 난감한 얼굴로 한숨을 내쉬더니 말했다.

"이것 참, 골치 아프게 되었소이다."

그는 안절부절못하면서 세르멕의 눈치를 살폈다.

"어제 근위대장이 우리 집엘 와서 보검을 좀 보여달라고 하지 뭐겠소. 그래서 보여주었더니, 어디서 났느냐고 합디다. 저야 아무 생각 없이 세르멕 님 것을 잠시 보관하고 있다고 말했지요. 그랬더니 잠깐 가져갔다가 저녁까지 돌려준다면서 빌려달라는 것이오. 어쩔수 없이 그러라고 내주었는데 아직도 소식이 없소이다그려."

세르멕이 영문을 모르겠다는 듯 물었다.

"당신에게 그 검이 있다는 것을 그 사람이 어떻게 알았다는 것이오?"

"그것이…… 어쨌든 경망스러운 나 때문이오."

"그게 무슨 말씀이오?"

"하도 훌륭한 보검이라 나 혼자 보기 아까워서 그만 주위 사람들에게 자랑을 했소이다. 그러던 중 마침 근위대 부장인 조카가 왔기에 그놈한테도 꺼내 보였지요. 그랬더니 이놈이 근위대장에게 고했던 모양이오."

사정을 알게 된 세르멕이 웃으며 그를 안심시켰다.

"그까짓 검 한 자루 때문에 무얼 그리 상심하시오? 아무렴 그자가 이유도 없이 남의 물건을 빼앗지는 않을 것 아니오."

"그렇게 생각하신다면 제가 조금은 마음이 편합니다만, 그래도 그 귀한 보검을 그자가 돌려주지 않는다면 어떻게 할지 참으로 답답하오."

"설령 그렇더라도 할 수 없지요. 저는 당신에게서 도움 받은 것에 더 감사를 하고 있는 처지니 걱정 마시오."

너그럽게 웃어주는 세르멕을 쳐다보며 상인은 그제야 자리에 똑바로 앉았다. 그러나 그 일로 자신이 곤경에 빠지게 되리라는 것을 세르멕은 짐작조차 할 수 없었다.

13

이제 아이들은 아루미의 말을 잘 따랐다. 다섯 명이나 되는 고삐 풀린 망아지들과 젖먹이 하나는 그래도 아루미가 이국 땅에서 정을 붙일 곳이었다. 아루미는 자신의 요리를 좋아하는 아이들을 위해 정성을 들여 맛난 음식을 만들어 먹였다.

아이들을 주렁주렁 낳은 것처럼 주인 부부의 금슬 또한 좋았다. 하지만 군인인 바깥주인은 집에 들어오는 날이 드물었다. 도성 밖에 주둔했을 때도 며칠에 한 번씩 들어오는 게 고작이었다. 그런데 요즘은 도성 안에 군사들이 들어와 있다는데도 그가 집에 들어오는 일은 더욱 뜸해졌다. 대장군이 그에게 시키는 일이 너무 많아서 그렇다며 안주인은 입을 삐죽였다.

그가 집에 들어오면 아이들은 모두 아루미의 차지가 되고, 부부는 방 안에서 하루 종일 나오지 않았다. 결국 새로 태어난 아이가 걸음마를 할 정도가 되자 안주인은 또 임신을 했다. 바깥주인은 아내의 임신 소식에 그저 싱글벙글할 뿐이었다.

"아루미, 우리 아이들 잘 부탁해. 그리고 언제까지나 우리 집에서 함께 살아줘."

"아이 당신은. 아루미는 뭐 시집 안 가고 저 말썽쟁이들 뒤치다꺼리만 하라는 말씀이슈?"

"시집? 아 참, 그렇지. 아루미. 시집가고 싶으면 언제든지 말만 해. 우리 병사 놈들 한 줄로 세워서 입맛대로 골라 갖게 해줄 테니."

"아이, 아루미는 좋겠네. 나도 그렇게 입맛대로 사내를 고를 수 있었으면."

"왜? 내가 입맛에 안 맞아서?"

부부는 낄낄대며 웃었다.

"그래도 아루미, 혼인하더라도 우리 옆에서 살아. 알았지? 아이들도 아마 아루미 없으면 못 살 거야. 이거야 원, 이놈들이 부모인 우리보다 아루미만 찾으니."

주인 부부는 아루미를 혈육처럼 대했다. 그러나 아루미의 가슴은 늘 허전하기만 했다. 잠자리에 들 때마다 아루미는 토라를 떠올렸다.

'토라 님, 어디 계시는 거예요?'

토라가 콴족 땅에 사자로 갔다가 돌아오던 날, 그는 콴족 사람들에게 말했다.

'이 여자는 내 아내요.'

아루미는 그날, 토라의 얼굴을 한참 쳐다보았다.

'내 아내요.'

얼마나 듣고 싶은 말이었던가. 붉어진 토라의 얼굴에서, 그 역시도 자신을 간절하게 바란다는 것을 아루미는 깨달았다.

'토라 님, 당신 어디 있어요.'

오늘도 아루미는 토라 생각에 눈물짓고 있었다. 그때, 대문을 세차게 두드리는 소리가 들렸다.

"부장님! 부장님! 어서 문 좀 열어보세요."

이내 바깥주인의 목소리가 들려왔다.

"왜 그러느냐! 이 밤에 무슨 일이야?"

"대장군께서 급히 오시라는 분부십니다."

"대장군께서? 무슨 일로?"

"아무튼 급한 일인 거 같습니다. 어서 서두르시지요."

"알았다. 잠깐만 기다려라. 내 옷 좀 입고……."

겨우 방을 나온 그는 안에 대고 끈적한 목소리로 말했다.

"내 다녀오리다. 금방 올 테니 그대로 기다리고 있어요. 잠들지 말구."

"알았어요. 으이그, 이 시간에 이게 웬 난리람."

안주인은 달콤한 사탕수수를 빼앗긴 것처럼 아쉬운 목소리로 대답했다.

바깥주인의 발자국소리가 멀어져 갔고, 문이 열린 듯한 안방에서 안주인의 한숨이 새 나왔다.

두 부부의 애틋한 모습을 보면서 아루미는 더욱 외로움을 느꼈다. 그러나 토라를 다시 떠올리려 해도 멀리 가버리고 만 사람처럼 어두운 허공만 보일 뿐이었다. 아루미의 마음이 쓰려왔다. 벌써 몇 년이던가. 그와 떨어진 시간이 먼 세월처럼 느껴졌다. 꿈결처럼 가버린 날의 미련은 가슴만 저미게 했다. 살아 있다면 언젠가는 만나겠지, 그렇게 자위해도 눈물은 그치지 않았다.

한참 후에 바깥주인이 요란하게 문을 열면서 뛰어 들어왔다. 전에 없이 허둥대는 모습에 그를 맞이하던 안주인도 놀란 것 같았다.

"다시 나가봐야 하오. 갑주를 챙기러 왔소."

"네에? 왜요? 기어이 전쟁이 터진 거유?"

"그게 아니오. 군사들을 이끌고 가서 예하와 그 하수인들을 잡아오라는 대장군님의 명이시오."

"예하 상단이요? 그분이라면 대상인 아니에요? 그런 분을 왜요?"

"그자가 반역질을 꾀하는 모양이오. 스카루국에 엄청난 금을 보낸다는 거요."

"재물이 넘쳐나는 대상인이 뭐가 부족해서 반역질을 한대요?"

"그거야 나도 모르지. 아무튼 상인 놈들은 믿을 수가 없소. 나라야 어떻게 되든지 자기 이익만 따지는 놈들이니, 원."

"그런데 그걸 어떻게 알았답디까? 대장군님은 참 귀신 같으셔."

"단원 중 한 놈이 밀고를 한 모양이오. 예하의 심복인 세르멕이라는 놈은 아예 스카루국에서 상주하고 있답디다. 스카루국에 시집간 공주님이 누명을 쓴 일하고도 무관하지 않은 것 같소. 무서운 놈들이오."

"저런, 천하에 나쁜 사람들이 있나. 그런 악질 놈들이니 궁지에 몰렸다 하면 얼마나 발악을 하겠어요. 당신도 조심하슈."

"알았소. 그럼 내 다녀오리다. 대문 잘 닫아걸고 자오."

바깥주인은 철거덕거리는 갑주 소리를 남기고 밖으로 뛰어나갔다. 아루미는 일어나 앉았다.

'세르멕? 그분이 상인이라고? 그런데 반역질을?'

혼란스러웠다. 예하 상단이라면 처음 융국으로 안내해주던 사내들에게서 들었던 이름이었다. 융국 최고의 대상인이라는 예하의 이름을 부를 때마다 그들이 존경심을 한껏 담아 말했던 기억이 났다.

'그런 사람이 어째서 반역질을 할까. 더구나 세르멕 님이 어떻게 그 상단에 들어가셨으며, 어떻게⋯⋯.'

의문이 끝이 없었다. 하지만 이러고 있을 때가 아니었다. 갑자기 아루미의 마음이 바빠졌다.

'예하 상단, 그 사람들에게 가면 세르멕 님 소식을 들을 수 있는 거야. 그럼 토라 님 소식도 알 수 있을 거야.'

안주인이 대문을 닫아걸고 들어오다가 방에서 나오는 아루미와 마주쳤다.

"괜히 아루미까지 잠을 깼구먼."

"저기, 예하라면 그 큰 상인이라는 사람이죠?"

"아, 그 있잖아. 저 얄렌강 다리 건너 커다란 저택에 사는 사람 말이야. 그 사람들 알고 보니 무서운 사람들이네. 에이그, 하지만 무서우면 뭘 해. 좀 있으면 모두 황천길일 텐데. 그 많은 재물 놔두고 죽으려면 억울하긴 할 거야. 그렇지?"

안주인은 하품을 하면서 안방으로 들어갔다. 아루미가 살며시 밖으로 나가려 하자 그녀가 다시 방문을 열고 머리를 내밀었다.

"아루미는 어딜 가?"

"뒷간에 좀 다녀오려구요."

"그래? 좀처럼 밤에는 뒷간에 가지 않더니 오늘은 웬일이야? 저 양반 때문에 놀라서 그래?"

아루미가 손을 휘저으며 말했다.

"아, 아니에요. 이상하게 배가 살살 아프네요. 찬물을 마셔서 그러나 봐요."

"그렇구먼. 어서 다녀와."

아루미는 그대로 집을 뛰쳐나와 달렸다. 한밤의 도성 거리는 조용했다. 순라를 도는 군사들의 목소리가 가끔 들려올 때마다 어둠 속으로 떨리는 몸을 이끌어 숨기를 몇 번, 모처럼 듣게 된 강물 흐르는 소리와 불어오는 시원한 바람을 느껴볼 사이도 없이 아루미는 황급히 다리를 건넜다. 다행히 예하 저택까지 누구의 제지도 없이 도착했다. 숨이 턱에 찼지만 잠시도 망설일 여유가 없었다. 성문 같은 저택 대문을 두드리니 걸걸한 사내의 목소리가 안에서 들려왔다.

"누구쇼?"

"드릴 말씀이 있어요. 문 좀 열어주세요."

"어디서 왔는데 그러쇼? 도대체 이 밤중에 무슨 일이오?"

마음은 급했지만 아루미는 뭐라 할 말이 없었다.

'어떻게 이야기한다?'

문밖에서 아무런 반응이 없자 안에서 사내가 툴툴거렸다.

"별, 이상한 사람 다 보겠네. 이 밤에 남의 잠을 깨우는 심통은 뭔가."

목소리가 멀어져갔다. 애타는 가슴을 억누르고 아루미가 눈을 질끈 감으며 문을 다시 두드렸다. 그러자 안쪽 멀리서 사내의 고함 소리가 들렸다.

"거 귀찮게 굴지 말고 썩 꺼지지 못하겠느냐! 웬 미친년이 이 밤중에 난리람."

"급한 일이에요. 이 댁에 변고가 생길 거 같아 알려드리러 왔어요. 나으리, 제 말 좀 들어보세요."

육중한 대문이 덜컹 열렸다. 문 안에는 사납게 생긴 사내가 눈을 부라리며 서 있었다.

"네 이년! 예가 어디라고 함부로 소동을 벌이는 것이냐?"

"이 댁이 예하 상인 댁이 맞죠? 예하 님을 만나게 해주세요. 제발 부탁드려요. 곧 군사들이 몰려온다고 했어요."

"이년이 지금 무슨 말을 하는 거야? 군사들이 여길 몰려와서 뭘 어쩌겠다는 말이야? 예하 어르신께서는 주무시니 썩 꺼지거라."

그가 다시 대문을 닫으려 하자 다급해진 아루미가 필사적으로 소리를 질렀다.

"예하 님 좀 불러주세요! 안에 누가 예하 님 좀 불러주세요!"

"이 미친년이 조용히 하지 못해?"

사내가 문 밖으로 뛰어나오더니 아루미를 밀쳐 쓰러트리고는 발길질을 해댔다. 그러고는 비명을 지르는 아루미를 멀찍이 끌어다가 내동댕이쳤다. 아루미는 돌아서는 그의 다리를 붙들고 애원했다.

"나으리, 제 말씀을 믿어주세요. 제발 부탁드려요."

대문가의 소란에 여러 명의 사내들이 하품을 하며 몰려나왔다.

"웬 소란이야? 대체 저 처자는 누구야?"

"그러게 이 사람아, 계집질을 함부로 하면 못쓴다고 그랬잖아."

"그게 아니라 어르신을 찾는 거 같은데?"

그들은 울부짖으며 매달리는 아루미를 쳐다보며 혀를 찼다. 한밤의 정적을 깨는 소리에 저택 안채에서도 불이 밝혀지고, 이내 어떤 젊은 여자의 목소리가 들려왔다.

"누군데 이 소란이에요? 저 여자는 누구죠?"

아루미는 대문 안으로 달려가 엎드렸다. 사내의 발에 걸어차인 얼굴에서 불덩이가 일며 피가 흘렀지만 아루미는 필사적이었다.

"예하 님을 만나게 해주세요. 예하 님이 위험에 빠졌어요. 세르멕 님도…… 제 말씀을 믿어주셔야 해요."

젊은 여인이 사내들을 헤치고 아루미 가까이 다가왔다.

"나는 에젠이라고 해요. 당신은 누군데 세르멕 님을 알죠? 그리고 우리 아버지와 그분이 무슨 위험에 빠졌다는 거예요?"

"저는 대장군님의 부장 댁에서 일하는 사람이에요. 저희 주인어른이 그렇게 말하는 것을 들었어요. 세르멕 님은 제 고향 분이십니다. 제 말씀을 믿어주세요."

아루미가 흐르는 눈물을 닦으며 말했다. 에젠이 그녀를 안채로 데리고 들어갔다. 영문을 모르는 사내들은 두 사람을 물끄러미 쳐다보며 그 자리에 서 있었다.

에젠은 넓고 화려한 방으로 아루미를 데리고 들어갔다. 아루미는 그 방에 한 노인이 있는 것을 보며 흠칫 놀랐다. 하지만 곧 그가 예하라는 것을 알았다. 그는 윤기가 반짝이는 둥근 탁자 앞에 반듯하게 앉아 있었다.

"어인 일이냐? 이 처자는 누구고?"

"저도 모르는 여잔데, 이상한 말을 하기에 데리고 들어왔어요. 세르멕 님의 고향 사람이라고 하네요."

"세르멕의 고향 사람? 그런데?"

아루미는 예하의 발치에 엎드려 붉은수염의 집에서 들었던 이야기를 했다. 하지만 그녀의 입에서 나온 말은 두서가 없었다. 마음이 다급하고 사내에게 차인 얼굴이 뻣뻣하게 굳어서 입이 자유롭게 움직이질 않았다. 다만 예하 상단이 반역자라는 말과, 스카루국에 있는 세르멕이라는 말이 그녀의 입에서 나왔다. 그리고 세르멕의 이름을 듣고 무작정 달려왔다고 했다. 그녀는 다짜고짜 토라의 이름도 말했다. 예하와 에젠은 아루미의 말을 이해하지 못하는 눈치였다. 자신의 이야기가 두서없음에 아루미는 스스로도 속이 탔다.

'아, 이를 어째.'

답답한 마음에 아루미의 입에서 자기도 모르게 넋두리가 나왔다.

"금괴를 가져간다고, 반역자의 집에 군사들이 들이닥친다고 했는데…… 그럼 토라 님과 세르멕 님도 위험한 건지……."

예하와 에젠의 눈이 커졌다. 에젠이 아루미에게 물었다.

"우리 상단에서 금괴를 스카루국에 가져간다고 우리가 반역을 했다는 거예요?"

아루미가 얼른 고개를 끄덕였다.

"네, 그렇게 들었어요. 스카루국에 몰래 금괴를 가져간다고, 예하 상단이 반역자라고……."

"금괴 이야기는 어떻게 알았어요?"

"그건 저도 몰라요. 주인어른이 그렇게 말하는 걸 들었을 뿐이거든요. 저는 그저 세르멕 님 이야기만 듣고 달려온 거예요. 이 댁에 오면 그분들 소식을 들을 수 있을 거 같아서요. 세르멕 님과 토라

님을 찾으려고 저도 융국엘 왔거든요."

아루미와 에젠의 이야기를 잠자코 듣던 예하가 벌떡 일어서더니 방문을 열었다. 아직도 사내들이 안뜰에 그대로 모여 있었다.

"가서 외눈박이를 들라 해라."

조금 시간이 지난 후에 사내 하나가 들어왔다.

"아무리 찾아도 없습니다요. 저녁 이후로 본 사람이 없다는데요?"

"이 밤에 어딜 갔다는 것이냐. 도성 주막에 나가 술을 마시고 있는 것은 아닌지 찾아보았느냐?"

"자주 가던 주막에도 없었습니다요."

예하의 표정이 어두워졌다. 에젠도 마찬가지였다. 무언가 심상치 않은 분위기에 아루미의 가슴도 다시 떨려왔다. 에젠이 말했다.

"아버지, 뭔가 느낌이 좋지 않아요. 대장군 댁에 사람을 보내봐야 할 것 같아요."

뜻밖에도 예하가 머리를 흔들었다.

"아니다. 뭔가 잘못 알려진 것일 게다. 내 상단에 대해서는 그 사람도 잘 알고 있질 않느냐. 터무니없는 일에 괜히 마음 쓸 것 없느니라. 내일이면 무슨 일인지 밝혀지겠지."

예하가 일어서며 말했다.

"이만 물러가 쉬거라."

에젠이 아루미를 데리고 자기 침실로 들어갔다. 에젠의 마음속에서 이유 모를 불안이 감돌았다. 무언가 심상치 않은 일이 벌어질 것 같은 예감 때문이었다. 하지만 아버지의 말대로 날이 새면 갑자기 찾아온 이 소란의 이유를 소상히 알게 되리라. 예하 상단은 융국 최고의 상단이며 왕과 파이한 역시 그 가치를 진작부터 인정해 주었다. 갑자기 말도 안 되는 봉변을 당할 일은 없다고 그녀는 애써 믿었다. 그러나 에젠의 불안한 예감은 빗나가지 않았다.

새벽이 밝아올 무렵, 예하의 저택은 삽시간에 혼란의 도가니가 되었다. 군사들이 몰려와 대문을 두드리며 당장 예하더러 나오라고 소리쳤다. 선잠에서 깨어난 에젠이 예하에게 달려가자 그는 벌써 옷매무새를 단정히 하고 앉아 있었다.

"걱정마라. 내 나가서 어인 소란인지 알아보마. 너는 나오지 말고 잠자코 기다리고 있거라."

예하가 나가고 초조한 가슴을 억누르고 있던 에젠에게 잠시 후 여자 노예가 달려와 울음을 터뜨렸다.

"아기씨, 큰일 났어요. 군사들이 어르신을 묶어 잡아가고, 집 안을 뒤지고 있어요. 조금 있으면 이리로 몰려올 거예요. 어서 피하셔야 해요. 어서요!"

"도대체 어찌 된 것이냐. 왜 아버지를 잡아갔다는 것이야!"

"저도 모르겠어요. 군사들에게 대들던 상인 몇 사람도 함께 잡아갔어요. 어서 피하세요. 아기씨, 서두르세요!"

에젠은 몸이 굳어버린 듯 꼼짝을 하지 않았다. 여자 노예가 발을 동동 구르며 재촉했다.

이윽고 안채 쪽으로 군사들이 쏟아져 들어오는 소리가 요란하게 들려왔다. 닥치는 대로 기물을 부수는 소리와 사람들의 비명 소리가 섞여 아수라장이었다.

에젠과 아루미는 여자 노예의 손에 이끌려 뒷문을 향해 뛰었다. 머릿속이 혼란으로 가득한 속에서 에젠은 파룬 의원이 생각났다. 그는 아버지 예하와 각별한 사이였다.

뒷문에는 다행히 군사들이 없었다. 아직 새벽빛이 머무는 거리에서 에젠은 아루미를 이끌고 파룬 의원의 집으로 달려갔다.

'괜찮을 거야. 괜찮을 거야.'

에젠은 스스로를 달랬다. 하지만 절망스러운 마음이 자꾸만 고개를 처들었다.

에젠과 아루미를 맞아들인 파룬은 이야기를 듣고도 한동안 말이 없었다. 그는 아우인 파이한의 성정을 잘 알고 있었다. 파룬이 아는 한, 아우인 파이한은 섣불리 대상인의 집을 요절냈을 리가 없었다. 어떤 이유인지는 몰라도 예하는 파이한이 가는 길에 무언가 걸림돌이 되었거나 희생양의 가치를 지녔을 것이다. 그렇다면 안타깝게도 예하는 살아나기 힘들게 된지도 모른다. 그런 상황에서 자신이 할 수 있는 일은 에젠을 숨겨주고 소식을 알려주는 것밖에 없었다.

이후 들려오는 소식은 예상을 빗나가지 않았다. 며칠 뒤, 예하가 처형당해 그 시체가 얄렌강에 던져졌다는 소식을 접하고 에젠은 울부짖었다. 파룬이 에젠을 달래며 말했다.

"세르멕이 스카루국에 있질 않느냐. 며칠 있으면 태자님이 파이한에게서 벗어나고자 왕궁을 나오시기로 했다. 네가 태자님을 모시고 그 사람에게 가거라."

14

주막 여주인의 집으로 근위대 병사들이 들이닥쳤다.

"세르멕이라는 융국 상인은 어디 있느냐. 근위대장께서 끌고 오라신다!"

토라가 그들을 막아서며 호통을 쳤다.

"어쩐 일이냐? 이유부터 말을 하고 사람을 찾아야지, 이 무슨 무례한 짓이냐!"

그들은 산처럼 버티고 서 있는 토라 앞에서 은근히 기세가 꺾였다. 하지만 위엄을 잃지 않으려 애쓰면서 말했다.

"가보면 알 것이다. 우리 근위대장님의 명을 거역할 셈이냐."

"세르멕 님을 뵙고 싶으면 자기가 오면 될 일이지, 어찌 사람을 오라 가라 한다는 말이냐. 세르멕 님은 그리 한가한 분이 아니니 가서 전해라. 볼일이 있으면 근위대장인지 개뿔따귀인지 알아서 기어오라고 말이다."

토라가 돌아섰다. 병사들은 기가 막힌다는 듯, 한동안 말이 없더니 창을 꼬나 세웠다.

"네 이놈! 감히 근위대장님을 욕보이다니, 살기가 싫은 모양이구나!"

토라가 걸음을 멈추고 돌아섰다. 그 눈길이 활활 타올랐다. 토라가 천천히 다가오자 창을 든 병사들이 주춤주춤 뒤로 물러났다. 곰의 발처럼 우악스러운 손을 맞잡고 우두둑 손가락을 꺾는 토라의 모습은 방금 지옥문을 열고 나온 악귀 같았다. 겁에 질린 그들이 창을 떨면서 뒤로 물러나고 있을 때, 방문이 열리고 세르멕이 나타났다.

"멈추어라, 토라."

그들은 이제야 살았다는 듯이 세르멕에게 몰려갔다. 그들의 태도가 한껏 누그러졌다.

"근위대장께서 부르십니다. 어서 가주셔야겠습니다."

"무슨 일이라더냐. 갑자기 왜 나를 보자는 것이야."

"저희도 모르겠습니다. 저희는 근위대장님의 분부를 전할 뿐입니다."

근위대장이 불렀다면 피해서 될 일이 아니었다. 그가 모종의 음모를 꾸미고 있을 것이라는 예상은 했지만, 이쪽에서 실수를 하지 않는 한 특별히 신경 쓸 일은 없을 거라 생각했다. 세르멕은 병사들에게 말했다.

"알았다. 내 채비를 할 테니 잠시 기다리거라."

토라가 세르멕을 말렸다.

"부른다고 무턱대고 갈 필요는 없지 않습니까."

"아니다. 괜스레 말썽을 일으키지 말자꾸나. 가보면 무슨 일인지 알게 되겠지."

걱정스러운 눈으로 바라보는 여주인 가족을 뒤로하고 세르멕과 토라는 병사들을 따라서 근위대 건물로 향했다.

세르멕이 건물 안으로 들어오는 것을 발견한 근위대장은 팔짱을 끼면서 예의 기분 나쁜 웃음을 지었다.

"어서 오시오, 세르멕 나리. 이렇게 함부로 오라 해서 미안하게 되었소. 그래, 그년하고는 요즘 재미가 좋으시오?"

"별소릴 다 듣겠구려. 그 여자하고는 무관한 사이니 나를 부른 이유나 말하시오."

세르멕이 자리에 앉으려 하자 근위대장은 그 의자를 걷어차버렸다.

"아무리 대단하신 세르멕 나리라도 여긴 근위대라는 것을 아셔야지. 내가 언제 앉으라고 허락을 했더란 말이냐."

순간 그를 향해 튕겨 나가려는 토라를 세르멕의 팔이 막았다.

"대체 날 부른 이유가 무엇이오."

근위대장이 세르멕의 보검을 탁자에 던졌다. 세르멕이 영문을 모르겠다는 듯 그를 쳐다보았다.

"이 검은 내가 아는 상인에게 맡겨둔 것이거늘 어찌 당신이 가지고 있소?"

"이것이 네 수중으로 들어간 경위를 묻겠다. 바른대로 말하지 않으면 재미가 없을 것이다."

"그것은 당신이 알 필요도 없을뿐더러 굳이 알아서 뭐 하려고 그러는지 모르겠구려."

"이것은 분명 독수리가 만든 검이지 않느냐. 그자는 무엄하게도 태자님의 주문을 거절했는데, 어찌 네가 그자의 검을 지니고 있었느냐는 말이다."

세르멕은 그가 보검에 관심을 두는 이유를 알게 되었다. 그는 검에 새겨진 독수리의 이름을 확인했던 것이다. 그러나 세르멕은 검의 출처를 사실대로 말할 수 없었다. 태자가 검의 출처를 알게 되면 스기요메가 어떤 봉변을 당하게 될지 몰랐다.

"독수리라는 자가 누군지는 모르겠소만 하도 명검이기에 키안국 상인에게 샀던 것이오."

근위대장의 날카로운 눈이 섬뜩하게 일그러졌다. 그는 검을 집어 들고 세르멕의 코앞에 들이밀었다.

"여기 박혀 있는 보석들이 우리 스카루국 것이 분명한데 어찌 키안국 핑계를 대느냐. 통할 수 있는 거짓말을 하거라."

그제야 세르멕은 아차 싶었다. 하지만 이제 와서 거짓말이라고 인정할 수도 없었다. 끝까지 버텨보기로 작심한 세르멕은 짐짓 여유로운 웃음을 보이며 말했다.

"내 살다 보니 별소릴 다 듣겠구려. 보석들이 어찌 스카루국에만 있답디까. 다른 나라에도 보석은 얼마든지 있는 것이오. 괜한 억지는 그만두시오."

발악을 할 줄 알았건만 근위대장은 순순히 고개를 끄덕였다.

"그렇게 나올 줄을 내가 모른 것은 아니지. 여봐라, 보석 장인을 들어오라고 해라."

근위대장은 호락호락하지 않았다. 스카루국의 상인으로부터 검을 가져온 며칠 동안 그는 철저하게 조사를 했던 것이다.

보석 장인은 근위대장이 내민 검을 들여다보더니 말했다.

"제가 세공한 것이 맞습니다요. 틀림없네요."

그러면서 그는 주머니에서 세공된 보석들을 꺼내 보였다. 비교해 보라는 의미였다. 그것은 같은 장인이 세공한 보석들이라는 것을 한눈에 보여주는 증표였다.

"독수리라는 키안국 대장장이가 몇 년 전에 제게 부탁을 한 적이 있었습죠. 그때 마침 이 품질 좋은 흑마노를 구하지 못해 애가 탔기 때문에 지금도 이것들을 세공한 기억이 뚜렷합니다요."

근위대장의 얼굴에 승리의 웃음이 스쳐갔다. 그가 옆에 있는 근위병사들을 향해 턱을 내밀자 그들이 일제히 칼을 뽑아 들었다. 토라가 칼을 손에 잡으려 했지만 이미 그의 목에 병사들의 칼이 다가와 있었다. 근위대장이 팔짱을 긴 채 세르멕에게 다가왔다.

"자, 이제 확실하게 해두자. 지금까지 네 거짓말을 듣느라 내가 많이 인내했다는 것을 알아주길 바란다. 그 인내심이 한계까지 도달했다는 것도 미리 말해두마. 그러니 나를 더 이상 시험하지 말고 바른대로 말해라. 이 칼은 분명 스기요메 장군의 수중에서 나온 것이렷다?"

이미 알고 있는 것을 그저 확인 차 묻는다는 투였다. 세르멕은 당황했다. 그렇다면 검에 대한 이야기는 이미 태자까지 알고 있을 터였다. 결국 자신의 실수로 스기요메 장군에게 피해를 입히게 된 것이다. 세르멕은 이 순간을 어떻게 모면해야 할지 막막했다.

'아, 아무리 재물이 급했기로서니 보검을 이용한 것은 경솔했구나.'

세르멕이 속으로 한탄을 해도 소용없는 일이었다.

"대답을 못하는 것은 내 말을 긍정한다는 뜻이겠지?"

마지막 일격을 가하듯, 그의 한마디가 세르멕의 심장을 파고들었다. 그때였다.

"네 이놈!"

갑자기 뒤에서 커다란 고함소리가 들려왔다. 세르멕이 돌아보니 격노한 스기요메가 성큼성큼 건물 안으로 들어오고 있었다. 칼을 빼 든 병사들을 우악스럽게 밀치고 다가온 그는 근위대장을 한 손으로 번쩍 들고 느닷없이 얼굴을 후려쳤다. 근위대 병사들이 그 꼴을 보고 모두 움찔하며 물러설 정도로 그의 기세는 대단했다.

"이 검은 사냥터에서 목숨을 구해준 보답으로 내가 이 사람에게 선물한 것이다. 그것이 어쨌다는 말이냐, 이놈!"

금세 근위대장의 얼굴이 찢어져 피로 물들었다.

"장군, 이게 웬 행패십니까. 태자님께서 아시면……."

"알면 뭐가 어떻다는 말이냐. 네놈이 백성의 고혈을 짜내고 있는 것도 태자님이 안다더냐!"

스기요메의 불같은 주먹이 다시 날아들면서 근위대장이 바닥에 나뒹굴었다. 그래도 분노가 가시지 않았는지 스기요메는 쓰러진 근위대장에게 다가갔다.

"앞으로 네놈의 횡포를 막기 위해서라도 이 자리에서 때려 죽여야겠다. 거기 꼼짝 말고 있거라."

피로 얼룩진 얼굴이 일그러지면서 근위대장이 살려달라고 애원했다. 주위 병사들은 모두 힘없이 칼을 늘어뜨렸다. 그들은 근위대장의 처참한 모습을 구경만 할 뿐이었다. 어쩔 수 없이 세르멕이 그의 앞을 가로막았다.

"장군, 고정하시지요."

"비켜서시오, 세르멕. 내 오늘 저놈의 숨통을 끊어서 스카루국에 정의가 살아 있음을 보이겠소."

그러는 동안 근위대장이 스기요메를 피해 엉금엉금 기어서 달아나려 했다. 스기요메는 세르멕을 밀치고 달려가 근위대장을 냅다 걷어찼다.

"장군, 살려주시오. 제가 딴 뜻이 있었던 것이 아니라 그저 융국 상인을 겁주려 했던 것뿐이오."

그가 울부짖으며 용서를 구했으나 스기요메의 우악스러운 발길질은 멈추지 않았다. 여태 백성들의 울음소리가 울려 퍼졌던 근위대 건물 안이 오늘은 근위대장의 외마디 비명과 울부짖음으로 가득 찼다. 세르멕과 토라는 물론이고 병사들까지도 모두 바라만 보았다.

스기요메의 분노가 좀처럼 가라앉지 않고 있을 때, 바깥에서 요란한 말 울음소리와 함께 태자가 들어왔다. 근위대장의 봉변을 막기 위해 병사들이 달려가 알린 것이었다.

"스기요메 장군! 이 무슨 해괴한 짓이오."

태자를 발견한 근위대장이 엄살을 부리며 그에게 기어가려 애썼다. 그러나 스기요메의 발길질은 그치지 않았다.

"그만하지 못하겠소?"

태자가 다시 소리치자 그제야 스기요메의 발이 멈추었다. 스기요메는 피투성이가 되어 잔뜩 웅크린 근위대장의 목덜미를 잡고 벽으로 내던지며 고함쳤다.

불 속의 끓는 불

"또다시 허튼짓을 하면 어서 죽여달라고 사정하게 될 게야! 알아 듣겠느냐?"

스기요메는 태자가 들어와 있는 것도 아랑곳하지 않았다. 오히려 태자에게 보라는 듯했다. 벽에 부딪치며 나가떨어진 근위대장은 쓰러진 채 신음소리만 냈다. 스기요메는 돌아서서 태자에게 다가왔다.

"태자님께서 오셨군요. 보다시피 저놈의 숨통은 아직 붙어 있으니 염려 놓으시지요."

태자를 바라보는 스기요메의 눈에서 섬광이 비쳤다. 세르멕도 지금까지 보지 못했던 눈빛이었다. 그는 매사에 쾌활한 너털웃음으로 초연한 태도를 보여왔다. 그런데 그가 분노를 폭발시킨 것이다. 게다가 그 분노가 태자를 향하고 있다는 것도 숨기지 않았다.

태자가 눈을 부라렸다.

"장군은 나를 모욕할 셈이오?"

"태자님을 모욕할 생각은 털끝만큼도 없습니다. 저는 다만 버릇없는 망아지새끼 한 마리의 버릇을 고치려 했을 뿐입니다."

스기요메가 태자에게 맞서 노골적으로 노려보았다. 태자는 수염을 바르르 떨었지만 스기요메의 살기등등한 기세에 그만 눈을 돌렸다.

"애들아, 근위대장을 거두어 의원에게 데려가거라."

그러고는 태자가 돌아서며 말했다.

"장군의 위세가 언제까지 가는 줄 내 지켜보리다."

태자는 옷자락을 휘날리며 나가버렸다. 병사들이 초주검이 된 근위대장을 들것에 실어 나가는 것을 보며 토라가 말했다.

"저놈을 아예 요절을 냈으면 하고 바랐는데, 그래도 속은 후련하군요."

스기요메와 함께 도성 거리로 나온 세르멕은 의아해하며 물었다.

"어떻게 알고 찾아오셨습니까?"

"검의 출처를 조사한답시고 근위대장 놈이 도성을 쑤시고 다닌다는 것을 나도 들어 알고 있었소. 진작부터 그놈이 이렇게 나올 것을 기다렸지. 마침 주막 여자들이 와서 당신이 근위대에 끌려갔다고 내게 알려준 거요."

스기요메는 별일 아니라는 듯 세르멕의 어깨를 치며 웃었다. 그러나 일국의 태자에게 정면으로 도전을 한 스기요메를 세르멕은 이해할 수 없었다.

　스기요메가 근위대장을 혼쭐 낸 일은 곧 도성 사람들에게 회자되었다.

　"근위대장이 초주검이 되었다면서?"

　"누가 감히 그자를 혼냈다던가?"

　"스기요메 장군이라더군. 태자도 꼼짝 못했다잖아."

　곧 옥사정도 그 소문을 듣게 되었다. 물씬 얻어맞아 곤죽이 되었을 근위대장을 생각하니 저절로 웃음이 나왔다. 속이 다 시원했지만 그렇다고 마냥 좋아할 일은 아니었다. 신경이 극도로 날카로워졌을 그가 아랫사람들을 또 어떻게 들볶을지 모르는 일이었다. 그의 기분이 좋지 않은 날이면 옥사정도 느닷없이 불려가서 수모를 당한 것이 한두 번이 아니었다.

　'이 짓도 못해먹겠어. 때려치우고 고향에나 내려가야지 원.'

　몇 번이고 마음을 다져 먹어도 마누라의 등쌀에 못 이겨 늘 마음을 정하지 못했다.

　'그래도 관직에 있는 것만 하겠수? 고향이라 봐야 농사지을 땅이 있나, 가축이 있나. 그 지주 놈이 당신에게 농토를 줄 리도 없을 텐데 아이들하고 손가락만 빨고 살 거유?'

　물론 옥사정도 그녀의 마음을 이해 못하는 것은 아니었다. 하지만 근위대장의 심술 때문에 하루하루가 불안한 세월이었다. 그냥 눈 딱 감고 독수리를 감옥에서 빼주고 금괴 서너 덩이를 받아 도성 밖으로 내빼고 싶기도 했다. 그러나 아무리 생각해도 그것은 명을 재촉하는 일이었다. 근위병을 죽인 죄수를 빼내고 도망친다면 근위 대장이 지옥까지라도 쫓아올 것은 뻔한 일이었다.

어쨌거나 근위대장이 스기요메 장군에게 갓 쪄낸 보리개떡처럼 늘어질 만큼 얻어맞았다는 소식은 옥사정의 기분을 상쾌하게 했다. 옥사정이 저도 모르게 웃음을 흘리며 옥방 앞을 지나는데 죄수 하나가 능글거리며 말했다.

"옥사정 나으리, 밥 줄 때가 지난 거 같은데 어찌 소식이 없수?"

"이놈! 어련히 때가 되면 줄 텐데 건방지게 밥 타령이냐. 여기가 네놈 집 안방인 줄 알아?"

옥사정이 얼굴빛을 고치고 짐짓 근엄하게 면박을 주었으나 죄수 는 움츠러들지 않았다.

"그러게 내 집 안방에 엎드려 있는 사람을 왜 잡아와서는 밥도 안 주는 거요? 때가 되면 밥은 줘야 할 것 아니오?"

그는 도성에서도 이름난 악소패 두령이었다. 옥사정은 큰소리로 호통을 쳤다.

"이놈이 아직도 정신을 못 차렸구먼! 사람 목숨을 개미 목숨보다 못하게 여긴 네놈의 죄를 아직도 모르느냐? 경을 치기 전에 잠자코 있거라!"

그러자 악소패 두령은 괜히 곁에 있는 죄수를 한 대 걸어차고는 벌렁 누워버렸다.

옥사정이 옆의 옥방에 있는 독수리를 흘끗 쳐다보니 그는 오늘도 혼자서 우두커니 앉아 있었다. 밥을 주어도 다른 죄수들이 차지하도록 놔둔 채 그는 며칠 동안 제대로 먹지도 않았다.

"어디가 아픈 게냐?"

옥사정은 은근히 걱정이 되어 물었으나 독수리는 대답도 하지 않았다. 그렇다고 강제로 밥을 먹일 수도 없는 노릇이어서 옥사정도 애만 태웠다.

'저놈이 건강해야 어떻게든 기회가 올 텐데.'

독수리는 가을 축제가 벌어지면 참수당할 처지였다. 축제 때 사형수를 참수하는 것은 하늘 신께 사람의 피를 제물로 바치는 스카루국의 오랜 전통이었다. 그렇지만 지금 같아서는 독수리가 그때까지도 살아 있을 것 같지가 않았다.

다시 한번 그를 흘끗 쳐다보고는 지나치려는데 옥졸들이 국이 담긴 나무 동이를 들고 왔다. 마침 잘됐다 생각한 옥사정은 동이를 받아 들고 직접 독수리의 옥방 앞으로 가져갔다. 그가 국자를 받아쥐고 건더기를 가득 퍼 담는 것을 보면서 죄수들이 동그란 눈으로 쳐다보았다. 옥사정은 그들을 외면한 채 국그릇을 들고 독수리를 불렀다. 하지만 독수리는 묵묵부답이었다.

"잔칫집에서 배 터져 죽은 귀신에 씌었나, 왜 처먹지를 않는 거야!"

화가 치밀어 오른 옥사정이 그를 향해 소리를 질렀다.

"다 죽어가던 네놈을 살려준 상인들을 생각해서라도 처먹고 기운을 차려야지 않겠느냐."

그러자 뜻밖에도 독수리가 고개를 돌렸다.

"일 없소. 어차피 죽을 목숨인데, 그까짓 며칠 더 살아야 뭐하겠소. 차라리 역병에 걸렸을 때 죽게 내버려두었으면 좋았을 것을."

"이놈아, 죽긴 왜 죽어! 그렇지 않아도 네놈을 살리려고……."

옥사정은 자기도 모르게 소리를 쳤다가 손으로 입을 가리고는 헛기침을 해댔다. 그때 악소패 두령이 자기 옥방 창살 사이로 팔을 길게 뻗으며 말했다.

"거 나한테나 주슈. 건더기가 많아 맛만 좋겠구먼. 굶어 죽겠다는 놈한테 쓸데없이 뭐 하러 사정하고 있수?"

능글거리는 말에 부아가 난 옥사정은 국그릇을 동이에 쏟아 부었다. 그런데 국이 쏟아지면서 난데없는 쇳소리가 들렸다. 푸성귀와 잡곡을 한데 넣어 끓인 국에서는 날 수 없는 소리였다.

옥사정이 국자를 넣고 휘휘 저어보니 역시 동이 안에서 쇠붙이가 돌아다니는 소리가 났다. 국자를 들어 올린 옥사정은 화들짝 놀랐다. 국자에는 옥졸의 허리춤에 달려 있어야 할 옥방 열쇠가 푸성귀를 뒤집어 쓴 채 걸려 있었다.

"이것이 어째서 국 속에 빠져 있는 게냐?"

그제야 옥졸 하나가 황망하게 자기 허리춤을 들춰보더니 말했다.

"어이구, 이게 언제 국으로 빠졌지? 내가 분명 허리춤에 단단히 묶어 놨…… 억!"

그가 말을 마치기도 전에 옥사정의 주먹이 옥졸의 얼굴로 날아들었다. 옥졸은 국동이를 엎으면서 나동그라졌다.

"네 이놈! 하마터면 큰일 날 뻔했지 않았느냐. 어찌 옥방 열쇠를 그리 허술하게 간수하는 게야!"

"어이쿠, 옥사정 나으리. 제가 큰 잘못을 저질렀습니다."

옥졸은 엎드려서 손이 발이 되도록 빌었다. 하마터면 옥방 열쇠를 죄수들에게 넘겨줄 뻔한 어이없는 일이었다. 그러나 옥사정도 실수한 옥졸을 더 이상 다그치지 않았다. 얻어맞은 얼굴을 싸쥐고 있는 옥졸에게서 근위대장의 고통에 일그러진 얼굴이 떠올랐기 때문이었다. 그 생각만 하면 자꾸만 헤벌쭉 웃음이 터져 나오려 했다. 옥사정은 마음을 가다듬고 옥졸을 점잖게 꾸짖었다.

"또다시 이런 실수가 있어서는 안 될 것이야. 조심해라."

"여부가 있겠습니까요. 너그러우신 옥사정 나리를 생각해서라도 더욱 조심하겠습니다요."

옥사정이 돌아서려는데 다른 옥졸 하나가 황급히 뛰어오면서 말했다.

"나으리, 근위대에서 빨리 오시랍니다요."

그 소리에 평안했던 마음과 근엄한 몸짓이 일시에 사라졌다.

"거, 거기서 왜 나를……."

"근위대장께서 찾으시나 봅니다. 어서 가보시지요."

옥사정은 불현듯 떨려오는 가슴을 진정시키려 했으나 마음대로 되질 않았다.

근위대로 달려간 옥사정에겐 형틀이 기다리고 있었다. 그는 영문도 모른 채 형틀에 묶였다. 아직도 몸을 제대로 가누지 못하는 근위대장은 한쪽으로 엉거주춤 앉은 자세로 말했다.

"내가 묻는 말에 솔직하게 대답해줄 것으로 믿는다. 저 채찍을 쓰지 않도록 말이야."

언제 들어도 소름이 돋는 그의 목소리에 옥사정의 몸이 부들부들 떨려왔다.

"세르멕이라는 자가 어찌하여 네 가까이에서 어슬렁거리는 것이냐. 네게 무슨 부탁을 한 것이야?"

느닷없는 질문에 옥사정은 머뭇거렸다.

'독수리를 빼내려는 것을 저자가 어떻게 알았을까?'

그러나 옥사정은 머리를 저었다. 근위대장이 아무리 귀신같은 자라도 그 일을 알 리는 만무했다. 옥사정은 빠르게 머리를 굴렸다. 세르멕과 가까이 지낸다는 이유로 어차피 자신은 근위대장 눈 밖에 난 처지였다. 어떤 사실을 고한다고 자기한테 유리하게 돌아올 것은 없었다. 그러나 세르멕은 그렇지 않았다. 그에게는 금괴가 있었다. 입을 닫고 기회를 봐서 독수리를 빼내주기만 하면 그 금괴는 자기 차지가 될 터였다. 옥사정은 어떻게든 버텨보기로 작정하고 말했다.

"융국의 대상인이라는 자가 저같은 옥사정한테 무슨 부탁을 하겠습니까. 단지 감옥에 있을 때 제가 좀 너그럽게 대했다고 술을 사주었을 뿐입니다. 지난번에 주막에서 말씀드렸지 않습니까."

옥사정의 대답은 근위대장의 기대에 미치지 못한 것 같았다. 이내 날아드는 채찍에 등의 살갗이 찢어졌다. 외마디 소리를 지르며 몸부림을 쳤지만 채찍은 사정을 봐주지 않았다. 매서운 고문에 정신을 잃었던 옥사정은 쏟아지는 물벼락에 다시 깨어났다.

"사실대로 말해라! 그자가 무엇을 부탁했는지 말이다!"

옥사정의 몽롱한 의식 속에 대고 근위대장이 악을 썼다.

"정말입니다. 그자가 무슨 부탁을 했다고 자꾸 이러십니까. 제가 아무렴 근위대장님께 거짓을 말하겠습니까."

또다시 채찍이 날아들었다. 옥사정의 살갗은 이미 처참하게 찢어졌다. 그런데 이상했다. 채찍이 날아들수록 극심하던 고통이 점점 무더졌다. 처음 근위대 건물로 들어올 때와는 달리 떨리던 마음도 진정되었다. 옥사정은 이를 악물었다. 그동안 망설였던 마음이 일순간 굳어졌다.

'이제 때려치우는 거야. 더 이상 이 짓도 못해먹겠어. 고향으로 내려가는 거다. 저 지긋지긋한 놈의 손아귀를 벗어나는 거야.'

채찍질이 더해질수록 그의 몸은 늘어졌고, 몇 번이고 물을 뒤집어썼다. 혼절한 것인지 깨어난 것인지 분간할 수 없었다. 그의 의식은 늘 그 사이에 있는 것 같았다. 머릿속 생각들이 끊이지 않고 이어졌다. 의식 속에서 능글맞은 죄수의 웃음소리가 들렸다. 옥방 창살 사이로 쭉 뻗은 우람한 팔뚝도 눈에 아른거렸다. 국에서 나온 옥방 열쇠꾸러미, 독수리의 힘없는 목소리, 국자에 건져진 국 건더기, 열쇠를 국에 빠트린 옥졸이 당황해하는 모습, 자기에게 다가오며 근위대에서 부른다는 옥졸의 외침, 주머니 안에서 열쇠꾸러미가 부딪는 소리. 옥사정의 의식 속에 그 모든 것들이 국동이 안으로 휘휘 섞여 들어갔다.

'그놈한테 열쇠를 돌려준다는 것을 깜빡했군.'

옥사정은 혼미한 와중에도 열쇠를 생각했다.

'큰일 날 뻔했어. 그 정신 나간 놈이 죄수들한테 열쇠를 들려줄 뻔했잖아.'

의식이 맑아지는 느낌이었다. 채찍이 날아들 때마다 주머니에서 열쇠 부딪는 소리가 계속해서 들려왔다. 이상하도록 그 소리가 선명했다. 맑아지는 그의 머릿속엔 자기도 모르게 한 가지 계획이 꿈틀댔다.

문득 정신을 차려보니 어느새 채찍이 멈춰 있었다. 아무도 그에게 다가오는 자가 없었다. 근위대장의 목소리도 들리지 않았다. 그는 놓여 난 것이었다.

제5부

새로운 문명

1

예하의 대저택 안에 늘어선 상인들 가운데로 외눈박이가 거드름을 피우며 들어섰다.

예하가 처형되었을 때 상인들은 모두 빈손으로 흩어지게 될 줄 알았다. 그러나 대장군은 예하의 재산에 손을 대지 않고 외눈박이에게 관리를 맡겼다.

"늙은이가 사람들 모르게 스카루국으로 금괴를 빼돌리려는 것을 대장군께서 아시고 손을 쓰셨네. 우리 상단 재물은 융국의 재산이잖은가. 이 양반이 늙더니 망령이 난 게지. 고맙게도 파이한 대장군께서 나한테 우리 상단을 맡기셨네. 더욱 열심히 장사해서 대장군의 은혜에 보답하세나."

외눈박이가 근엄하게 말하며 상인들을 둘러보았다. 그들은 외눈박이의 말에 한 점 의심 없이 고개를 끄덕였다.

상인들에게 일을 지시하고 내실로 들어온 외눈박이는 예하의 자리에 앉아 웃음을 지었다. 태어나서 이런 날이 올 줄은 꿈에도 생각지 못했다. 사실 그는 아직도 파이한의 처사를 이해할 수 없었다. 며칠 갇혀 있다가 파이한 앞에 끌려갔을 때만 해도 죽는 줄로만 알았다.

'차라리 예하 어르신의 말씀을 들을 것을, 내 어찌 은인을 배반

불 속의 끓는 불

하고 잘되기를 바랐단 말인가.'

참수당할 것을 각오하고 있던 그에게 파이한은 뜻밖의 말을 던졌다.

'네놈이 예하 상단을 맡아 경영할 수 있겠느냐?'

그야말로 환희의 순간이 따로 없었다. 이제 그의 앞에는 명실상부한 부귀의 삶이 놓이게 되었다. 하지만 외눈박이에게는 아직 해결해야 할 일이 남아 있었다. 금광을 늑대족 놈들로부터 빼앗아 오는 일이었다.

'그놈들은 어찌 한다?'

곧 외눈박이의 얼굴에 다시 웃음이 감돌았다. 다음 날 그는 힘깨나 쓰는 상인들을 불러 모아 길을 나섰다.

늑대족 마을은 여전히 바쁘게 돌아갔다. 금광을 캐내 정제까지 해왔던 그들은 이제 야금(冶金) 방면의 전문가가 되었다. 그들의 마을은 어느 융국 도시보다 화려하게 변모했고 집집마다 상단에서 가져온 고급 물건으로 넘쳐났다. 축사엔 양떼가 그득했으며, 마을 앞에 일군 밭에는 채소들이 즐비했고, 마구간에는 살찐 준마들이 한가롭게 서 있었다. 도성에 사는 어떤 상인들보다도 풍족하고 여유로운 생활이었다.

"어인 일이신가요? 아직 금괴를 가져가려면 며칠 더 있어야 하는데."

양푸는 해맑은 얼굴로 외눈박이 일행을 맞이했다. 그 옆에서 미카가 행복한 웃음을 짓고 서 있었다. 당연히 그들은 외눈박이를 전혀 경계하지 않았다. 상인들이 전과 달리 사나운 얼굴을 하고 있었지만 양푸는 아무런 눈치조차 채지 못했다.

"내 자네들에게 할 말이 있네."

양을 잡겠노라고 수선을 피우려는 양푸를 외눈박이가 막아서며 말했다.

"얼마나 급한 일이기에 그러십니까? 일단 음식 준비라도 시켜놓고 말씀하시죠."

외눈박이가 눈짓을 하자 상인들이 다짜고짜 양푸를 붙들어 무릎을 꿇렸다. 깜짝 놀란 양푸가 버둥대고, 미카가 비명을 지르면서 달려왔다. 하지만 무지막지한 상인들의 발길질에 그녀는 뒤로 나가떨어져 버렸다.

"오늘부터 너희들은 우리 노예가 돼주어야겠다."

"갑자기 왜 이러는 겁니까? 우리가 무슨 잘못한 것이라도 있습니까? 예하 어르신과 세르맥 님을 만나야겠습니다. 저를 그분들께 데려가주십시오."

"이게 웬 행패예요. 어째서 갑자기 이러는 거냐구요. 에젠 아기씨가 아시면 어쩌려고 이러세요."

외눈박이의 얼굴에 싸늘한 웃음이 감돌았다.

"예하 늙은이는 처형되었다. 스카루국 첩자 노릇을 하다가 발각되었지. 늙은이의 수족이던 딸년과 세르맥은 약삭빠르게도 달아났다. 어쨌든 너희들은 원래 노예가 될 놈들이지 않았느냐. 늙은이 덕에 지금까지 분수에 맞지 않은 대접을 받았을 뿐이야. 이제야 너희들 신분이 본래대로 돌아가는 것이니 너무 섭섭하게 생각지 말거라."

외눈박이는 양푸와 미카에게 도성의 상단으로 들어가 노예 생활을 하게 될 것이라고 일렀다. 그는 체격이 건장한 늑대족 사내 열대여섯을 지명하여 함께 짐을 싸라고 명령했다. 나머지 늑대족들은 손과 발에 사슬을 채워 그대로 남아 계속 금광 일을 하게 했다. 마을에 남은 늑대족 사내들은 자기 집에서 쫓겨나 마구간에서 살아야 했고, 그들이 아담하게 꾸며놓았던 집은 감독할 상인들이 차지하고 들어앉았다.

외눈박이를 따라 도성에 들어온 양푸와 미카, 그리고 늑대족 사내들은 상단의 노예로 전락했다.

노예가 된 미카에게 사람들은 예전 같지 않았다. 미카에게 설움 받았던 적도 없었건만 같은 노예들끼리도 그녀를 따돌렸다. 지난날 에젠이 장사를 떠나면 홀로 남은 미카는 노예들의 일을 도왔다. 노예들이 한사코 말려도 미카는 고집을 꺾지 않았다.

'육신이 멀쩡한데 놀면 뭐해요. 함께 해요.'

그렇지만 그들은 이제 미카에게 더 많은 일을 시켰고, 조금이라도 마음에 들지 않으면 해놓은 일도 다시 시켰다. 양푸에게도 마찬가지였다. 양푸가 직접 금괴를 실어 올 때면 그토록 반겨주던 상인들이 이젠 늑대족 사내들을 가혹하게 다뤘다.

"너희들은 예하 늙은이만 아니었어도 그때 전부 죽은 목숨이었어. 알아?"

그들은 새벽부터 밤늦게까지 양푸와 늑대족 사내들에게 무거운 짐을 나르게 하거나 위험한 공사를 시켰다. 온몸에 힘이 빠져 조금이라도 숨을 돌릴라 치면 발길질과 채찍이 날아들었다.

늑대족 사내들은 세르맥을 그리워했지만 어찌 된 영문인지 그는 스카루국의 첩자가 되었다는 소식만 들려왔다.

"세르맥 님이 살아 있는 한, 우릴 구해주실 걸세."

늑대족 사내들은 양푸의 말을 믿지 않았지만 머리만이라도 끄덕여주었다. 그러나 그들의 머릿속에는 똑같은 의문이 떠올랐다.

'스카루국에 있다는 사람이 우릴 어떻게 구해?'

물론 그것은 양푸의 마음도 다르지 않았다.

'첩자라고 낙인찍힌 사람이 다시 융국 땅을 밟기나 할 수 있을까.'

그래도 양푸는 희망을 버리고 싶지 않았다. 세르맥 님만은 우릴 버리지 않을 것이다. 그렇게라도 생각해야 이 지옥 같은 생활을 견딜 수 있을 것 같았다.

"그만 주무세요. 피곤할 텐데."

피로에 지친 미카가 벽돌처럼 무거워진 몸을 양푸에게 기댔다.

미카 역시 아직도 꿈을 꾸는 듯했다. 어느 날인가 잠에서 깨어나면 아, 꿈이었네, 하면서 악몽을 떨치고 일어나 양푸와의 행복한 생활로 돌아갈 것 같았다. 미카는 양푸의 웃는 얼굴만 보아도 행복했다. 그러나 노예로 전락한 지금, 그에게 전과 같은 웃음은 사라지고 없었다.

미카의 말에도 양푸는 아무런 움직임이 없었다. 양푸가 자리에 들지 않자 피로에 지친 미카는 먼저 몸을 뉘었다. 미카는 낮에 여자 노예에게 들었던 이야기를 생각했다.

'에젠 아기씨는 파룬 의원님 댁으로 가셨어요. 아마 지금쯤은 어디론가 떠나셨을 거예요.'

미카는 여자 노예의 말이 옳다고 생각했다. 그러나 한편으로는 파룬의 집에 가서 에젠의 소식을 확인하고 싶은 충동이 일었다.

'거기 가면 무슨 말이라도 듣지 않을까.'

그렇다고 한밤중에 대문 밖을 나설 수는 없었다. 도망친 노예는 무조건 사형이었다.

심란해진 미카가 양푸를 올려다보았지만 그는 여전히 돌아앉은 채 움직이지 않았다.

"이제 그만 주무셔야죠. 밤이 깊었어요."

대답이 없었다. 미카가 체념하고 돌아누우려는데 양푸가 중얼거렸다.

"······우리한테 희망이 있을까? 전혀 길이 없는 걸까? 흐흑."

양푸는 울고 있었다. 미카가 일어나 그를 돌려 앉혔다. 양푸가 미카의 가슴으로 쓰러지며 얼굴을 묻었다. 그의 어깨가 떨려왔다. 도성에 끌려온 며칠 동안 양푸가 그토록 낙심한 적은 없었다.

미카는 그의 고통을 알고 있었다. 양푸는 반란을 일으켰던 늑대족 사내들을 이끌고 어렵사리 동쪽 땅에 자리를 잡았다. 그러나 지금 뜻하지 않게 모두가 노예로 전락했다. 양푸는 그들을 불행으로 몰고 간 자신을 용서하지 못했다. 스스로 자신했던 것과는 달리 희망이 없음을 조금씩 받아들이게 되는 현실을 참을 수 없었던 것이다. 미카가 그의 어깨를 감싸 안으며 말했다.

"파룬 의원님 댁에라도 다녀와야겠어요."

그 소리에 양푸가 고개를 들었다. 눈물 번진 얼굴이 등불에 반짝였다.

"파룬 의원이 누구요?"

"파이한 대장군님의 형님 되시는 분이에요."

양푸가 자리를 고쳐 앉고 말했다.

"그런 지체 높은 사람을 당신이 어찌 안다는 말이오. 더구나 그런 사람을 만나 뭘 어쩌겠다는 거요?"

"그분은 예하 어르신의 친구분이셨어요."

양푸는 이해할 수 없다는 얼굴로 미카를 바라보았다. 미카가 말했다.

"그분은 형제라도 파이한 대장군과는 성품이 달라요. 인자하신 분이거든요."

말해놓고 보니 미카도 파룬을 다시 생각하게 되었다. 파룬이 예하의 집에 올 때마다 이상하도록 자기를 반갑게 대하던 일들이 비로소 떠올랐다. 아무리 생각해도 이유 모를 일이었지만, 자신을 남다르게 대하던 파룬의 미소가 생생했다.

'어쩌면 내가 찾아오기를 기다리고 계신지도 몰라.'

그러나 미카는 머리를 흔들었다. 노예로 전락한 자신을 그가 어떻게 도울 수 있을 것인가. 그때 양푸가 목소리를 낮추고 물었다.

"그 사람은 어디 사는 사람이오? 도성 사람이오?"

"네, 도성에 살아요. 얄렌강 다리 너머 가까운 곳이에요."

"그럼, 혹시 우리가 무슨 도움이라도 받을 수 있단 말이오?"

미카가 머리를 저으며 한숨을 쉬었다.

"글쎄요. 그분이라고 노예가 된 우리를 도와줄 뾰족한 방법이야 없으실 테죠. 그렇지만 에젠 아기씨 소식은 들을 수 있을지도 몰라요. 아기씨가 그분 댁으로 피신했었다니까."

양푸의 눈이 커졌다. 그가 목소리를 더욱 낮춰서 말했다.

"그럼 에젠 아기씨가 지금 거기 계신다는 말이오?"

"아닐 거예요. 벌써 다른 곳으로 피하셨겠죠. 도성에 계시다가 병사들에게 발각되면 어쩌려구요."

잠시 기대를 가졌던 양푸는 다시 고개를 떨궜다. 미카의 가슴이 아려왔다. 그러자 머릿속에 또다시 파룬의 미소가 피어올랐다. 따뜻한 미소였다. 미카는 입술을 깨물었다.

'그래, 어차피 지금보다 더 나빠질 것도 없잖아?'

미카가 말했다.

"여보, 제가 지금 그분 댁에 다녀올게요. 혹시 에젠 아기씨가 떠나면서 무슨 말이라도 남겼을지 몰라요. 당신은 뒷문에서 날 기다려주세요. 사람들이 잠에서 깨는지 보아주세요."

"위험하지 않겠소? 혹시 그 사람이 대장군에게 고해바치는 건 아니오?"

"그럴 분은 아니에요. 자, 어서 일어나세요. 한달음에 다녀올게요."

두 사람은 기척을 죽이고 뒷문으로 다가갔다. 모두들 잠든 한밤의 고요가 저택에 내려앉았다. 미카가 뒷문을 열고 어둠 속으로 사라지고, 양푸가 그 자리에 서서 어두운 하늘을 올려다보았다. 무수한 별들이 하늘에 흩뿌려져 있었다. 무심하게도 동쪽 하늘에서 보던 것과 똑같은 평화로운 하늘이었다.

2

세르멕은 어떻게든 독수리를 구출하여 빨리 융국으로 떠나고 싶었다. 하지만 도무지 기회가 와주질 않았다. 게다가 스기요메에게 봉변을 당한 태자와 근위대장을 생각하면 불안하기만 했다.

"이대로는 그자를 구출하기 힘들 것 같습니다. 차라리 근위대장 놈을 아예 요절내버리고 옥사정한테 방면시켜 달라는 편이 빠를 것 같습니다."

토라는 더 이상 생각할 것이 무어 있겠느냐는 듯 말했지만 근위대장을 없애는 것은 그리 간단한 일이 아니었다. 그를 죽인다 해도 앙심을 품고 있을 태자 때문에 스기요메에게까지 파장이 미칠 것이 뻔했다.

'당신이 이 땅에서 어려운 지경에 빠진다면 내가 가만있지 않으리다. 약속하오.'

장담한 대로 태자에게 맞서면서까지 자신을 구해준 스기요메를 궁지에 빠트릴 수는 없었다.

"그럴 수는 없다. 기다리다 보면 기회가 오겠지."

"이러다가 축제가 다가오면 우리 노력도 헛일이 되고 맙니다. 독수리를 구출하려면 하루빨리 손을 써야 하지 않겠습니까."

세르멕도 답답했다. 도움을 줄 수 있는 유일한 인물인 옥사정이 꿈쩍을 하지 않고 있어 애가 탔다. 그렇게 고심하고 있을 때, 주막 여주인이 꾀죄죄한 어린아이 하나를 데리고 왔다.

"아버지가 보내서 왔어요."

아이는 옥사정의 아들이라고 했다. 얼마나 울었는지 눈이 퉁퉁 부어 있었다.

"우리 아버지가 세르멕 님을 뵙자고 하셨어요. 집에서 기다리고 계세요."

"이 시간이면 관청 옥사에 계실 아버님이 어인 일로 집에 계시냐?"

아이는 세르멕의 물음에 대답도 하지 않고 눈물만 훔쳤다. 심상치 않은 예감에 세르멕은 토라와 함께 아이를 따라 일단 옥사정의 집으로 갔다.

옥사정은 집 안에 엎드려 있었다. 그의 몰골은 참혹했다. 아무렇게나 휘갈겨 그린 그림처럼 그의 등엔 무수한 채찍 자국이 찍혀 있었다. 그는 상처 때문에 바로 눕지도 못하고 엎드린 채 두 사람을 맞이했다. 세르멕이 물었다

"이게 어찌 된 영문이오?"

"근위대장이 오라기에 갔더니 당신과 가까이 지내는 이유를 이실직고하라고 하더이다."

세르멕이 흠칫 놀라며 다가앉았다.

"그럼 독수리 이야기도 했겠구려."

옥사정의 얼굴에 냉소가 스쳐갔다.

"나도 생각이 있는 사람이오. 내가 미쳤다고 그자에게 독수리 이

야기를 하겠소?"

그가 어렵게 일어나 앉더니 봉두난발이 된 머리카락을 뒤로 쓸어 올리며 말했다.

"어쨌든 당신을 부른 이유도 독수리 때문이오. 그자를 구출할 방법을 알려줄 터이니 약속대로 금괴를 줄 수 있겠소?"

"독수리만 구출할 수 있다면 당연히 드리겠소만, 당신 목숨을 보장할 수 없다고 말하지 않았소? 왜 마음이 바뀐 것이오?"

"내가 장독이 퍼져서 집에 누워 있는 것은 나를 이렇게 만든 그자가 더 잘 알 것이오. 내가 없는 사이에 독수리가 감옥을 걸어 나오든 말든 집에서 앓고 있는 나와는 상관없는 일이지 않겠소."

옥사정은 벗어놓은 옷 주머니에서 열쇠꾸러미를 꺼내 던져주었다. 그러고는 독수리를 구출할 계책이라며 긴 이야기를 꺼냈다.

"내가 젊어서 군대에 있을 때 키안국과의 전쟁에 참가한 적이 있소이다. 그때 우리 군사들은 여러 부대로 나뉘어 행군을 하고 있었는데, 키안국 대군이 하필이면 내가 있던 부대로 다가왔소. 멀리 떨어져 있던 다른 부대들이 우리를 구출하러 오기에는 시간이 없었지요. 우리는 물살 거센 강 상류 쪽으로 자꾸만 밀리는 중이어서 이제 모두 죽은 목숨이라고 절망을 했소이다."

세르멕과 토라는 옥사정이 무슨 이유로 병사 시절의 경험담을 꺼내놓는지 알 길이 없었지만 잠자코 이야기를 들었다.

"그런데 그 위험천만한 순간에 우리를 이끌던 스기요메 장군이 묘책을 짜냈소. 우리는 그분의 지시로 근처 여러 마을에서 소와 낙타 떼를 징발해서 몰고 왔고, 또 밤새 뗏목을 만들어 강으로 떠내려 보냈소. 그러고는 안개 짙은 새벽에 북소리와 나팔 소리를 요란하게 울리면서 동물 떼를 적진으로 몰았소. 그렇지 않아도 무수히 떠내려 오는 뗏목을 발견한 그들은 밤사이 우리 구원군이 강을 건너 당도한 줄 알고 속이 타들어갔을 거 아니겠소. 게다가 안개 속에서 천지를 울리며 달려오는 발굽소리를 우리 군사들의 기습으로 착각한 게지. 적진은 당장 혼란에 휩싸였소. 갈피를 모르고 허둥대던 키안국 병사들은 결국 강물로 뛰어들어 수장되었소이다."

그의 말을 듣고 세르멕과 토라는 얼굴을 마주 보았다. 빛나는 기지로 부하들의 목숨을 구하고 전쟁을 승리로 이끈 스기요메 장군의 지략에는 감탄했지만, 그게 독수리의 구출과는 무슨 상관이란 말인가. 하지만 옥사정이 들려주는 이야기는 아직 끝난 게 아니었다. 옥사정은 이어서 독수리를 감옥에서 나오게 할 방법을 설명했다. 듣고 보니 스기요메의 묘책 그대로였다. 그토록 고심하던 독수리의 구출이 단번에 이루어질 기막힌 방법이었다. 세르멕과 토라는 주저 없이 당장 행동에 나섰다.

저녁녘에 토라가 옥사정의 심부름이라며 감옥을 찾아갔다. 그는 옥졸들에게 옥사정이 심한 매를 맞아 며칠 나오지 못할 것이라고 이르면서 그의 상처에 대해 설명했다.

마침 죄수들에게 음식 동이를 가져가던 옥졸이 말했다.

"에구, 옥사정 나리가 고초가 심하셨군요."

"말도 마시오. 다 돌아가시게 되었더이다. 그래도 그 와중에 밥을 굶는 죄수 하나를 걱정하셨소. 그 일로 옥사정께서 내게 당부하신 것이 있어서 그러는데 그 죄수를 좀 만나봐도 되겠소?"

"그렇게 하시오. 원 참. 우리 옥사정 나리는 인정이 많으셔서 탈이란 말이야. 마침 죄수들에게 밥을 갖다 주려던 참이니 나를 따라오시오."

토라는 무거운 국동이를 빼앗다시피 받아 들고 그의 뒤를 따랐다. 지하 계단을 내려가면서 토라는 재빨리 국동이 속으로 열쇠를 빠트렸다.

감옥 안은 예전과 다를 것이 없었다. 음식이 오자 힘깨나 쓰는 악소패 죄수들이 벌떡 일어나 손을 벌리며 아우성이었다. 힘없는 죄수들은 뒤에 서서 눈치만 보고 있었다.

독수리는 다른 죄수들과는 달리 멀찍이 떨어진 구석 자리에 우두커니 앉아 있었다. 토라가 국동이를 내려놓고 국자로 건더기를 수북이 담는 것을 보며 옥졸이 빙그레 웃었다.

"옥사정 나리가 그렇게 시키셨구려. 어제는 나리께서 직접 줘도 안 먹었는데 오늘은 저자가 받아먹을지 모르겠소이다. 아무튼 잘 달래보시구려."

토라가 독수리의 옥방을 향해 가고 있는데 갑자기 엉뚱한 옥방에서 우악스러운 손이 창살 사이로 나왔다. 흠칫 놀라 돌아보는 토라의 눈에 능글거리면서 웃는 죄수의 얼굴이 들어왔다.

"그거 이리 주슈. 아, 나도 건더기 많은 국 좀 먹어봅시다."

토라가 피하기도 전에 그의 솥뚜껑 같은 손이 국그릇을 움켜쥐었다. 토라는 얼떨결에 국그릇을 빼앗겨버렸다. 죄수는 국그릇을 들고 구석으로 가더니 허겁지겁 밥을 먹었다. 토라가 허탈한 웃음을 짓자 옥졸이 건더기를 한가득 떠올린 국그릇을 다시 내밀었다.

"저놈들은 죄를 지었으면 좀 반성의 기미를 보여야 하는데, 아귀처럼 처먹을 생각만 하니 원."

"이해해야지 어쩌겠소. 감옥에서 먹는 낙이라도 없으면 무슨 재주로 버티겠소이까."

두 사람의 잡담으로 음식 나누어 주는 시간이 지체되자 죄수들이 음식을 달라고 아우성이었다. 토라는 그 소란을 뚫고 독수리에게 다가가 국그릇을 내려놓았다.

"나를 좀 보시오. 나 모르겠소?"

독수리는 토라의 얼굴을 기억해 냈다.

"아니, 여긴 웬일이십니까?"

"시간이 없으니 간단하게 말하겠소. 지금 저기 험악하게 생긴 자의 국그릇에 옥방 열쇠가 들어 있소. 이제 조금 있으면 옥방 문이 열리면서 난동이 일어날 거요. 그때 당신도 기회를 봐서 밖으로 나오시오. 감옥 건물 앞에 붉은색으로 치장한 가마가 서 있을 것인즉, 무조건 그 안으로 들어가야 하오. 그러면 당신은 구출될 수 있을 게요. 내 말 명심하고 꼭 그대로 해야 하오. 알겠소?"

그 말을 듣고 독수리의 눈이 반짝였다.

토라가 옥방을 걸어 나올 때 국그릇을 빼앗았던 자가 토라에게 의미심장한 눈길을 던졌다. 하지만 토라는 아무것도 모른다는 듯 옥졸을 따라 유유히 감옥을 나섰다.

이윽고 날이 저물었다. 감옥 입구에 불이 훤하게 밝혀졌다. 세르멕은 토라와 함께 가마꾼 노예 차림을 하고서 독수리가 나오기를 기다렸다. 그들 앞엔 붉은 비단으로 치장을 한 귀부인용 가마가 서 있었다. 멀지 않은 시전엔 사람들이 웅성거렸다. 그러나 음침한 감옥 건물 근처에는 얼씬도 하지 않았다.

세르멕과 토라가 감옥의 동태를 살피며 서성거리고 있는데 순라를 도는 근위병들이 다가왔다.

"너희들, 여기서 뭐 하는 거냐? 도대체 감옥 앞에서 뭘 하고 있는 것이야."

토라가 잔뜩 고개를 숙인 채 기어들어가는 소리로 대답했다.

"예, 저희 마님께서 여기까지 온 김에 친정 동생을 한번 만나보고 가신다 하여 기다리는 중이올시다."

"친정 동생이 뭐하는 자이기에 여기서 기다리는 것이냐."

"감옥에서 옥졸로 있습지요."

얼결에 말해버린 토라조차 얼굴을 찡그릴 정도로 앞뒤가 맞지 않는 말이었다. 이런 훌륭한 가마를 타고 다니는 지체 높은 부인의 친정 동생이 겨우 옥졸로 지낸다는 것은 말이 되지 않았다. 아무래도 수상하다는 듯 근위병들이 가마를 노려보며 다가오자 세르멕이 얼른 나서며 머리를 조아렸다.

"저, 사실 이분은 저희 주인님의 작은마님 되시는 분입니다요. 원래는 주막에 계셨지요."

세르멕의 말에 근위병들은 서로 얼굴을 마주 보며 이죽거렸다.

"그년, 팔자 한번 제대로 고쳤구나. 어쨌든 여기서 기다리지 말고 저기 사람 많은 곳에서 기다리든지, 감옥 안으로 들어가서 만나든지 해라."

자리를 뜨는 것을 확인하려는 듯 근위병들이 두 사람을 지켜보았다. 그러나 감옥으로 들어갈 수는 없는 일이었다. 세르멕과 토라는 어쩔 수 없이 시전을 향해 가마를 돌렸다.

그때, 기다리던 소란이 감옥 입구에서 들려왔다. 한 떼의 죄수들이 아우성을 치며 쏟아져 나오고 옥졸들이 주춤주춤 밀려났다.

"아니, 저게 뭔가. 어찌 죄수들이 감옥을 몰려나오는 것이냐!"

깜짝 놀란 근위병들이 어찌 할 바 모르고 허둥댔다. 그러더니 그 중 하나가 외쳤다.

"너는 어서 근위대에 알려라. 우리는 우선 저들을 막아야겠다."

병사 하나가 근위대 건물로 뛰어가고 나머지는 감옥 입구 쪽으로 몰려갔다. 세르멕은 다시 가마를 내려놓고 초조한 마음으로 소란을 지켜봤다.

앞에서 밀고 나오는 죄수들은 덩치 큰 악소패들이어서 옥졸들이 감당하지 못하고 밀려났다. 그사이 죄수들 몇이 시전 쪽으로 도망쳤다. 옥졸들은 밀려나오는 죄수들을 막느라 그들을 쫓지 못했다.

죄수들 사이에도 무기를 든 자들이 있어 쓰러지는 옥졸들이 속출했다. 널찍한 감옥 입구가 아수라장이 되었지만 죄수들의 난동을 진압하기에는 옥졸들의 수가 부족했다.

옥졸들이 힘에 부쳐 죄수들에게 입구를 터주게 될 찰나, 가까스로 당도한 근위대 병사들이 합세하여 죄수들과 혈전이 벌어졌다.

병사들의 수가 많아지니 죄수들이 감옥 안쪽으로 다시 밀려들어갔다. 그러나 아직도 독수리의 모습은 보이지 않았다. 세르멕은 마음이 초조했다. 이제 조금 후면 난동이 진압될 것 같았다.

"이게 어떻게 된 것이야. 독수리가 끝내 빠져나오지 못한 것이 아닌가."

세르멕의 말에 토라가 어두운 곳을 두리번거렸다.

"도망간 죄수가 몇 명 있었으니 그중에 섞여 있을지도 모릅니다. 조금만 기다려보시지요."

"빠져나왔으면 곧장 이리로 와야지. 어찌 여태 안 오는 것이야. 이렇게 기다리고만 있다가 근위대 병사들이 나오면 우리가 난처해지지 않겠나."

그러고도 한참을 기다렸으나 독수리는 나타나지 않았다. 세르멕은 결국 그가 감옥을 빠져나오지 못한 것이 틀림없다고 판단했다. 지금쯤은 죄수들을 다시 옥방으로 몰아넣고 사태를 종료시키고도 남을 시간이었다.

세르멕과 토라는 낙담이 컸다. 안타깝지만 근위병들이 나오기 전에 어서 이 자리를 떠나야 했다.

"안 되겠네. 이만 돌아가야겠어."

두 사람은 가마를 들고 일어섰다.

그때 감옥 입구에 옥졸 하나가 나타났다. 그는 가마 쪽으로 천천히 걸어왔다.

세르멕과 토라는 가마를 멈추고 그의 행동을 주시했다. 그의 발걸음은 틀림없이 자신들을 향해 걸어오고 있었다. 어떻게 해야 할지 판단이 서지 않아 망연하게 바라보고 있는데, 감옥 입구에서 칼을 빼 든 근위병들이 몰려나왔다. 그들이 앞에 가는 옥졸을 향해 뭐라고 지껄였지만 잘 들리지는 않았다. 가마 쪽으로 다가오는 옥졸은 무슨 영문인지 그들을 돌아보지도 않았다.

"어서 여기를 떠야겠습니다."

토라가 재촉했다. 그러나 세르멕은 움직이지 않았다.

"아무래도 지금 떠나면 안 될 것 같네. 저들을 좀더 지켜보면서 대처해야겠어."

세르멕이 소매 속의 환도를 더듬으며 말했다.

옥졸은 여전히 뒤돌아보지 않고 똑바로 가마를 향해 걸어왔다. 입구를 나온 근위병들이 도망친 죄수들을 찾아 시전 쪽으로 흩어지고, 그중 몇몇이 옥졸을 따라왔다.

가까이 다가온 옥졸은 쭈뼛 쭈뼛 어둠 속에서 무엇인가를 두리번거렸다. 환한 곳에서 나온 그의 시야에 어둠 속이 잘 보이지 않는 것 같았다. 세르멕은 가마를 내려놓고 소매의 환도로 손을 가져갔다. 여차하면 그를 베어버리고 뒤에서 다가오는 병사들을 상대해야 했다. 세르멕과 토라는 긴장의 끈을 늦추지 않았다.

마침내 가까이 다가온 옥졸의 눈에 가마가 눈에 띈 것 같았다. 그러자 그가 가마 쪽으로 빠르게 다가왔다. 세르멕이 그를 향해 환도를 빼들려는 찰나, 옥졸의 목소리가 들려왔다.

"세르멕 님이신가요?"

독수리의 음성이었다. 옥졸이 머리에 쓴 모자를 벗어 보이자 독수리의 얼굴이 나타났다. 독수리는 다짜고짜 가마 속으로 뛰어 들려 했다. 세르멕이 다급히 그의 어깨를 잡고 속삭였다.

"뒤에 근위병들이 다가오고 있으니 지금 가마 속으로 들어가면 안 되오. 당신은 여기 서서 우리가 가마꾼 노예인 것처럼 대하시오."

그러고는 세르멕이 큰 소리로 독수리에게 말했다.

"아니, 갑자기 웬 난리인가요? 마님께서 걱정이 이만저만이 아니었습니다요. 도대체 죄수들이 어떻게 옥방에서 뛰쳐나왔대요?"

독수리는 겁에 질린 얼굴로 대답을 하지 못하고 엉거주춤 서 있었다. 이윽고 근위병들이 다가왔다. 그들 중 하나가 독수리에게 말했다.

"거 사람이 부르면 대꾸 좀 하게. 그렇게 말을 붙여도 쳐다보지도 않고 오긴가?"

그러자 또 다른 병사가 지껄였다.

"아, 이 사람아, 누이가 팔자를 고쳤는데 우리 같은 놈들이 눈에 들어오기나 하겠나?"

그들이 저희끼리 왁자하게 웃으면서 가마로 다가왔다.

"어서 자네 누이를 좀 불러보게. 도대체 얼마나 예쁘기에 팔자를 고쳤는지 우리도 좀 보고 싶어서 다시 왔네."

근위병들의 말뜻을 모르는 독수리는 얼어붙은 채 가만히 서 있었다.

"아, 어서 누이를 가마 밖으로 불러내 보라니까."

계속된 닦달에 세르멕이 나섰다.

"저, 저희 마님은 워낙 부끄러움을 타셔서 사내들 앞에는 잘 나서지를 않으십니다. 그냥 돌아가시지요."

그러자 병사 하나가 세르멕에게 다가오더니 느닷없이 얼굴을 후려쳤다. 병사가 침을 뱉으며 말했다.

"노예 주제에 감히 어딜 끼어드는 것이냐. 건방진 놈."

세르멕이 몸을 일으키며 돌아보니 감옥 입구에는 이제 근위병들이 보이지 않았다. 앞에 있는 병사들 외에는 모두 시전 쪽으로 사라진 것 같았다. 세르멕은 마음을 가다듬었다. 이들을 처치하기에는 별로 어려울 것도 없었다. 독수리 옆으로 다가온 세르멕이 어깨로 그를 슬쩍 밀어냈다. 독수리가 움찔 놀라며 한 발자국 비켜서는 것과 동시에 세르멕의 한쪽 손이 반대쪽 소매 속으로 들어갔다. 토라도 소리 없이 조금씩 병사들에게 다가갔다.

그때 여자의 낭랑한 목소리가 가마 안에서 들려왔다.

"어떤 남정네들이 이 야심한 밤에 남의 여자를 보려 하느냐. 어서 저 사람들을 물러나라고 해라."

갑자기 들려온 여자의 음성에 병사들의 웃음소리가 그쳤다. 세르멕이 황급히 가마 쪽으로 몸을 굽히며 말했다.

"나리님들이 한사코 마님 얼굴을 보자고 하시니 어찌 하면 좋을지요."

그러자 가마 안의 여자가 거침없이 말했다.

"정 나를 보고 싶으면 스기요메 장군 댁으로 오라고 해라. 내 얼마든지 얼굴을 보여줄 테니."

여자의 말은 근위병들을 깜짝 놀라게 했다. 병사들이 뒤로 물러서면서 독수리에게 말했다.

"아 이 사람아, 스기요메 장군이 자네 매부 되는 분이라고 어찌 진작 말을 하지 않았는가."

그러고는 어쩔 줄 몰라 하며 가마 쪽으로 머리를 조아렸다.

"저희들이 알아뵙지를 못했습니다. 당장 사라질 테니 부디 장군께는 고하지 말아주시기를 부탁드립니다."

"춘정을 이기지 못해 실수를 한 당신들의 마음을 이해 못하는 것은 아니오. 내 고하지 않을 테니 어서 물러가시오."

근위병들은 사색이 된 채 도망치듯 시전 쪽으로 달려갔다.

세르멕이 독수리에게 다가섰다. 그러자 독수리는 다리가 꺾이면서 쓰러졌다. 토라가 달려와 그를 부축해 일으켰지만 그는 일어서지 못했다. 곡기를 끊어 가뜩이나 기력이 쇠해진 데다 잔뜩 긴장했던 탓이었다.

"어찌 옥졸의 차림을 했단 말이오. 하마터면 칼을 휘두를 뻔했지 않았소."

토라가 말했다. 그러자 독수리가 가물거리는 눈을 들어 그를 올려다보았다.

"제가 힘이 없어 죄수들 맨 뒤에서 나오는데, 마침 기절한 옥졸 하나가 옥방 앞에 널브러져 있었소이다. 그래서 얼른 그자의 옷을 벗겨 품속에 숨겼지요. 층계를 따라 올라가는데 죄수들이 다시 밀려들어오는 것 같더군요. 할 수 없이 얼른 옥졸들이 쓰는 변소로 숨어들어갔지요. 거기서 옷을 갈아입고 밖의 동정을 살폈소. 결국 죄수들은 지하로 쫓겨 내려가는 것 같습디다. 그러다 잠잠하기에 변소 밖으로 나왔는데, 하필이면 내 앞에 옥졸들이 서 있는 거요. 그래서 가만히 그들 눈치를 보다가 나중에야 겨우 빠져나왔지요. 그런데 저자들이 뒤에서 쫓아오는 것이 아니겠소이까. 그래서 이제 죽었구나, 하면서도 어쩔 수 없이 무작정 이쪽으로 온 것이오."

독수리의 목소리가 나약하게 흔들렸다. 쇠약해진 탓에 당장 먼 길 여행은 힘들어 보였다. 세르멕은 독수리를 가마에 밀어 넣고 일단 주막의 여주인 집으로 향했다.

얼마 뒤 독수리는 가마에서 내려 주위를 한참 둘러보더니 말했다.

"여기는 어딘가요? 스기요메 장군 댁이 아닌 것 같은데……."

세르멕은 솔직하게 대답했다.

"실은 스기요메 장군은 당신을 감옥에서 탈출시킨 것뿐만 아니라 당신이 도성에 돌아와 있는 것조차 모르오. 그는 지금도 당신이 죽은 줄로만 알고 있소. 당신을 구출한 것은 오로지 내 뜻이었을 뿐이오."

"스기요메 장군의 명이 아니라면…… 융국 상인인 당신이 무엇 때문에 별 쓸모도 없는 나를 구출해준 거요?"

"이보시오, 독수리. 당신은 쓸모없는 사람이 아니오. 당신은 누구도 가지지 못한 철 기술을 터득했잖소. 다만 어렵게 터득한 그 기술을 당신은 한낱 병장기 제조에나 쓰일 것으로 생각했을 뿐이지. 하지만 내 생각은 다르오. 나는 당신의 기술로 사람을 더 많이 죽일 것이 아니라, 더 많이 살리고 싶은 거요. 아시겠소? 당신은 수많은 사람들에게 도움을 줄 수 있소. 바늘, 수레, 바퀴, 농기구, 자잘한 부품들부터 어쩌면 커다란 건물까지. 쓰이지 않을 곳을 찾는 게 더 쉬울 거요. 당신은 그 기술을 스기요메 장군에게 주어서 겨우 전쟁을 위한 무기에나 쓰이길 원하시오? 당신의 기술이 더 넓고 뜻있게 쓰일 수 있는 길이 있다는 것을 안다면 당신도 나와 생각이 다르지 않을 거라는 믿음이 내겐 있소. 그렇기에 나는 당신이 세상 사람들을 위해 마음껏 일할 수 있도록 돕고자 하는 것이오.”

세르멕은 독수리가 이해할 수 있도록 잠시 기다렸다가 말했다.

“더구나 여긴 스카루국 땅이오. 감옥을 탈출한 당신이 마음껏 살아갈 수 있는 곳이 못 되오. 당장 문만 나서면 근위대 병사들이 눈을 부라리며 당신을 찾을 것이오. 도성뿐만 아니라 스카루국 어디서도 당신이 있을 곳은 없소이다. 그러니 나는 당신을 융국으로 데려가려 하오. 스기요메 장군에게 알리지 못한 이유도 그래서였소.”

세르멕의 이야기를 듣던 독수리의 눈에 눈물이 흘러내렸다.

“당신이 감옥에서 역병 환자들을 성심껏 돌보던 때만 해도 도무지 나는 이해할 수 없었소이다. 어찌 알지도 못하는 사람들을 위해 자기 생명을 위험에 빠뜨리는지. 하지만 이제야 이해가 되는군요. 당신은 세상 사람들을 위해 베풀고자 하는 큰 마음을 가진 사람이었군요. 내 결심했소. 스기요메 장군에겐 죄송하지만, 당신을 따르리다. 내 작은 재주가 세상을 위해 그토록 큰일을 할 수 있다니 무엇을 망설이겠소이까.”

독수리가 파리한 손을 들어 세르멕의 손을 잡았다.

3

죽은 왕이 병석에 누워 있는 동안 어의는 몇십 년을 더 늙은 기분이었다. 몸 겉으로 불거져 올라오는 종기라도 악성이 되면 다스리기 힘든 판에 왕의 종기는 배 안으로 주먹만 한 것이 잡힐 정도였다. 파룬 의원이 처방을 해주었기에 망정이지 그로서는 손쓸 방법조차 알지 못했다. 왕은 파룬의 약으로 그럭저럭 어의의 체면을 세울 만큼 생명을 지탱하다가 죽었다. 왕후까지 죽어버린 지금, 왕궁 안에 어의의 치료를 받을 사람은 젊은 태자밖에 없었다. 덕분에 어의는 가슴 졸일 일이 없었다. 무엇보다 마음 편한 것은 누군가 자기 의술에 털끝만큼의 의구심도 가질 일이 없다는 것이었다. 그래서 요즈음은 살맛나는 시절이었다.

어의는 그동안 시든 원기를 회복시키고자 했다. 그가 내세우는 건강의 지론은 음양의 조화로움을 최대한 살려서 즐거움 속에 사는 것이었다. 덕분에 최근엔 왕궁에 나가 있는 시간보다 집 안의 이불 속에서 뒹구는 시간이 많았다. 큰돈을 써 장만한 여자 노예가 값어치를 제대로 하고 있었다. 젊은 여자의 육체에서 피어오르는 충만한 기운은 그의 믿음을 저버리지 않았다.

"의원님, 왕궁에서 기별이 왔습니다요. 태자마마께서 급히 찾으신답니다요."

향기로운 육체와 더불어 꿈속을 거닐던 어의는 인상을 쓰면서 일어나 주섬주섬 옷을 주워 입고 나갔다.

"해가 중천에 떴거늘, 어찌 여태 주무십니까? 어의께서는 태만하신 것이 아닙니까."

돌아보니 태자의 궁인이 서 있었다.

"내 요즘 몸이 불편해서 그리 되었네. 그런데 태자께서 병환이라도 나셨다는 겐가?"

"갑자기 소나기 맞은 분처럼 땀에 젖어 계십니다. 어서 서두르십시오."

어의는 황급히 채비를 하고 궁인을 따라 왕궁으로 들어갔다.

태자는 철부지 아이가 오줌을 싼 것처럼 이불까지 푹 젖을 정도로 땀을 흘렸다. 태자의 맥을 짚은 어의는 가슴이 철렁 내려앉았다. 태자의 몸엔 열도 없는 데다가 맥박도 지극히 정상이었다. 어의는 또다시 눈앞이 캄캄했다. 도저히 태자의 병명을 짚어낼 수 없었다. 그는 울고 싶었다. 머릿속에 뒤죽박죽 흩어져 있는 지식을 긁어모아 병명을 알아내려 고심하고 있는 중에 태자가 물었다.

"내가 무슨 병에 걸린 것이오?"

어의는 당황한 얼굴을 가리려 얼른 고개를 숙였다. 그러고는 가능한 한 침착하게 말했다.

"태자마마, 심려 놓으십시오. 옥체가 허하신 데다가 신경쇠약까지 겹치셔서 그런 것이니 보약을 지어 올리겠습니다. 그것을 드시면 괜찮아지실 것입니다."

태자가 땀에 젖은 얼굴로 빙그레 웃었다.

"그럼 다행이구려. 근자에 내가 좀 과민했던 모양이오. 어서 약을 지어 오구려."

태자의 침실을 나온 어의의 머릿속엔 파룬의 얼굴밖에 떠오르지 않았다. 어의는 태자의 환후를 자세히 적어 파룬에게 사람을 보냈다. 그러자 파룬은 마치 기다렸던 사람처럼 신속하게 약초 마차를 보내왔다.

"파룬 의원께서 태자마마의 병환이니 한시도 지체하면 안 된다고 하셨습니다."

파룬의 제자인 젊은 의원이 마차에서 약초를 꺼내 주고 상자 뚜껑을 닫으며 마부 노예에게 말했다.

"저쪽 마구간 옆에 마차를 세워놓고 기다리게."

의원은 약초를 섞는 비율이 정확해야 한다며 어의에게 처방을 적은 나무패를 내밀었다. 어의는 당황했다. 나무패에 적힌 약초들이 무엇인지 전혀 알 수 없었다. 그런데 고맙게도 젊은 의원이 자기 손으로 얼른 약초를 섞어 약탕관에 담아 주었다. 한시름 놓은 어의는 젊은 의원에게 말했다.

"고맙네. 태자마마께 약을 갖다 드리고 나와서 차를 한잔 대접하겠네. 잠시 기다려줄 수 있겠나?"

젊은 의원이 미소를 지었다.

"고맙게 들겠습니다. 전부터 왕궁의 차를 맛보고 싶었거든요. 기다리고 있을 테니 어서 다녀오시지요."

어의가 태자전에 들어가자 태자는 아직도 땀에 푹 젖어 있었고 나인들이 그의 땀을 닦아주고 있었다. 어의가 태자에게 약을 올리며 말했다.

"태자마마, 이걸 드시면 차도가 있을 것입니다. 태자마마의 기를 보할 특별한 약을 넣었습니다."

태자는 약을 마시고는 힘들게 몸을 뉘였다.

"고맙소. 내 좀 쉬고 싶으니 이제 물러가도록 하시오. 너희들도 모두 물러가거라."

어의가 물러나오자 함께 나온 태자의 나인들이 달라붙어 물었다.

"태자님의 병환이 위중한 것인가요? 갑자기 그토록 땀을 흘리시니 우린 돌아가시는 줄 알았습니다."

어의는 담담하게 대답했다.

"사람의 병을 다스리려면 때가 중요한 법. 급히 손을 쓰지 않았다면 변고를 치르실 뻔하셨네. 하지만 이젠 염려하지 않아도 괜찮을 것일세."

가슴을 쓸어내리는 나인들을 뒤로하고 어의는 약제소를 향해 근엄하게 발걸음을 옮겼다.

사람들이 모두 나가고 나자 태자가 눈을 떴다. 어의가 준 약을 마시자 그토록 걷잡을 수 없이 흐르던 땀이 거짓말처럼 그쳤다. 어젯밤 군부대신이 파룬에게 받았다며 건네준 환약을 먹고부터 흐르기 시작한 땀이었다. 태자는 약과 함께 받은 남루한 옷으로 갈아입고 밖의 동태를 살폈다. 밤새 뜬눈으로 태자를 간호했던 나인들은 자기 처소로 가서 쉬고 있을 터였다.

태자도 작금의 사태를 충분히 알 수 있는 나이였다. 당장 자신이 왕궁을 떠나야 한다는 것을 태자는 이해했다. 그러나 외숙으로부터 망명 이야기를 듣자 저절로 눈물이 흘렀다. 결딴나려는 왕조의 운명에 대한 책임감과 위태로운 목숨에 대한 두려움이 동시에 밀려왔다.

"그들이 나를 지켜줄 수 있을까요?"

태자의 말에 군부대신이 오열을 토했다. 태자는 지금까지 궁 밖의 세계를 경험하지 못했다. 하지만 안전하다고 믿었던 왕궁이 이제 그에게는 요괴의 둥지였다. 태자는 왕궁을 빠져나가 파이한의 검은 손으로부터 멀리 도망쳐야만 했다.

태자는 을씨년스러운 왕궁의 후원을 지나 마구간 옆으로 나왔다. 왕궁 마구간은 후원의 담과 면해 있고 평소 나인들의 발걸음이 뜸한 곳이었다. 그곳에 약재 상자를 실은 작은 마차가 기다리고 있었다. 태자가 다가가자 마부 노예가 얼른 상자 뚜껑을 열어주었다.

"조금만 참으십시오. 함께 온 의원이 돌아오면 출발할 것이옵니다."

상자 안엔 심한 약초 냄새가 풍겼다. 태자는 코를 틀어쥐었다. 뚜껑이 닫히고 어둠 속에 갇힌 태자는 그렇게 마차가 움직일 때까지 기다렸다. 혹시 나인들이 자신의 부재를 알아채면 파이한의 병사들이 도성을 뒤질 터였다. 그녀들이 지난밤의 피로로 깊은 잠에 빠져주기만 바랄 뿐이었다.

'아바마마.'

죽은 부왕의 얼굴이 어둠 속에서 나타났다. 엄하게 입을 다문 부왕은 나라를 버리려는 자기에게 호통을 치려는 듯했다. 그러나 부왕의 부릅뜬 두 눈에는 말 못할 슬픔이 깃든 듯도 했다.

'용서해 주십시오. 꼭 돌아와서 아바마마의 영토를 다시 찾겠습니다.'

하지만 태자는 자신의 말에 확신을 가질 수 없었다. 볼이 뜨듯한 눈물에 젖었다.

이윽고 마차가 움직였다. 의원이 돌아온 모양이었다. 약초 냄새가 진동하는 어둠 속에서 태자는 뛰는 가슴을 부여잡고 어서 시간이 흘러가기만을 고대했다. 그는 바깥의 인기척에 귀를 기울이며 마차가 요동칠 때마다 신음이 새어 나오려는 것을 억눌러 참았다.

"으흠!"

밖에 앉은 의원이 자기도 깨닫지 못하는 듯 잦은 헛기침을 연발했다. 만약 약재 상자 안의 비밀이 발각되기라도 한다면 의원의 목숨 또한 그것으로 끝일 터였다. 태자는 그의 눈치 없는 헛기침이 자꾸만 신경 쓰였다.

갑자기 마차가 쿵, 소리를 낼 정도로 요동을 치며 멈췄다. 태자는 자기도 모르게 외마디 소리를 지르고는 입을 틀어막았다. 심장 소리가 더욱 거세졌다. 태자의 얼굴에서는 식은땀이 흘러 내렸다. 한참이 지나도록 어찌 된 일인지 마차는 움직이지 않았고, 밖에서는 아무런 기척도 없었다. 두려움에 태자의 몸이 떨려왔다. 마른침도 넘어가지 않을 정도로 입안이 바짝 말라붙었다. 그때, 많은 사람들이 몰려오는 듯한 시끄러운 발자국 소리가 차츰 가까워졌다. 극도의 긴장으로 머리가 욱신거리는 것을 억눌러 참으며 태자는 신경을 곤두세웠다.

"오랜만에 뵙습니다, 나으리."

의원이 떨리는 목소리로 누구에겐가 인사를 했다. 이어서 태자의 귀에 소스라칠 목소리가 들려왔다.

"자네가 왕궁엔 어인 일인가?"

파이한의 목소리였다.

"스승님의 명으로 어의께 약재를 가져다 드렸습니다."

"형님께선 딱도 하시지. 왕궁에 들어와 직접 어의가 되라는 말씀은 듣지 않으시면서 그래도 약재는 보내주시는구먼."

무수한 발자국이 멀어지면서 마차가 다시 움직였다.

"으흠―!"

의원의 헛기침 소리는 태자가 듣기에도 심하게 떨렸다. 그의 얼굴도 태자와 마찬가지로 껍질을 벗겨낸 버드나무처럼 하얄 터였다. 태자는 쏟아지는 땀과 가빠지는 호흡으로 현기증까지 일었다.

마차가 다시 멈췄다. 태자는 마른침을 삼키며 바깥 동정을 엿들었다.

"상자 안에 무엇이 들었소?"

"빈 상자요. 약재를 싣고 와서 어의께 드리고 가는 중이라오."

"한번 들여다봐야겠소."

궁궐 문지기인 듯한 자의 목소리와 함께 다가오는 발자국 소리가 들렸다.

'의원이 침착하게 이 위기를 넘겨주어야 하는데.'

그러나 의원의 입은 얼어붙은 것 같았다. 그의 말소리가 들리지 않았다.

'뚜껑이 열리게 되면 어떻게 하나.'

틀림없이 그들은 파이한에게 보고를 할 것이다. 그렇게 되면 파룬 의원까지 위태로울지 모른다. 아무리 형제라도 파이한은 그냥 넘어갈 사람이 아니었다. 그리고 자신은 파이한의 칼을 받을 때까지 그의 손아귀를 벗어날 기회조차 없을 것이다. 태자의 가슴이 뛰었다. 떨리는 손에서 흥건한 물기가 배 나왔다. 그때 또 하나 다가오는 발자국 소리가 들렸다.

"어이, 그 사람들은 파룬 의원님 댁에서 온 사람들일세. 아까 약재 들여온 것을 내가 확인했으니 이젠 빈 상자가 틀림없을 텐데 들여다봐서 뭐하겠나. 그냥 보내드리게."

"아 그런가요? 제가 좀 전에 교대를 해서 잘 몰랐습니다. 그렇다면 그냥 가시지요."

태자의 입에서 자기도 모르게 안도의 한숨이 새어 나왔다.

마차가 다시 움직였다.

'빨리 좀 갔으면.'

초조한 태자의 마음을 모르는 채 마차는 너무도 더디게 굴러갔다. 그러나 얼마 지나자 심하게 흔들리던 마차가 안정을 찾더니 왁자지껄한 사람들의 목소리가 시끄럽게 들려왔다. 아이 우는 소리와 사내들 고함 소리, 그리고 여자들이 물건 흥정하는 소리도 들렸다. 저잣거리로 나온 듯했다.

"자, 비키시오. 마차가 가오."

한바탕 시끄럽던 거리가 조용해지면서 마차의 속력이 빨라졌다.

"태자님, 거의 다 왔습니다. 조금만 참으십시오."

마침내 바깥에서 들려오는 밝은 목소리에 조금은 숨통이 트였
다. 그러자 지독한 약초 냄새가 다시 코를 후벼 팠다. 하지만 아직
은 안심할 수 없었다. 왕궁 나인들이 언제 태자전으로 들어갈지 모
르는 일이었다.

4

약제소에 앉아 의서를 읽던 어의는 눈살을 찌푸렸다. 파룬이 외국에서 가져왔다는 의서엔 이해할 수 없는 치료법이 수두룩했다.

'두개골을 열어 화기를 빼고 혈류를 바로잡는다? 세상에, 이 무슨 말인고?'

아무리 예리한 칼이라도 두개골을 열기 전에 환자가 죽을 텐데 그 어찌 치료가 가능할지, 골을 열어놓고 붉은 뇌간에 찬물이라도 끼얹어야 화기를 뺄 수 있다는 것인지, 어의로서는 도무지 이해할 수 없는 말이었다. 게다가 환자에게 용취탕을 먹이고 침을 꽂아 기의 흐름을 막으면 통증을 잊게 한다는 대목에서는 아득한 현기증까지 일었다. 환자의 육체를 떡 주무르듯 다루며 핏줄과 신경까지 미세하게 들여다볼 수 있는 서역 사람들의 그 재주는 도대체 어떻게 익힐 수 있었는지 궁금할 따름이었다. 시체를 제아무리 헤쳐놓는다 해도 그 해답을 찾을 길이 없어 보였다.

'멀쩡히 산 사람 육체를 열어 관찰했을까. 에이, 몹쓸 것들.'

죽책을 말아 던져놓고 길게 하품을 하면서 처마 끝 하늘을 쳐다보니 해가 저만치 왕궁 담벼락에 걸렸다. 어느새 뉘엿뉘엿 저녁이 찾아왔다. 그의 시선이 비잉 돌아 약제소 시렁에 가 멈췄다. 약이 담긴 바구니가 열 지어 있었다. 파룬의 제자가 가져온 약초들이었다. 그것을 보자 어의의 가슴이 철렁 내려앉았다.

'조제 비율을 물어두었어야 했는데. 에이그, 내 정신머리하고는.'

젊은 의원이 약탕관에 약을 담을 때 경황이 없어 자세히 봐두지를 못했다. 그가 놔두고 간 나무패를 유심히 들여다봐도 전혀 알수 없는 내용들이었다. 모골이 송연했다.

약효에 의해 땀이 일시적으로 멈추었다 해도 혹시 태자가 다시 땀을 흘리면 약을 더 먹이고 추이를 지켜봐야 할 터였다. 파룬에게 급히 도움을 요청한다 해도 그동안 태자가 덜컥 죽어버리기라도 하면 어의도 그 뒤를 따라야 할 것이다. 어의는 오한이 든 것처럼 몸이 떨려왔다.

'이거 큰일이군! 파룬 의원에게 갈까. 아니지, 일단 태자마마의 용태부터 확인해보자.'

어의는 서둘러 태자전으로 향했다.

오늘따라 왕궁 어느 곳에나 사람들이 분주했다. 어의는 이맛살을 찌푸렸다. 자기도 모르게 발길이 빨라졌다.

태자전 앞에는 더욱 많은 사람들이 웅성거렸다. 군사들도 보였다. 알 수 없는 불안이 몰려오면서 가슴이 내려앉았다.

'태, 태, 태자께 기어이 변고가……'

호흡이 가빠오면서 하마터면 넘어질 뻔했다. 다리에 맥이 쭉 빠져나갔다. 눈앞이 캄캄하고 식은땀이 흘렀다. 어의는 이를 악물고 사람들 가까이 다가갔다. 그런데 누구도 자기에게 관심을 보이는 사람이 없었다. 어의는 면식 있는 나인에게 물었다.

"왜, 왜들 이, 이러고 있는 겐가?"

어의의 목소리가 떨렸다. 여자가 낮은 목소리로 속삭이듯 말했다.

"태자님이 없어졌어요. 왕궁을 아무리 뒤져도 찾지를 못했대요."

어의는 이 사태 앞에 울어야 할지 웃어야 할지 망설였다.

5

땅거미가 질 무렵, 파룬 의원이 제법 큰 약재 상자를 실은 마차를 끌고 여러 남자들과 함께 도성 서쪽 문에 당도했다. 먼발치에서 그들을 발견한 수문장은 바쁘게 문루를 내려와 맞이했다. 파룬이 파이한 장군의 형님이라는 것을 그가 모를 리 없었다.

"의원님, 이 저녁에 어딜 가시는지요?"

파룬은 호들갑을 떨고 있는 수문장에게 공손하게 말했다.

"수문장께서 일부러 내려오시다니, 이 늙은이가 몸 둘 바를 모르겠소이다."

파룬이 잠깐 한숨을 내쉬고는 다시 말했다.

"어의께서 약재를 부탁하시더이다. 아마 태자님께서 병환이 드신 모양이오. 마침 도성 밖에 귀한 약재가 있다는 소리를 듣고 구하러 가는 중이외다."

"아, 그렇습니까. 그런데 이 사람들은 누굽니까?"

수문장이 파룬 주위에 늘어선 십여 명의 건장한 사내들을 둘러보며 물었다.

"내게 의술을 배우는 젊은이들이오. 약재를 고르는 재주는 의술에서 가장 중요한 일이라오. 그래서 특별한 약재를 구하러 다닐 때는 모두 데리고 다니지요."

"그러시군요. 그럼 조심해서 다녀오시지요, 의원님."

"고맙소이다. 얘들아, 어서 서둘러야겠다. 날이 곧 저물 것 같구나."

그들이 막 성문을 나서려고 할 때, 도성 안쪽 먼 곳에서 말발굽 소리가 세차게 들려왔다. 그 소리를 뒤로하며 파룬은 일행을 데리고 유유히 도성 문을 빠져나갔다. 성벽이 이어진 산모퉁이를 돌아 계곡 쪽으로 들어설 때 도성 문이 급하게 닫혔다. 파룬은 일행을 재촉해 도성에서 멀어졌다.

계곡을 벗어나 널따란 평원이 나타나자 일행은 드디어 걸음을 멈추었다. 파룬이 말에서 내려 손수 약재 상자 뚜껑을 열었다. 거기에서 태자와 에젠, 그리고 아루미와 미카가 나왔다. 파룬이 태자의 손을 잡고 말했다.

"태자님, 이제부터 이 사람들이 잘 모실 것입니다. 부디 건강하시기를 바랍니다."

"고맙소이다. 파룬 의원. 내 이 은공은 잊지 않겠소."

에젠도 파룬의 손을 잡고 인사를 나누었다. 그녀의 눈에 눈물이 그렁그렁 맺혔다.

"조심히 가거라. 마침 저 사람들이 함께 가게 되어 내가 안심이 되는구나."

빨리 길을 떠날 것을 재촉하는 파룬의 말에 따라 태자와 양푸를 비롯한 늑대족 사내들, 그리고 여자들도 모두 말에 올라 배를 걸어찼다. 당장 도성 문이 열리고 군사들이 몰려나올지 몰라 그 자리에서 조금도 지체할 수 없었다. 상단에서도 지금쯤 도망친 늑대족 사내들을 추격하기 위해 사람들을 풀었을지 모를 일이었다. 태자와 함께 그들 역시 융국에서는 쫓기는 신세가 되었다.

미카는 가슴을 쓸어내렸다. 파룬 의원 집에 달려갔을 때, 아직 그곳에 숨어 있던 에젠을 보고 얼마나 반가웠던가.

'기회를 봐서 내일 저녁에 어떻게든 모두를 데리고 빠져나오도록 해. 같이 스카루국으로 가자꾸나.'

밤새 말을 달려 도성에서 멀어지고 나서도 그들은 산길과 인적이 드문 초원으로 길을 잡았다. 파이한의 군사들이 어디에 깔려 있을지 몰라 융국을 벗어나기 전에는 안심할 수 없었다.

6

붉은수염이 대장군 관청으로 뛰어 들어왔다.

"태자님이 스카루국으로 향하고 있습니다. 분부를 내리시면 곧바로 모셔오겠습니다."

파이한이 붉은수염을 쳐다보았다. 그는 머리를 저으며 말했다.

"아닐세. 태자께서 스카루국으로 향했다면 정식으로 사신을 보내 모셔오면 될 것이야. 그냥 있게."

붉은수염은 고개를 갸웃했지만 여느 때와 같이 더는 입을 열지 않았다.

붉은수염은 파이한을 수십 년 따랐어도 그를 이해하지 못했다.

파이한은 영달을 바라지 않았으며 사욕을 몰랐다. 그는 제후로 앉을 기회를 단호히 거절한 사람이었다. 언젠가 파이한은 상인이 가져왔다며 금괴 상자를 내놓고는 말했다.

'은자로 바꾸어 모든 병사들에게 골고루 나누어 주게.'

그는 사심 없이 오로지 국가의 안위에만 관심을 가졌다. 전쟁이 일어나면 승리로 이끌었고, 지방에서 반란이 일어나면 즉시 달려가 제압했다. 그렇기에 붉은수염은 파이한에 순종했다. 그것이 국가와 사직에 대한 충성이라 믿었다.

그러나 파이한은 간혹 이해 못할 행동을 보일 때가 있었다.

스카루국 왕자가 죽은 후, 공주를 호위하던 파이한의 아들은 공주를 데리고 엉뚱하게도 키안국으로 탈출했다. 스카루국에 역병이 돌아 흐지부지되었지만, 그것은 분명 국가 간에 전쟁이 벌어질 뻔한 사건이었다.

왕후 일파의 처단은 그들의 불순한 음모를 저지하고 태자를 보호하기 위해서는 어쩔 수 없는 일이었다. 그런데 그 뒤에 파이한은 도성에서 군사를 빼지 않아 태자의 불안을 가중시켰다.

또한 붉은수염이 이해하기 어려운 것은 예하의 일이었다. 예하를 잡아오자 파이한은 이례적으로 직접 취조한다며 어디론가 데려갔다. 다음 날 붉은수염이 대장군 관청으로 들어가자 파이한은 목을 벤 시체를 내주며 말했다.

'이자의 죄상이 낱낱이 밝혀졌네. 시체를 얄렌강에 띄워버리고 그의 처형을 공표하게.'

죄질이 나쁜 사형수일수록 군중 앞에서 참수하는 것이 관례였다. 그것은 죄상을 공개하고 사람들에게 경각심을 불러일으키려는 데 목적이 있는 것이다. 예하의 죄가 무거웠다면 더욱 공개 처형을 해야 했다. 대장군이 직접 목을 벨 일이 아니었다.

'그냥 있게.'

붉은수염은 지금 태자의 망명을 손놓고 보고만 있는 파이한의 의중 또한 알 수 없었다. 태자가 사라지면 당장 융국의 보좌가 비게된다. 그것은 나라의 혼란으로 이어질 것이 자명했다. 불순한 제후가 보좌를 노리고 군사를 일으킬지 모를 판국이었다. 그런데도 파이한은 전혀 걱정이 없는 사람처럼 보였다. 여태까지 국가를 위해

헌신한 사람이라고는 믿기지 않을 행동이었다.

'혹 대장군이 보좌를 노리는 것일까.'

그러나 붉은수염은 머리를 흔들었다. 아무리 생각해도 그것은 지금까지 파이한이 살아온 모습에 어울리지 않았다.

파이한은 태자의 움직임을 주시했다. 역시 태자는 스카루국을 향해 갔다. 예하의 딸과 늑대족 일행을 따라서.

'형님께서 호위대를 잘 편성해주셨군.'

그들은 필경 스카루국에 머물고 있다는 세르멕에게 갈 터였다.

파이한은 세르멕을 처음 만난 순간을 기억했다. 그를 마주하는 순간 자신의 촉수가 날카롭게 머리를 들었다. 처음엔 스스로도 이해하지 못했다. 그는 속으로 자신을 책망했다.

'사람을 너무 과민하게 대하는 못된 버릇인 게야.'

하지만 잠시 후에 이유를 알게 되었다.

'그 일은 이 사람만으로도 충분합니다.'

스카루국과의 무역 재개는 예하의 오랜 바람이었다는 것을 파이한은 잘 알고 있었다. 그런데 천하의 예하가 그렇게 중요한 일을 동쪽의 미개한 부족 출신이라던 그에게 맡겼다.

'이 사람이 지난번 말씀드린 그 늑대족을 이끌던 사람입니다. 출신과 부족이 다른 그들을 격의 없이 이끄는 것을 보고 제가 탐을 냈습니다.'

늑대족은 독특하도록 거칠고 자존감이 강한 부족이었다. 융국에 복속되었어도 융족과는 물과 기름처럼 섞이지 않았다. 그런데 세르멕을 따르는 자들은 그중에서도 늑대족의 반란을 이끈 지도적 인물들이었다. 파이한은 깨달았다. 그에게는 무언가가 있다. 사람을 이끌어 들이는 거대한 무언가가. 태자는 지금 바로 그런 인물에게 가고 있는 것이다.

파이한은 신중하게 생각했다. 작금의 사태를 제대로 분석해내야만 앞길을 바라볼 수 있었다.

지난번 반기를 들려던 북쪽의 테레아 제후에게는 아직 별다른 징후가 없었다. 테레아 가문은 융국의 오랜 충신이었다. 그런 테레아가 움직이지 않는다는 것은 그가 아직 태자의 일을 모르고 있다는 방증이었다. 만일 그가 태자의 망명을 알게 되면 어떻게 나올 것인가. 물론 파이한의 눈엔 선명하게 보였다. 테레아에게는 따로 계획을 세워두었다. 문제는 케팔 제후였다. 그는 은밀하게 군사를 키우면서 늑대족까지 징집해 병사 조련을 시켰다.

'제 영지 부족들이 반란을 일으켰습니다. 제 힘으로 진압할 수 없는 지경이라 대장군께 도움을 청합니다.'

제후들은 보통 자기 영지의 반란을 스스로 토벌할 뿐만 아니라 반란군의 규모도 부풀려서 보고한다. 자신의 공이 커 보이기를 바라기 때문이었다. 하지만 케팔은 그러지 않았다. 파이한은 그의 야심을 꿰뚫어보았다. 그만은 용서할 수 없게 되었다. 이제 기다리던 때가 왔다. 그를 불러내기 알맞은 시기가 온 것이다. 파이한의 연락을 받고 케팔은 틀림없이 본심을 보일 것이다. 그때 그를 처단하면 된다.

그렇게 되면 남는 것은 세르멕이다. 그는 융국으로 돌아오지 않왔다. 더구나 망명한 태자와 합류하고 행동을 함께할 것이다. 파이한은 만약을 대비해 한 인물을 준비해두었다. 한 인물을.

먼저 스카루국에 사신을 보내야 한다. 사신은 태자를 보내달라는 간곡한 청을 스카루국 왕에게 전하겠지만, 태자는 돌아오지 않을 것이다. 그러면 군사를 움직일 수 있다. 어쨌거나 모든 것이 뜻대로 돌아가려면 전쟁을 벌여야 한다. 상대는 스카루국이지만 군이 전투를 할 필요는 없다. 아니 스카루국이 융국과 전투를 할 겨를이 없게 될 것이다. 파이한의 눈이 점점 가늘어져 갔다.

7

국경 가까이 다다른 태자 일행은 에젠의 안내에 따라 산맥으로 들어섰다. 이루 말할 수 없이 험한 산이었다. 울창한 숲길을 지나면 계곡이 나오고 능선을 넘어가면 천길 낭떠러지가 이어지는 바윗길이었다. 하지만 그 길은 스카루국으로 곧장 들어갈 수 있는 빠른 길이기도 했다.

사실 에젠도 스카루국에 가본 적은 없었다. 예전에 오라비에게 들었던 기억을 더듬어 길을 잡아 나아갈 뿐이었다. 오라비 말로는 스카루국과 전쟁할 때 군사들이 닦아놓은 길이라고 했다. 전쟁이 그친 후로도 촌각을 다투는 여행자들은 위험한 그 길을 이용했다. 그렇기에 사람을 볼 수는 없어도 여행자들의 발자취는 곳곳에 남아 있었다.

기어이 서쪽으로 펼쳐지던 산맥이 끝나고 대초원이 나왔다. 스카루국으로 들어선 것이었다. 이제 그들은 쫓길 위험도, 위협을 가할 사람도 없는 초원을 달려 스카루국 도성으로 향했다. 이제 곳곳에 나타나는 도시로 들어가 여곽에서 편한 잠을 잘 수 있게 되었다.

그동안 고행과도 같은 여행길이었어도 태자는 묵묵히 따라왔다. 양푸와 늑대족 사내들에게는 이가 갈리는 융국 태자였지만, 그래도 성심껏 그의 수발을 들었다. 나라 잃은 태자가 자신들의 신세와 다를 것 없어 보였기 때문이었다.

　얼마 뒤 태자 일행은 마침내 스카루국 도성에 도착했다. 그러나 에젠은 당장 태자를 왕궁으로 모실 수 없었다. 스카루국 왕과 대신들이 융국에서 망명한 태자를 어떻게 대할지 확신이 들지 않았다. 혹시라도 그들이 태자를 강제로 송환시킬까 두려웠다.

　그녀는 일행을 여곽에서 쉬게 하고 스카루국 상인들을 찾아 세르멕을 수소문했다.

8

지독하게 살을 파고들던 장독이 웬만큼 낫고 나자 옥사정은 이제 도성이 지긋지긋했다. 그는 오로지 도성을 빠져나가고 싶은 생각뿐이었다. 하지만 그의 아내는 펄펄 뛰었다.

"아 글쎄, 이 돈이면 도성에서도 내로라하면서 살 텐데, 뭐하러 그 촌구석엔 들어가지 못해 안달이우?"

시골 출신인 아내건만 그녀는 병적으로 시골을 싫어했다. 하지만 옥사정은 아내의 짜증에도 이번만큼은 고집을 꺾지 않았다.

"아, 글쎄 도성에 있으면 이 돈을 써보지도 못하고 죽게 된다니까! 원 철딱서니가 없어도 유분수지."

"아니, 금괴에 구린 냄새가 배어 있기라도 합디까. 그게 어디서 난 것인지 사람들이 알 게 뭐란 말이우. 원 쓸개 빠진 영감 같으니. 별 소릴 다 듣겠네."

"모르면 잠자코 있구려. 그 너구리같은 근위대장 놈이 언제 냄새를 맡을지 모르는데 어찌 두 발 뻗고 잘 수가 있겠소. 잔소리 말고 어서 짐을 싸두시오."

옥사정은 병을 핑계로 사직을 요청했고, 근위대장은 토를 달지 않고 허락했다. 하기야 옥사정 직책 정도면 누구에게 팔아도 쏠쏠한 재물이 들어올 자리였다. 근위대장이 그런 자리를 남에게 거저

줄 리 만무했다. 하지만 옥사정에게는 어차피 남의 일이었다. 옥사정은 금괴를 가지고 고향으로 떠나면 그만이었다.

그러나 먼저 해야 할 일이 있었다. 도성을 떠나기 전에 금괴를 은자로 바꾸어야 했다. 도성을 벗어나면 융통시킬 수 없는 금괴는 돌덩이에 다름 아닐 것이었다. 문제는 세 개씩이나 되는 금괴를 은자로 바꾸어줄 사람을 찾는 일이었다. 하지만 재물이야 없어서 못쓰는 것이지 있는 재물 가지고 걱정할 일이 있다던가. 옥사정은 벌써부터 고향 사람들이 자신 앞에 머리를 조아리는 상상으로 가슴이 터질 것 같았다. 그는 이미 돈의 용처를 정해놓았다. 고향으로 내려가면 주변 농토 거의 모두를 사들일 생각이었다.

'그렇다면 그 지주 놈의 코를 벌건 대낮에 비틀어버릴 수 있겠지.'

옥사정은 아직도 고향을 등지게 된 일을 잊지 못했다.

가족도 없이 외톨이였던 그를 거두어준 노인은 지주의 소작인이었다. 노인에게는 딸이 둘 있었는데, 옥사정은 그중 아리따운 큰딸을 좋아했다. 힘 좋고 일 잘하는 그를 그녀의 아비도 싫어하는 기색이 아니었다.

'올 가을 추수가 끝나면 혼례를 치르게 해주겠네.'

봄기운 활짝 피었던 그날의 기억이 아직도 또렷했다.

그러나 아리땁기로 소문난 그녀를 지주도 탐을 내고 있었다는 것을 그는 알지 못했다. 어느 날 갑자기 관병이 들이닥쳐 그를 병사로 뽑아가버렸고, 전쟁터를 전전하다가 고향에 돌아오니 이미 그녀는 지주의 첩으로 들어앉아 있었다. 지주가 돈을 써서 자신을 전쟁터로 내몰았다는 것을 나중에 알게 되었지만, 그녀는 이미 지주의 품에 안긴 후였다.

얼마 후에 노인은 남은 딸을 그에게 맡기고 죽었다. 오갈 데 없는 자신을 거두어주었던 노인의 은혜를 생각해서 차마 거절할 수 없었다. 하지만 그는 세월이 지나도 아내의 언니를 가슴에서 지울 수 없었다. 결국 그는 고향을 버리고 아내와 함께 도성으로 올라왔다.

그는 연일 술로 나날을 보냈다. 힘이 장사였던 그는 술집에서 도성의 악소패 무리들과 늘 시비가 잦았다. 같은 날건달이면서도 저희들 패에 들어오지 않는 그를 악소패들이 미워하지 않을 수 없었던 것이다. 결국 시비 끝에 살인을 저질러 지하 감옥에 갇히는 신세가 되었고, 축제날 목이 떨어지기만을 기다리게 되었다.

그런데 어느 날 밤, 갈증으로 잠에서 깬 그의 귀에 탈옥을 모의하는 악소패 죄수들의 이야기가 들려왔다.

'내가 엄살을 피울 터이니 너희들은 옥방으로 들어온 옥졸 놈한테 열쇠를 빼앗는 거야.'

악소패들이 잔뜩 목을 움츠리고 모의하는 것을 들으며 그는 이것이 다시 올 수 없는 기회라는 것을 직감했다.

다음 날 저녁, 한 놈이 배를 움켜쥐며 떼굴떼굴 굴렀다. 이어서 놀란 옥졸이 옥방 안으로 황급히 들어왔다가 뒤통수를 얻어맞고 개구리처럼 뻗었다. 악소패들의 계획대로였다. 하지만 악소패 중 누구도 옥방 밖으로 나갈 수는 없었다. 그가 우람한 덩치로 옥문을 막아 버티고 섰기 때문이었다. 눈을 부라리며 이를 가는 악소패들을 뒤로하고 옥문을 나간 사람은 정작 그 혼자였다. 이후 그는 무자

비한 옥졸이 되어 죄수들 앞에 돌아왔다.

감옥에 들어온 이상 아무리 험악한 악소패 두령이라도 그 앞에서는 고분고분하지 않을 수 없었다. 그가 옥사정까지 출세하는 데 그다지 긴 시일을 필요로 하지 않았다.

하지만 지나간 일들은 이제 모두 부질없는 노릇이었다. 허리께가 휘어질 정도로 묵직하게 느껴지는 금덩이가 있질 않은가. 도성에서 부자가 되어 돌아온 자신을 우러러 볼 고향 사람들이 눈에 아른거렸다.

'그 흉물스러운 지주 놈을 어떻게 처리한다?'

옥사정은 머리를 흔들었다. 그것은 일단 고향에 내려가서 생각할 일이었다. 당장 급한 것은 금괴를 사용하기 편리한 은자로 바꾸는 일이었다. 옥사정은 허리춤에 매단 금괴의 무게를 기분 좋게 느끼며 시전으로 향했다.

그러나 시전 상인들은 금괴를 보여주는 옥사정에게 곱지 않은 눈초리를 보냈다.

"우리 같은 가게에서 그만한 은자가 어디 있겠소. 가뜩이나 장사도 안 되는데 저리 꺼지쇼!"

어느 가게에 들러도 매한가지였다. 그러던 중 사람 좋게 생긴 고깃간 주인이 그에게 넌지시 일러주었다.

"저쪽 저잣거리에 비단 장수를 하는 사람이 있소이다. 그 사람은 외국 상인들과도 크게 거래를 벌이는 사람이니, 아마 그만한 은자는 있을 것이오."

옥사정은 지체하지 않고 그 상인을 찾았다. 마침 점심을 먹으러 들어갔다고 하여 그의 으리으리한 저택까지 찾아 들어가 겨우 상인을 만났다. 상인은 금괴를 들여다보더니 다시 옥사정을 내려다보았다.

"이것은…… 이걸 어찌 당신이 가지고 있소?"

상인이 옥사정을 아래위로 훑어보며 말했다. 그의 허리춤에서 금괴가 나왔다는 것이 도저히 믿기지 않는다는 얼굴이었다. 옥사정은 부아가 치밀어 올랐다.

"아따, 내가 무슨 돌덩이를 가져와서 은자로 바꾸자는 것도 아니고, 이것이 어디서 나건 무슨 상관이오?"

"여기 이 표식을 보시오. 이것은 내가 융국 상인에게 내주었던 금괴거든. 혹시 그 사람과 무슨 거래를 하셨소?"

옥사정의 가슴이 순간 철렁 내려앉았다.

'이자가 하필이면 왜 세르멕을 거론한다는 말인가.'

그러나 그는 오랫동안 악귀 같은 죄수들을 다루었던 옥사정이었다. 이내 침착한 마음을 되찾고 말했다.

"재물이라는 것이 세상에서 돌고 돈다는 것쯤은 상인인 당신이 더 잘 알지 않소. 나는 융국 상인이라는 사람이 누군지는 잘 모르오. 집안에 대대로 내려오던 가보를 사정이 좀 있어 팔았을 뿐이니 다른 것은 묻지 마시오."

다행히 상인은 머리를 갸우뚱하면서도 은자를 내주었다. 하지만 곧 더 큰 문제가 생겼다. 은자가 두 자루씩이나 되니 아무리 힘이 장사라는 옥사정도 도저히 무게를 감당할 수 없었다. 난감해하는 그의 눈치를 살핀 상인이 혀를 차며 말했다.

불 속의 끓는 불

"그만한 값어치도 모르고 은자를 바꾸러 왔다는 말이오? 나귀 한 마리를 내줄 터이니 싣고 가시오."

상인의 선처에 나귀까지 얻은 옥사정은 입이 귀밑까지 찢어져서 대문을 나섰다. 그런데 느닷없이 누군가 말을 걸어왔다.

"자네가 우리 아저씨 댁엔 웬일인가? 그 나귀에 실린 것은 또 뭐고?"

근위대 부장이었다. 옥사정의 얼굴이 하얗게 질렸다.

'어이쿠, 저 상인이 하필이면 이자의 숙부일 것은 또 뭔가.'

옥사정은 애써 침착하려 했지만 이번만큼은 혀가 말을 듣지 않았다.

"그…… 그것이…… 저…… 아무것도 아닙니다. 그, 그저 볼 일이 있어서 왔다가…… 저는 바빠서 이만……."

옥사정의 뒤통수가 따갑게 저려왔다. 만약 금괴 이야기를 부장이 알게 된다면 곧바로 근위대장의 귀에 들어갈 것은 뻔했다. 옥사정의 발걸음이 바빠졌다.

황망하게 집으로 돌아온 옥사정은 아내와 아이들을 다그쳤다. 아내는 아까운 세간을 두고 갈 수 없다며 그제야 바리바리 짐을 싸맸다. 그러면서도 나귀에 실린 은자 자루를 보며 싱글벙글 웃느라 손길이 굼뜨기 이를 데 없었다. 게다가 어디론가 놀러 나갔다는 막내아이는 아예 보이지도 않았다. 아이가 있을 만한 곳을 찾아다녀 보았으나 도대체 오리무중이었다. 옥사정은 어쩔 수 없이 집으로 돌아와 아내의 손을 잡아끌었다.

"안 되겠소. 우리라도 일단 도성을 빠져나가야 할 것 같소. 아이는 나중에 와서 찾아갑시다."

그러나 영문을 알 길 없는 아내는 허둥대는 남편을 이해하지 못했다.

"아니 이 양반이 지금 무슨 소릴 하는 게야? 자식을 버리고 어떻게 우리만 가자는 말이유? 무슨 저승사자라도 쫓아올 것처럼 그리 촐싹일까 원."

"글쎄, 저승사자보다 더한 놈이 찾아올지도 모른다니까. 내 말대로 하시오. 어서 서두르자니까!"

"아, 저승사자 아니라 그 할애비가 와도 무슨 걱정이우? 돈 몇 푼 쥐어주면 그냥 가버릴 텐데. 어쨌든 난 아이를 버리곤 못 가요."

아내는 입을 삐죽이며 방으로 들어가 벌렁 누워버렸다.

9

근위대장은 울화가 치미는 것을 참을 수 없었다. 근위대장은 조금 전 스기요메의 집에서 그가 호탕하게 웃으며 경멸의 눈초리로 일갈하는 것을 참고 들어야 했다.

'참으로 한심한 놈이로구나. 내가 혼인을 하지 않았다는 것은 세상이 다 아는 일이거늘, 어떤 여자가 아내도 아니고 첩을 사칭했다고 그런 말을 고하는 것이냐.'

근위대장은 바보가 된 느낌이었다. 그의 첩을 봤다는 근위병들의 말을 듣고 무턱대고 스기요메의 집으로 달려간 것은 너무 성급했던 것이다.

근위대장은 당장 옥졸들을 불러다 닦달했다. 하지만 여자의 동생이라는 자는 나오지 않았다. 오히려 그들은 항변했다.

"스기요메 장군의 처남이라면 여기서 이 짓을 하겠습니까요."

곰곰이 생각해봐도 탈옥수들 뒤에 과연 누가 버티고 서 있는지 알 수가 없었다. 초주검이 된 옥사정이 집에 누워 있을 무렵에 터진 일이라 그를 의심할 수도 없었다.

'그렇다면 세르멕?'

근위대장은 세르멕의 이름을 되뇌는 것조차도 얼굴이 찌푸려졌다. 자기 여자를 빼앗아간 그에게 어떻게든 복수를 해야겠다는 생각이 치밀었다. 그러나 세르멕에게 무슨 꿍꿍이가 있는 것 같긴 하지만 좀처럼 감이 잡히질 않았다. 아무리 생각해도 그가 죄수를 탈출시킬 이유가 떠오르지 않았다. 그는 웬일인지 근자엔 도성 거리에 얼굴을 내밀지도 않았다.

'아무래도 스기요메일까.'

스기요메의 이글이글 타는 눈을 생각하면 아직도 진저리가 났다. 그렇더라도 근위병들의 보고가 자꾸만 마음에 걸리는 것은 어쩔 수 없었다.

'스기요메 장군의 첩 되는 여자가 친정 동생이라면서 옥졸을 만나는 것을 봤습니다.'

'왜 하필이면 스기요메의 첩이라고 했을까.'

이번 일의 배후에서는 왠지 스기요메와 세르멕의 냄새가 동시에 풍겼다.

'좀더 뒤를 캐보면 무엇인가 나오겠지.'

근위대장이 곰곰이 생각에 젖어 있는데 근위대 부장이 다가와 말했다.

"아무래도 옥사정과 세르멕이 수상합니다."

부장은 근위대장에게 귓속말로 한참을 이야기했다. 이야기를 듣던 근위대장의 눈동자가 점점 커졌다.

10

이름난 의원에게 약을 지어다 먹인 후로 독수리는 원기를 제법 회복했다. 세르멕은 독수리를 데리고 융국으로 돌아갈 채비를 했다. 주막 여주인은 불안했다. 세르멕이 사라지면 근위대장의 횡포가 또다시 시작될 것이었다. 그렇다고 세르멕을 붙들 수도 없어 여주인은 속이 탔다. 그러던 중 웬 남루한 여자가 와서 난데없이 세르멕을 찾았다.

"여기 오면 세르멕이라는 융국 상인을 찾을 수 있다고 해서 왔습니다."

"세르멕 님은 왜 찾는 거유?"

"저는 에젠이라고 합니다. 그분은 저희 상단에 계시는 분입니다."

여주인은 가슴이 철렁 내려앉았다. 세르멕을 데려가려고 융국에서 사람이 온 것이다. 그나마 며칠이라도 더 있을 줄 알았건만 당장 세르멕을 데려갈 것이라 생각하니 여주인은 여자를 집 안으로 들여놓기도 싫었다. 그런데 여자는 허락도 없이 성큼 대문 안으로 들어서면서 말했다.

"융국에서 변고가 생겼습니다. 만약 세르멕 님이 융국으로 돌아가시면 그분도 위험합니다. 빨리 만나뵈어야 하니 좀 도와주십시오."

그 말을 듣고 여주인은 하마터면 손뼉을 칠 뻔했다. 여주인은 반색하며 말했다.

"그런 일이 있었군요. 다행히도 세르멕 님은 아직 우리 집에 계신다우. 나를 따라 오시우."

여주인이 에젠을 후원으로 안내했다. 후원에서 토라와 함께 활을 쏘고 있던 세르멕은 놀라는 눈으로 에젠을 맞이했다. 에젠은 세르멕을 보자 와락 달려들었다.

"어떻게 된 거요. 에젠. 어떻게 여기까지 오셨소?"

에젠은 세르멕을 안은 채 하염없이 눈물을 흘렸다. 언제나 당찬 모습을 잃지 않던 에젠이 그토록 서럽게 우는 것을 세르멕은 본 적이 없었다.

"……아버지가 돌아가셨습니다. 파이한 장군이 아버지를 죽였어요. 그리고 태자님도 융국을 떠나 저와 함께 오셨어요. 파이한 때문에 옥좌는 고사하고 목숨도 보장받을 수 없게 되셨거든요."

에젠은 융국 왕이 죽고 난 후 일어났던 파이한의 전횡을 이야기했다. 눈물에 젖은 그녀의 눈이 증오로 끓어오르고 세르멕의 가슴에도 분노가 일었다. 그러나 세르멕은 들끓는 마음을 스스로 진정시켰다. 살길을 찾기 위해서는 냉정해야 했다.

한참 후, 에젠이 눈가에 맺혀 있는 눈물을 닦아냈다.

"토라 님?"

조용히 울분을 삭히던 토라가 고개를 들었다.

"아루미도 왔어요."

토라가 에젠의 얼굴을 뚫어지게 쳐다보았다. 그의 눈에 의혹이 담겼다. 자기가 잘못 들은 것이라 단정하려는 눈치였다. 그것은 세르멕도 마찬가지였다. 에젠의 입에서 아루미의 이름이 나오다니. 상상할 수 없는 일이었다. 토라 대신 세르멕이 물었다.

"방금 누구라고 했소?"

"아루미라고. 모르세요? 같은 부족 사람이라고 하던데."

세르멕의 눈이 크게 벌어지고, 토라는 중심을 잃고 비틀거렸다.

"아루미가 어떻게 여기까지 왔소? 아니, 당신이 아루미를 어떻게 안다는 말이오?"

눈물 젖은 에젠의 얼굴에 엷은 웃음이 감돌았다.

"당신네 부족 사람들을 지켜준다는 달신이 만나게 해주었어요."

에젠은 양푸와 미카, 늑대족 사내들도 함께 왔다는 것을 이야기했다. 그녀의 말이 끝나기도 전에 토라가 흥분하여 외쳤다.

"어디 있습니까, 아기씨! 사람들이 지금 어디 있어요. 아루미가 있는 곳이 어디냐구요!"

토라의 목소리가 너무 큰 나머지 방에 누워 있던 독수리마저 문을 열고 나왔다.

"손님이 찾아오셨군요."

독수리가 비틀거리자 토라가 달려가 그를 부축하며 말했다.

"저 사람은 융국에서 오신 상단 어르신의 따님이오. 내 고향 여자도 함께 왔다는구려."

그때까지 가만히 듣고 있던 여주인이 신이 나서 말했다.

"세르멕 님, 어서 손님들을 모시고 오세요. 빈방도 치워놔야겠고, 음식 준비를 해야겠네."

여주인이 밝게 웃었다. 벽 뒤에서 얼굴만 내밀고 추이를 보고 있던 그녀의 딸들도 마주 보며 웃었다. 하지만 세르멕은 선뜻 그 제안을 받아들이기 어려웠다.

"말씀은 고맙지만, 일행이 많아서 더 이상 신세를 질 수 없게 되었소. 우리도 이제부턴 여곽으로 거처를 옮겨야겠소이다."

여주인은 당치도 않다는 듯 손을 저으며 말했다.

"무슨 섭섭한 말씀이신가요? 더군다나 저 사람을 데리고 어떻게 여곽으로 가신다는 말씀인지 원."

그녀가 독수리를 가리켰다. 그녀의 말은 틀리지 않았다. 탈옥수인 독수리가 근위병들의 눈에 띄었다가는 모두가 위험에 빠질 터였다.

"그렇지 않아도 우리는 세르멕 님이 융국으로 돌아가실 날이 머지않았다고 걱정을 하고 있었다우. 그런데 보아하니 아직은 돌아가실 때가 되지 않은 것 같아서 우리로서는 다행이지 뭐예요. 우리 집엔 빈방도 많으니 어서 손님들을 모시고 오세요. 얘들아, 어서 방부터 좀 치워놓으렴."

"네에."

그녀의 딸들이 기쁜 목소리로 대답하고 사라졌다. 세르멕은 더이상 고집을 부릴 수 없었다.

일행의 거취가 결정되니 토라의 마음이 바빴다. 그는 한순간이라도 빨리 아루미를 만나고 싶어 안절부절못했다.

여곽으로 들어간 세르멕과 토라는 마침내 에젠이 이끌고 온 일행들과 해후했다. 아루미와 마주한 토라는 말없이 다가가 그녀를 부둥켜안았다. 두 사람의 눈에서 눈물이 쏟아졌다.

모두가 무사히 만난 기쁨을 뒤로하고 세르멕이 융국 태자 앞으로 나아가 부복했다.

"예하 상단의 세르멕이 태자께 인사 올립니다. 그동안 고초가 많으셨다는 말씀을 들었습니다. 비록 이국땅이지만 이제부터 제가 태자님을 안전하게 모실 테니 염려 놓으십시오."

그간의 여행에 초췌해진 융국 태자의 얼굴에 웃음이 깃들었다.

"그대의 이야기는 오면서 들었습니다. 내가 신세가 많을 텐데 면목이 없게 되었군요."

태자의 얼굴에 다시 수심이 깃들었다.

"아바마마의 영토를 간교한 파이한이 빼앗으려 합니다. 내 어찌 힘을 키울지 지금으로서는 암담하기만 합니다."

"태자님의 심려는 충분히 이해합니다만, 저희와 힘을 모으면 분명히 길은 열릴 것입니다. 피로하실 테니 일단 저희가 마련한 거처로 가시지요. 태자님을 안전하게 모실 수 있는 장소입니다."

세르멕은 모두를 주막 여주인의 집으로 데려왔다.

토라를 찾기 위해 온갖 어려움을 버텨온 아루미는 마침내 그동안의 고초를 보상받았다. 꿈에도 그리던 토라를 만나 나누고 싶은 이야기가 산더미 같았다. 하지만 그전에 세르멕에게 꼭 전해야 할 이야기가 있었다. 세르멕은 아루미를 보고도 아직 고향 소식을 묻지 않았다. 홀로 남은 어머니에 대한 걱정이 얼마나 컸을까. 메이에 대한 그의 사랑도 아루미는 잘 알았다. 그렇기에 아루미는 고향 소식을 선뜻 묻지 못하는 세르멕이 눈물겹도록 측은했다.

'어떻게 말씀드려야 하나.'

말을 꺼내기가 꺼려졌지만, 어쨌든 세르멕이 몰라서는 안 될 일이었다.

"세르멕 님, 베키라 마님께서……."

어머니의 이름을 듣자 세르멕의 표정이 굳어졌다. 하지만 세르멕의 얼굴은 이내 부드러운 표정으로 돌아왔다.

"그래, 어머니께서는 잘 지내시느냐."

"예. 세르멕 님께 전하라던 말씀이 있습니다. 어떻게든 힘을 키우라고 당부하셨어요."

세르멕이 하늘을 쳐다보았다.

"그래, 어머니다운 당부시구나."

"그리고 메이 아기씨께서……."

세르멕의 얼굴에 쓸쓸한 미소가 감돌았다. 토라의 표정도 굳어졌다.

"그 사람은 요즘도 자주 우느냐. 그렇다면 코타이 어르신께 꾸중을 많이 듣겠구나."

"……아기씨께서 아드님을 낳으셨어요. 건강한 아기였어요."

굳어 있던 토라의 얼굴에 금방 환한 웃음이 피어나고 세르멕 또한 기쁜 내색을 숨기지 않았다.

"아들이라도 생겼으니 그 사람이 덜 외롭겠구나. 아주 다행이다."

"그런데…… 메이 아기씨께서는……."

"그래, 그 사람이 무슨 말을 전하라고 하더냐. 아무래도 가까운 시기에는 그 사람을 만날 수가 없을 것 같으니 나도 답답할 뿐이다.

어서 말해보거라. 무엇을 당부하더냐."

망설이던 아루미는 결국 결심한 듯 입을 열었다.

"메이 아기씨께서는 돌아가셨습니다. 아이를 낳으시면서…… 아이를 낳자마자 돌아가셨습니다."

아루미를 바라보던 세르멕의 눈동자가 고정된 듯 움직이지 않았다. 그의 손도 다리도. 어쩌면 그의 호흡도 정지된 것 같았다.

'메이 아기씨께서는 돌아가셨습니다.'

세르멕의 다리가 휘청거렸다. 토라가 그의 어깨를 붙잡았다. 아루미가 이어서 말했다.

"돌아가시면서도 세르멕 님을 보고 싶어 하셨어요. 사무치도록 보고 싶다고."

세르멕의 볼에서 눈물이 흘러내렸다. 아루미도 돌아서서 울었다. 멀찍이서 바라보던 에젠 역시 기둥 뒤로 돌아가 눈물을 훔쳤다. 세르멕은 힘없는 다리를 옮겨 빈 후원을 향해 걸었다.

"무정한 사람. 무정한 사람……"

세르멕은 넋이 나간 듯 같은 말을 되뇌었다.

11

'동쪽 부족 출신이지만 뛰어난 지혜를 가진 분입니다. 태자님을 지켜드리는 데 부족함이 없을 거예요.'

다음 날, 세르멕과 마주한 태자는 에젠의 이야기를 상기했다. 세르멕은 맑은 눈빛과 단정한 미소가 부드러운 동작과 함께 향기를 내는 남자였다.

"부왕께서 돌아가시자마자 나라에 이토록 회오리가 불어닥칠 것이라고는 생각도 못했습니다. 지혜로우셨던 부왕이건만, 역모를 가슴에 담고 있던 파이한을 어찌 알아보지 못하셨는지 참으로 한스럽습니다."

태자가 쓸쓸히 말했다. 그는 정해진 곳 없이 세상을 부유하는 신세가 되었다. 왕좌는 고사하고 생명이 위태로웠다. 대청 처마에 매달린 풍경 너머 먼 하늘을 쳐다보는 그의 눈이 깊었다.

세르멕은 자신과 같은 운명을 가진 태자를 조용히 바라보았다.

'당신은 상인으로 인생을 마칠 인물이 아니오.'

스기요메의 한마디가 다시 가슴에서 울렸다. 태자를 바라보는 세르멕의 눈이 점점 깊어졌다. 새로운 각오가 자신을 일깨웠다.

'그에게 군주의 자리를 되찾아주어야 한다. 거기에 늑대족과 예하 상단을 비롯한 우리 모두의 나아갈 길이 있다.'

불 속의 끓는 불

세르멕이 태자에게 말했다.

"태자님, 우리는 지금 운명의 그늘을 짊어지고 있습니다. 이 그늘을 벗고 밝은 빛으로 나아가는 것은 오로지 우리 자신의 힘으로만 가능합니다. 우리는 분명 벗어날 수 있습니다. 힘을 내셔야 합니다."

태자는 눈길을 돌려 세르멕을 바라보았다. 그러고는 가만히 세르멕의 손을 그러쥐었다. 두 사람은 손을 맞잡은 채 한참을 아무 말없이 서 있었다.

며칠 후, 주막집 여자들이 뒤뜰에 마련한 초례상에서 토라와 아루미가 혼례를 치렀다. 세르멕과 에젠, 미카와 양푸, 늑대족 사내들과 융국 태자까지 그들의 결혼을 축하해주었다. 자주색 용담을 머리에 꽂은 아루미는 슬프도록 아름다운 그 혼인식 내내 그렁그렁 눈물을 머금었다.

질긴 운명의 줄이었다. 아루미는 목을 맬 밧줄을 찾던 그 순간, 토라의 영혼이 자기를 불러냈다는 생각이 들었다. 아버지와 다쿠의 피, 파랗게 시든 메이의 싸늘한 입술, 차갑게 식어가는 고향 하늘에서도 그녀는 토라의 외침을 들었다.

"꿈을 꾼 적이 있어요. 온 땅이 물에 잠기고 저와 함께 말 달려가던 당신도 없어졌어요. 그토록 불러도 당신은 나타나지 않는 거예요. 온 사방에 물이 넘쳐나는데, 겁에 질려서 당신을 계속 불렀어요."

"그래서 어떻게 되었소?"

"그러다가 꿈을 깼어요. 그러고는 당신을 찾아 나섰죠. 콴족 땅까지 가서 당신을 만난 그날이었어요."

"내가 사자로 다녀오던 그때였구려."

"맞아요. 불길한 꿈이라 생각했는데, 당신을 콴족 땅에서 만났을 때 얼마나 안도했는지 몰라요. 당신은 내 곁을 떠나지 않을 줄 믿었어요."

"나는 당신 곁을 떠난 적이 없소. 아루미."

"그래요. 당신이 떠난 건 아니죠. 그저 잠시 떨어진 것뿐이니까."

"맞소. 운명이라고 할밖에."

"저는 이제 당신 아내가 됐어요. 꿈을 꾸는 것만 같아요."

"앞으로도 어려움은 많을 거요. 하지만 아루미, 이제 당신을 내가 지키겠소."

아루미는 그날 밤 토라의 따뜻한 품에서 설레는 마음에 잠을 이룰 수 없었다.

12

건강을 회복한 독수리는 세르멕에게 대장간을 만들자고 제안했다. 어차피 당장 융국으로 돌아갈 수 없는 처지니 스카루국 땅에서라도 대장간을 열자는 말이었다. 금을 정제해본 경험이 있는 양푸와 늑대족 사내들도 독수리를 돕겠다고 나섰다. 그러나 세르멕은 선뜻 응할 수 없었다. 문제는 독수리가 자유롭지 못한 몸이라는 것이었다. 독수리는 선뜻 결정을 내리지 못하는 세르멕을 설득했다.

"철광을 채집하려면 어차피 도성 밖으로 나가야 합니다. 그리고 내 기술을 이용하면 복잡하고 어려운 단조 기술은 필요치 않지요. 간단한 용해법만 안다면 누구라도 강철을 주조할 수 있으니까요. 저 사람들이 금을 다루어봤다고 하니 내가 조금만 가르쳐도 금방 대장간을 책임질 것입니다."

양푸와 늑대족 사내들이라면 곧바로 자신의 기술을 이어받아 철정을 만들어 낼 것이라고 그는 자신했다. 그렇게만 되면 대장간에 매일 나올 필요 없이 얼마든지 숨어 지낼 수 있다는 것이었다. 결국 세르멕은 도성 밖의 적당한 장소를 물색하기로 했다. 그런데 뜻밖에 주막 여주인이 말했다.

"그런 일이라면 걱정하지 말아요. 제 친정 오라비가 도성 밖 산비탈에 살고 있는데 도움을 받을 수 있을 거유. 오라비는 제 부탁이라면 거절을 못하지요."

세르멕과 늑대족 사내들은 가마에 독수리를 태우고 도성 문을 빠져나왔다. 도성 밖으로 이어지는 산길을 한참 지나 한 둔덕에 이르러 독수리가 가마에서 내렸다. 그는 바닥의 흙을 한 움큼 집어 들고 들여다보더니 만족스러운 웃음을 지었다. 토라가 물었다.

"철광이라는 게 그렇게 흔한 것이오?"

"얼른 보기에 눈에 뜨이지 않을 뿐, 그 성분을 알게 되면 도처에 널려 있는 것이 철이지요."

"어찌 우리들은 그것을 모르고 있었는지 원."

"철 성분을 모르는 사람들 눈에야 돌덩이나 흙덩이로밖에 더 보이겠소이까."

"하긴, 여기 늑대족 사람들도 금맥이 박혀 있던 돌을 축대로 사용했소. 세르멕 님이 아니었으면 나 역시 그저 흔한 돌멩이로 여겼을 거요."

토라의 말에 양푸와 늑대족 사내들이 낄낄대며 웃었다. 그토록 무지렁이였던 그들도 이젠 광물에 눈을 뜬 사람들이었다. 그들은 독수리와 함께 새로운 광물인 철을 다룰 흥분에 젖었다.

독수리가 지정한 자리에 양푸와 늑대족 사내들이 벽돌을 구워 대장간을 지었다. 바람이 들어갈 토관을 땅에 묻고 그 위에 돌을 깐 다음 둘레를 내화 벽돌로 쌓아 올렸다. 거기에 소가죽과 나무로 짠 풀무에 두 마리 소가 돌리는 바퀴를 이용하여 바람을 넣도록 장치했다. 강력하게 피어오른 숯불의 열로 도가니 안의 철이 녹아 끓어오를 수 있게끔 만든 장치였다.

오래지 않아 채집한 철광을 녹이는 작업이 개시되었다. 독수리가 용해된 쇳물에 숯가루를 뿌리면서 거센 바람을 요구했다. 늑대족 사내가 소를 재촉하여 바퀴를 돌리니 풀무에서 나오는 강한 바람에 숯불이 극렬하게 타오르며 쇳물이 끓어올랐다. 용로 옆면에 난 구멍으로 흘러나온 붉은 쇳물이 점토를 구워 만든 거푸집으로 흘러 들어갔다. 그것을 역청 띄운 물에 담금질하니 독수리의 작품이 거무스름한 얇은 쇠막대로 모습을 나타냈다. 서로 세게 부딪치고 바위를 내려쳐도 불꽃이 피어날 뿐 부러지지 않는, 강도 높은 쇠붙이였다. 영원히 묻힐 뻔한 기술이 세르멕이 보는 앞에서 재현된 것이다.

"이토록 강한 쇠를 만들다니 신기할 따름이오."

세르멕의 감탄에 독수리의 얼굴이 환하게 피어올랐다. 이제 독수리의 기술이 세상을 위한 첫걸음을 내디딘 것이었다.

13

스기요메의 군사들은 오늘도 병영에서 진법 연마에 여념이 없었다.

태자가 그토록 스기요메를 제거하려 노력해도 그가 끝내 장군직에 머물 수 있는 것은 그의 군사들 덕분이었다. 스기요메에 대한 그들의 충성심은 절대적이었다. 아무리 불리한 전쟁 중에서도 온갖 지혜를 짜내 기어이 승리하는 스기요메를 그들은 신처럼 대했다. 또한 스기요메는 부하들에게 두려운 존재기도 했다. 그는 전쟁이 없는 시절이라도 군인의 본분에 태만한 자는 용서하지 않았다. 스기요메의 병영은 온갖 훈련으로 한시도 잠잠할 새가 없었다.

그런데 왕궁을 나와 병영으로 돌아온 스기요메는 웬일인지 바로 장군 관청으로 들어가버렸다. 항상 병사들의 훈련을 챙기며 함께 땀을 흘리던 그로서는 이례적인 행동이었다.

"드디어 장군의 새 진법을 군사들이 터득했습니다. 나오셔서 보시지 않겠습니까?"

부장 하나가 뛰어 들어와 기세등등하게 말했다. 그러나 심혈을 기울여 가르쳤던 새 진법을 군사들이 터득했다는 소리에도 스기요메는 시큰둥했다. 부장은 풀죽은 얼굴로 관청을 나갔다.

스기요메도 당장 군사들의 훈련을 확인하고 싶은 생각이 없는 것은 아니었다. 그러나 그는 당장 코앞에 놓인 의문을 풀어야 했다.

'융국 태자가 망명해왔다?'

다른 대신들과 마찬가지로 스기요메는 태자의 소환을 요구하기 위해 온 융국 사신의 입을 통해 그 소식을 들었다. 그런데 지금까지 융국 태자를 본 사람은 없었다.

'혹시 다른 나라로 간 것은 아니오?'

놀란 대신들이 물었으나 융국 사신은 머리를 저었다.

'저희 태자께서 이곳 스카루국에 오신 것은 확실합니다.'

어느 나라나 신하들의 음모는 지속되는 법. 융국 왕이 죽자 융국 태자는 대장군 파이한에게 위협을 느낀 것이다.

그 넓은 융국의 영토를 지나온 태자를 파이한은 마음만 먹었다면 붙잡았을 것이다. 그러나 그는 그렇게 하지 않았다. 태자가 융국을 떠나는 것을 지켜본 파이한은 천연덕스럽게도 태자의 송환을 요구하며 스카루국에 사신을 보냈다. 하지만 스카루국은 한 나라의 왕위계승자를 섣불리 송환하지는 않을 것이다. 어쨌든 스기요메가 보기에 파이한의 의도는 분명했다.

'그자가 선전포고를 하려는 것이야.'

전쟁은 피할 수 없게 되었다. 그러나 스기요메로서는 아직 준비가 되어 있지 않았다. 스기요메는 마음이 급해지는 것을 억눌렀다. 오랜 나날 계획했던 일을 한순간 물거품으로 만들 수는 없었다.

창밖으로 병사들의 우렁찬 목소리가 들려왔다. 먼지가 뽀얗게 일면서 그들이 일사불란하게 움직였다. 하지만 병사들의 함성과 요란한 움직임은 그의 신경에 닿지 않았다. 스기요메의 머릿속은 전혀 다른 생각으로 꽉 차 있었다.

'세르멕은 어째서 내게 독수리의 존재를 숨겼을까.'

세르멕이 보검을 상인에게 맡기고 금괴를 받아갔다는 소식을 들었을 때, 스기요메는 세르멕을 주시했다. 세르멕이 융국으로 돌아가지 않는 이유가 거기 있을 것이라는 확신이 들었다. 그런데 며칠후 주막을 하고 있다는 어떤 여인이 자신을 찾아왔다. 그녀는 사색이 되어 스기요메의 옷깃을 잡고 매달렸다.

'저는 세르멕 님을 모시고 있는 사람입니다. 세르멕 님이 평소 장군 말씀을 많이 하셨습니다. 그래서 경황 중에 뛰어왔어요. 변고가 생기기 전에 우리 세르멕 님을 좀 구해주세요.'

세르멕이 방금 근위대장에게 불려갔다는 말에 스기요메는 당장문을 박차고 나서서 세르멕을 무사히 데려왔다.

그 후 스기요메는 간혹 주막 여주인을 불러 세르멕의 동향을 물었다. 그때마다 그녀는 숨김없이 대답해주었다. 근위대장을 혼쭐내고 세르멕을 구해준 은혜를 그녀는 자신의 일처럼 고마워했다.

'얼마 전에 세르멕 님이 감옥에서 죄수 한 사람을 탈출시켰어요.'

처음엔 그녀의 말뜻을 알 수가 없었지만 의문은 곧 해소되었다. 그녀가 곧바로 그 사람의 이름이 좀 우습다면서 지껄였기 때문이었다.

'키안국 사람들은 이름을 우습게 짓나 봅디다. 독수리가 뭐예요? 무슨 이름을 그토록 우스꽝스럽게 지었을까, 원.'

스기요메는 놀랐다.

'독수리가 살아 있다고?'

스기요메는 이내 사태를 짐작하게 되었다. 지금까지 그가 죽었다고 믿었던 것은 타버린 대장간에 뒹굴던 형체 모를 시체 한 구 때문이었다. 그것이 다른 사람이리라고는 짐작조차 하지 못했다. 하지만 그가 탈출하려고 마음먹었다면 얼마든지 가능한 일이었다.

'그렇다면 독수리는 어렵게 탈출한 도성으로 어째서 돌아온 것일까?'

생각이 여기에 미치자 문득 독수리와 나누었던 대화가 떠올랐다.

'네가 정녕 대장장이라면 어찌 철을 단조하려고만 하느냐. 청동처럼 간편하게 주조할 수 있는 단단한 철을 만들어낼 생각은 왜 못하는 것이야.'

'이물질을 완전히 제거시킬 정도로 용해시키려면 더욱 뜨거운 열이 필요합니다. 하지만 그런 열을 얻어내기가 여간 어려운 것이 아닙니다.'

'방법이란 찾으면 나오는 것이다. 거푸집으로 주조할 수 있는 철을 만들지 못한다면 어찌 진정한 대장장이라 할 수 있겠느냐.'

스기요메는 일부러 독수리의 자존심을 건드렸다. 게다가 불가능할 일도 아니라는 생각이 들었다. 청동은 단조할 필요 없이 그대로 거푸집에서 완성된다. 같은 쇠붙이일진대 철도 그렇게 만들지 못할 이유가 없었다.

'알겠습니다. 장군. 제가 장군이 원하시는 철을 만들어보겠습니다.'

어렴풋이 사건의 아귀가 맞아 들어가기 시작했다. 그러나 세르멕에게는 또 한 가지 석연치 않은 점이 있었다. 얼마 전 여주인은 세르멕에게 손님들이 찾아왔다고 말했다.

'융국 상단 사람들이 찾아왔어요. 상단 주인이 누명을 쓰고 죽어서 이젠 돌아갈 수도 없게 되었다네요. 세르멕 님이 스카루국에 남게 되어서 저야 좋지만, 참 안되셨어요.'

'분명 도움이 필요할 텐데, 어째서 세르멕은 날 찾아오지 않는 것일까.'

불현듯 스기요메의 머리를 스치는 것이 있었다.

'설마 융국 태자가……. 그렇다면…….'

스기요메는 차분히 생각을 정리했다. 가늘어진 스기요메의 눈가에 희미한 웃음이 감돌았다.

14

근위대장에게 끌려온 옥사정은 또다시 초주검이 되어서야 입을
열었다.

"죄수 하나를 탈옥시켰다? 도대체 무엇 때문에 세르멕이 그 귀한
금괴를 쓰면서까지 탈옥을 시킨 것이냐?"

"저도 그 이유에 대해서는 모릅니다요."

근위대장은 눈살을 찌푸렸다.

세르멕이 감옥에서 구출시킨 죄수는 근위대 병사를 죽인 자였
다. 그런 죄수를 세르멕은 금괴를 세 개씩이나 써 가면서 구출한 것
이다. 그렇다면 분명 그 죄수는 중요한 인물임에 틀림없었다. 근위
대장이 병사를 재촉해 채찍질을 더욱 거세게 하라고 명하자 옥사
정이 울부짖으며 소리쳤다.

"정말입니다요. 저도 더 이상은 모릅니다요. 세르멕이 독수리란
자를 구하려는 이유는 제게도 끝내 말하지 않았습니다요."

근위대장이 채찍을 들고 후려치려는 병사를 얼른 제지했다. 그
는 자리에서 일어나 옥사정이 묶여 있는 근위대 마당으로 천천히
내려갔다. 옥사정이 근위대장을 올려다보며 울먹였다.

"살려주십시오. 정말이지 저도 이젠 더 이상 말씀드릴 것이 없습
니다요. 믿어주십시오."

근위대장이 옥사정에게 다가가 그의 턱을 치켜들었다. 근위대장의 눈동자는 이상하도록 깊게 가라앉았다. 그가 지금까지와는 다른 부드러운 목소리로 물었다.

"죄수의 이름이 무엇이라고 했지?"

"도, 독수리입니다. 정말로 저는 독수리가 왜 그토록 중요한 인물인지 알 수가 없습니다요. 살려주십시오, 근위대장님."

근위대장의 얼굴에 차가운 미소가 떠올랐다. 근위대장은 문초를 그치고 옥사정을 도성 밖으로 추방하라는 명령을 내렸다. 옥사정이 연신 고개를 조아리는 것을 뒤로하고 근위대장은 당장 태자를 찾았다.

근위대장의 이야기를 듣자 태자는 자리에서 벌떡 일어났다.

"그 독수리라는 자는 지금 어디 있는 것이냐. 스기요메가 데리고 있느냐?"

세르멕이 독수리를 구출한 것은 스기요메가 뒤에서 조종한 것이 당연하다는 투였다. 그러나 근위대장이 보기에 아직은 스기요메가 연루되었다는 증거는 찾을 수 없었다.

"자세한 것은 아직 모릅니다. 세르멕이 묵고 있는 주막 여주인의 집에도 없는 듯합니다. 하지만 병사들이 도성을 뒤지고 있으니 조만간 찾아낼 것입니다."

"찾고 자시고 할 것도 없다. 그자는 분명 스기요메가 데리고 있을 것이야. 자기 집에 숨겨놨든가 아니면 병영에 숨겨놨겠지."

근위대장은 무턱대고 단정하는 태자가 답답했다. 태자의 말대로 독수리의 탈출을 스기요메가 사주한 것이라면 도무지 이해하지 못할 일들이 여럿이었다. 스기요메가 독수리를 구출하려 들었다면 어째서 세르멕에게 시켰겠는가. 태자에게도 머리를 숙이려 들지 않는 스기요메라면 그 정도 일에는 직접 손쓰기를 마다하지 않았을 것이다. 게다가 세르멕은 스기요메에게 받았다는 보검으로 금괴를 구해서 독수리를 구출했다. 스기요메가 그만한 재물이 없어서 아까운 보검을 금괴로 바꾸었을 리는 없었다. 거기다 죄수들이 난동을 부리던 날, 세르멕은 스기요메의 이름을 팔았다. 정작 스기요메의 사주가 있었다면 도저히 생각할 수 없는 일인 것이다. 스기요메 역시 그것을 따지려 드는 근위대장에게 면박을 주지 않았던가. 근위대장은 지난번의 망신으로 다른 사람은 몰라도 스기요메의 목에 오라를 걸려면 섣부른 판단은 금물이라는 교훈을 얻었다. 그러나 근위대장의 설명에도 태자는 스기요메의 연루를 기정사실로 믿는 마음이 흔들리지 않았다.

"네 말대로 스기요메가 관련이 없다면 세르멕이라는 융국 상인 놈이 어떻게 독수리와 연줄이 닿았겠느냐. 잔말 말고 내 말대로 스기요메 주위를 면밀히 조사해보거라."

근위대장도 스기요메를 하루빨리 제거하려는 태자의 마음을 모르는 것은 아니었다.

스기요메의 가문은 스카루국에서 대대로 장군을 지낼 정도로 명망 있는 무문(武門)이었다. 백성들은 스카루국을 위해 고귀한 피를 흘린 그 가문을 존경했다. 스기요메는 용맹과 더불어 지혜까지 출중했고, 군사들의 신망을 한 몸에 받고 있었다. 그가 젊었을 때 융국 군사들에게 사로잡혔다가 놓여난 일도, 결국은 자신을 희생해서라도 위험에 빠진 군사들을 구하려고 자초한 일이었다. 부하를 아끼는 마음을 크게 산 융국 장군도 감복하여 제 손으로 풀어주었던 일은 스카루국에서도 전설이 되었다.

그가 여러 전투에서 대승을 거둔 일들은 백성들까지도 자세히 꿰고 있을 정도로 잘 알려진 이야깃거리였다. 일개 장군이라고는 하나 그의 존재는 무시 못할 권위를 가지고 있었다. 성정이 곧은 그는 권력을 틀어쥐고 있는 대신이나 귀족, 심지어는 태자 앞에서도 거칠 것 없이 행동하기로 유명했다. 지방 제후들 중에는 늙은 왕 이후로 그에게 충성을 기약하는 자들이 벌써부터 불어난다는 소문까지 은밀하게 도는 실정이었다.

그런 스기요메에게 태자가 불안을 느끼는 것은 당연했다. 늙은 왕에 대한 스기요메의 충성심은 의심할 바 없었으나 태자를 대하는 태도는 정반대였다. 스기요메는 걸핏하면 태자와 맞섰고, 심지어는 태자의 면전에서조차 모욕적인 언동을 삼가지 않았다. 그런 태자에게 스기요메는 두려운 존재를 넘어서 어떻게든 제거해야 하는 적이었다.

"그리고 융국 태자는 도대체 어디로 스며들었다는 것이냐? 그자는 어찌하여 이 복잡한 판국에 우리나라로 들어와서 골치를 썩이는지 모르겠구나."

얼굴을 찌푸리면서 뇌까리는 태자의 말에 근위대장이 물었다.

"융국 태자라니, 그게 무슨 말씀인가요?"

"융국 사신이 와서 말하기를, 자기네 태자가 우리나라로 망명을 했다는 것이야. 그런데 도성은 물론, 어디에서도 그자를 본 사람이 없다. 융국 사신 말로는 틀림없이 우리나라로 들어왔다고 하는데 도대체 무슨 영문인지 모르겠구나."

태자의 말에 근위대장의 눈이 가늘어졌다. 근래 세르멕에게 많은 손님이 찾아와 북적인다는 이야기를 병사들에게 들었다. 근위대장은 그들이 융국 상인들이라 여겨 별다른 생각을 하지 않았다. 하지만 태자의 말을 듣고 보니 그 안에 융국 태자가 숨어 있을지 모른다는 생각이 들었다.

그때, 근위병사 하나가 뛰어 들어왔다.

"독수리가 숨어 있는 곳을 발견했습니다."

병사의 보고에 태자가 더 반가워했다.

"그래, 그자가 어디 숨어 있더냐? 스기요메의 집이냐, 아니면 병영이냐?"

"도성 밖 산속입니다. 대장간을 열고 있는데, 독수리뿐만 아니라 융국 사내들까지 여럿이었습니다."

태자가 영문을 모르겠다는 얼굴로 근위대장을 바라보았다. 근위대장 역시 자세한 내막을 알지 못했다. 하지만 독수리의 소재를 알아낸 이상 지체할 이유가 없었다. 어서 그자를 잡아 세르멕과 스기요메의 목에 오라를 걸 궁리를 해야 했다.

근위대장은 태자에게 꾸벅 인사를 한 다음 바쁜 걸음으로 달려 나갔다.

15

스기요메는 세르멕의 영접을 받으며 주막 여주인의 저택 후원에 들어섰다.

"장군께서 제 거처를 찾으시다니 뜻밖입니다."

다른 사람들은 눈에 띄지 않았다. 세르멕을 항상 가까이 따르던 토라마저 보이지 않았다. 세르멕과 단둘이 마주 앉자 스기요메는 단도직입적으로 용건을 이야기했다.

"당신에게 오면 융국 태자의 소식을 들을 수 있지 않을까 해서 왔소."

세르멕은 자신도 모르게 미간을 찌푸렸으나 이내 평정을 되찾고 태연하게 말했다.

"태자님께서는 불행하게도 파이한의 역모를 맞아 그의 칼을 피해 이곳에 오셨습니다. 갑작스러운 일이라 저도 지금 어찌할까 생각 중에 있지요. 장군께서는 어떻게 아셨는지요?"

스기요메의 미소 띤 눈이 세르멕의 가슴속을 탐색하듯 빛을 발했다.

"융국에서 사신을 보내왔소이다. 태자를 보내달라고 말이오."

"파이한이 태자님의 송환을 요구했다는 말씀인가요?"

"그렇소. 하지만 본심은 아닐 거요. 그자가 계획한 무언가의 수

순이라고 생각되는데, 그렇지 않겠소?"

스기요메의 얼굴에서는 미소가 걷히지 않았다.

"지난번 왕자의 죽음 때, 우리 대왕은 융국을 침공하려고 했소. 하지만 역병 때문에 무산되었지. 이후 당신이 융국 선왕에 대한 오해를 풀어준 거요. 결국 전쟁은 일어나지 않았고 파이한도 그때 전쟁을 포기한 것 같았소. 하지만 융국 왕의 죽음으로 사태가 돌변한 것 같소."

스기요메는 잠시 세르맥을 쳐다보았다. 미소가 걷힌 깊은 눈길이었다. 그가 다시 말했다.

"세르맥, 당신이 태자를 숨기고자 하는 마음은 아오. 우리 스카루국에게 어떻게 이용될지 두려운 그 마음 말이오. 하지만 대왕은 자기 아들과는 다르오. 이미 지난번 전쟁의 부당함을 헤아려달라는 당신의 설득을 받아들였던 분이오. 장담하건대 그분은 융국 태자의 왕위 계승을 도울 거요. 파이한을 대적해서라도 말이오."

"스카루국은 배후를 노리고 있는 키안국도 견제해야 합니다. 파이한과의 전쟁을 대왕께서 쉽게 결정하실 수는 없을 텐데요? 그런데도 장군께서는 우리 태자께서 송환되지 않도록 대왕을 설득할 수 있다는 말씀인가요?"

"그렇소. 당신은 비록 융국의 상인이지만 역병 때 백성들뿐만 아니라 대왕까지 감동시켰소. 더구나 대왕은 왕자의 죽음으로 오해했던 융국 선왕에 대한 존경심을 회복했소. 평화정책을 펼쳤던 융국 선왕은 키안국으로부터 우리 스카루국을 지켜준 거나 다름없는 분이오."

"그렇다고 스카루국이 파이한을 제거하고 융국 태자님을 왕위에 올려놓기란 그리 쉽지 않을 것입니다."

"맞소이다. 그래서 당신이 필요하오."

"제가요?"

세르멕은 스기요메의 말뜻을 알 수 없었다.

"저는 스카루국 사람도 아닌 데다가 군인도 아닙니다. 더구나 융국 태자님을 모시고 어찌 융국의 군사를 맞아 싸울 수 있겠습니까."

"필요하다면 융국 군사들과도 싸워야 할 거요. 그러나 분명한 것은 당신의 진짜 적은 융국이 아니라 파이한이라는 것이오. 융국의 제후들이 파이한에게 동조할 리는 없을 거요. 태자를 쫓아낸 자를 어떤 제후가 따르겠소? 그래서 당신이 파이한에게서 제후들을 떼어낼 적임자라는 거요. 지금 태자를 모시고 있는 당신이 말이오."

"융국 제후들을 파이한에게서 떼어놓는다?"

"그렇소. 파이한은 태자의 망명을 막지 않았소. 그런데 이제 와서 태자를 돌려달라고 요구하는 이유가 뭐겠소이까. 분명 태자의 귀환이라는 명분으로 제후들을 전쟁에 끌어들이려는 술책일 거요."

세르멕의 눈이 가늘게 빛났다. 그는 여태 파이한의 숨겨진 욕망을 걱정했지 제후들의 입장은 깊이 생각해보지 않았다.

"세르멕, 사실 당신은 융국 태자뿐만 아니라 나도 돕고 있는 거요. 내 대신 독수리를 구해낸 것처럼 말이오."

뜻밖에 스기요메의 입에서 독수리의 이름을 듣고 세르멕은 소리

없는 탄식을 흘렸다. 스기요메의 입가에 미소가 일었다.

"당신이 그저 개인적인 욕심으로 그를 숨겼으리라고는 생각지 않소. 그래, 아마도 상인으로서 그의 기술을 널리 퍼뜨려 천하에 혜택을 주려는 마음이었겠지. 그러니 병장기나 잘 만들 생각을 하는 나에겐 그의 존재를 숨긴 거 아니겠소. 그러나 지금은 상황이 달라졌소. 내가 먼저 독수리의 기술을 이용할 수밖에 없게 되었단 말이오."

세르멕은 할 말을 잃었다. 자신의 가슴속을 훤히 들여다보는 스기요메를 외경스러운 듯 바라보았다. 스기요메는 껄껄 웃으며 손을 저었다.

"그런 눈으로 보지 마시오. 사실은 나도 예전에 철을 주조할 방법에 대해서 독수리와 이야기를 나눈 적이 있어 짐작한 거요. 그때만 해도 고온을 얻어내기가 여의치 않다고 했소만, 그 사람이 이제 방법을 알아낸 것 같구려."

세르멕이 방 안으로 들어가 철정 두 자루를 들고 나왔다.

"이것이 독수리가 만든 철정입니다. 한번 보시지요."

세르멕이 그것을 들어 서로 부딪쳐 보이고는 스기요메에게 건넸다. 낭랑하게 울리는 쇳소리의 여운이 거실을 배회했다. 스기요메도 더욱 세게 부딪쳐보았다. 그럴수록 소리만 크게 날 뿐, 철정엔 흠집도 나지 않았다. 스기요메의 얼굴이 기쁨에 들떴다.

"기어이 독수리가 일을 해냈군. 그런데 벌써 대장간까지 만들었나 보구려?"

"독수리의 요청대로 도성 밖에 대장간을 만들었지요. 결국 그 사람이 이걸 만들어냈습니다. 하지만 지금으로서는 이 기술을 보급시킬 수 없어 안타까워하던 참이었지요."

스기요메가 철정을 들어 보이며 말했다.

"당신이 세상 사람들에게 이것을 보급시키기 위해 노력하고 싶다면, 더더욱 상인의 길을 포기하고 다른 운명을 맞아야 한다는 것을 받아들여야 하오."

스기요메의 눈이 빛을 발했다.

"파이한이 우리를 침공하면 나는 당신을 출전시키려 하오. 당신이 용납할 수 없는 파이한과 직접 맞서 싸우라는 의미요. 그러한 운명이 당신 앞에 놓여 있다는 것을 더는 부정하지 마시오."

"장군께서는 저를 너무 과대평가하시는 것 같군요. 저는 고향의 작은 부족도 제대로 이끌지 못한 사람입니다."

"나를 속이려 들지 마시오, 세르멕!"

스기요메가 눈을 부릅떴다.

"당신은 내게도 알리지 않고 독수리를 감옥에서 빼내어 감춘 사람이오. 그렇게 한 이유가 단지 상단의 이익을 위해서라고 내게 주장할 수 있소? 당신 마음속엔 대의와 용기가 숨겨져 있소이다. 자신마저 속이려 들지 마시오, 세르멕."

스기요메의 이야기는 세르멕의 가슴을 울렸다. 그는 고향을 떠나 예하를 만난 이후로 죽 상인의 길을 걸어왔다. 그 길에서 자신의 운명을 개척하고자 했다. 그리고 언젠가 고향으로 돌아가 부족의 재건을 도모해야 한다는 생각을 마음 속 깊이 간직하고 있었다. 하지만 스기요메의 이야기로 심연 깊숙이 잠자고 있던 스스로의 모습이 기지개를 켜는 것을 느꼈다.

스기요메의 이야기는 이어졌다.

"내 군사들이 도성 백성들을 역병에서 구하던 그때 당신의 지휘는 탁월했소. 도성 백성들뿐만 아니라 우리 병사도 당신을 존경하고 있소. 당신은 이제 자신 안에 숨어 있던 무인의 지식과 경험을 꺼내야만 하오. 내 병영에 와주시오. 당신이 군을 맡아 이끈다면 병사들은 당신을 깊은 마음으로 따를 거요. 게다가 독수리의 강철무기를 앞세운다면 파이한을 두려워할 필요가 없을 것이오. 우리가 힘을 합치면 파이한을 몰아내고 융국 태자를 무사히 보좌에 앉힐 수 있소."

비운의 융국 태자가 자신에게 몸을 의탁하고 있는 지금, 세르멕은 융국의 정치적 문제를 방관할 처지가 아니었다. 더구나 세르멕 자신이 융국 태자에게 이렇게 말했다.

'태자님, 우리는 지금 운명의 그늘을 짊어지고 있습니다. 이 그늘을 벗고 밝은 빛으로 나아가는 것은 오로지 우리 자신의 힘으로만 가능합니다. 우리는 분명 벗어날 수 있습니다. 힘을 내서야 합니다.'

세르멕은 더는 스기요메의 권유를 뿌리칠 수 없었다.

그때, 밖에서 말 울음소리가 요란하게 들리더니 토라가 뛰어 들어왔다.

"세르멕 님, 대장간에……."

토라는 다급해 보였으나 스기요메를 발견하고는 머뭇거리면서 말을 잇지 못했다. 토라의 머뭇거림이 자신 때문이라는 것을 눈치챈 스기요메는 빙그레 웃어 보이며 토라에게 말했다.

"독수리의 대장간엔 다들 무고하던가?"

당황하여 말을 잇지 못하는 토라 뒤로 에젠과 아루미도 뛰어 들어왔다. 모두 얼굴이 파랗게 질려 있었다.

"세르멕 님, 근위대 병사들이 대장간 쪽으로 달려가고 있어요!"

세르멕이 자리를 박차고 일어나 토라에게 물었다.

"어떻게 된 것인가. 근위대가 확실하던가?"

"확실합니다. 근위대장 놈이 어찌 알았는지 병사 수십 명을 이끌고 산기슭으로 향하고 있습니다. 앞서가는 그들을 발견하고 곧바로 뒤돌아왔습니다."

스기요메가 성큼성큼 회랑으로 걸어나갔다. 그는 함께 온 자신의 노예들을 소리쳐 불렀다.

"너희는 냉큼 병영으로 가서 불칸 부장더러 군사 백 기를 이끌고 도성 밖 산기슭으로 달려오라고 해라! 지체할 시간이 없으니 서두르라고 이르거라."

노예들이 달려 나가고 스기요메가 세르멕의 어깨를 부여잡으며 말했다.

"그 생쥐 같은 근위대장 놈을 오늘 기어이 요절내야겠소. 자, 서두릅시다."

걱정스러운 얼굴로 배웅하는 에젠과 아루미를 뒤로하고 세르멕과 토라, 그리고 스기요메는 말에 올라 도성 밖을 향해 내달렸다.

불 속의 끓는 불

세르멕은 앞서 달려가는 스기요메를 보며 불안이 앞섰다. 스기요메가 스카루국의 이름난 장군이긴 하나 태자의 수족인 근위대장과 그의 수하들을 막기 위해 병영의 군사들을 동원하려는 것이 마음에 걸렸다.

"장군, 성급하게 판단하는 것이 아닙니까?"

세르멕이 재차 물어도 스기요메는 묵묵부답이었다. 그는 타오르는 눈으로 앞만 바라보며 말을 보챘다.

도성 문을 나선 세 사람은 말을 달려서 산기슭에 당도했다. 저 멀리 독수리와 늑대족 사내들이 오라에 묶여 끌려오는 것이 보였다. 그러자 세르멕의 가슴에서도 분노가 치밀어 올랐다.

그들 맨 앞에 의기양양하게 걸어오는 근위대장의 모습이 보였다. 스기요메는 자신의 군사들이 아직 당도하지 않았건만 그쪽으로 말을 재촉해 달려갔다. 세르멕과 토라도 눈에 불을 켠 채 그의 뒤를 따랐다.

근위대장은 갑자기 나타난 스기요메와 세르멕을 보고 놀란 표정을 지었다. 그러나 이내 표독스러운 표정을 지으며 말했다.

"장군께서 여긴 웬일이십니까? 이자들을 숨겨놓은 세르멕을 직접 잡아 오시는 겁니까?"

그는 죄수를 탈옥시킨 세르멕과, 그를 대동하고 나타난 스기요메를 대놓고 경멸했다.

"네 이놈! 어서 저 오라를 풀지 못하겠느냐!"

"중죄를 지은 탈옥수를 간신히 잡았는데 어찌 풀어주라고 하십니까? 그렇다면 이자를 탈옥시킨 사람이 장군이었다는 말씀입니까?"

스기요메는 근위대장을 향해 다가가 마상에서 그의 멱살을 움켜쥐었다.

"네놈이 알 바 아니니 잔말 말고 어서 놓아주지 못하겠느냐."

"장군, 저 같은 미천한 놈이 알 바 아니라면 태자님께나 자세한 말씀을 하시고 이거 놓으시지요. 죄수를 호송하는 제게 이 무슨 행패입니까."

전과 달리 근위대장은 눈을 부라리는 스기요메 앞에서도 주눅들지 않았다. 오히려 그의 눈가에는 싸늘한 미소가 스치고 지나갔다. 근위대 병사들 역시 여차하면 창을 들겠다는 듯 세 사람을 노려보았다. 그런데 뜻밖에도 토라가 칼을 빼들고 다가오며 소리쳤다.

"장군, 그자의 목을 제가 벨 수 있게 허락해주십시오!"

근위대장은 흠칫 놀랐다. 그가 스기요메에게 멱살을 잡힌 채 버둥거리고 있자 근위대 병사 하나가 창을 들어 토라를 막았다.

"네 이놈! 가까이 오지 마라. 우리 대장님을 욕보였다가는 네놈 목이 성하지 못할 것이다!"

토라가 칼을 위로 치켜들려는 찰라, 근위대 병사가 그대로 고꾸라졌다. 그의 등에 화살이 꽂혀 있었다. 앞을 보니 한 떼의 군사들이 달려오고 있었다.

"장군, 저자들은 저희들에게 맡기고 뒤로 물러서시지요."

불칸 부장이 근위대장을 노려보면서 앞으로 다가왔고, 그의 군사들이 근위대 병사들을 에워쌌다. 안색이 파랗게 변한 근위대장은 발악하듯 소리쳤다.

"장군! 이게 무슨 해괴한 짓이오. 태자께서 이 일을 아시면 어찌하려고 이러시오!"

"내 걱정까지 할 여유가 있는 것을 보니 네놈이 아직 명이 다한 줄을 깨닫지 못하는구나."

스기요메는 근위대장의 먹살을 놓으면서 근위대 병사들에게 다가갔다. 그들은 한 걸음씩 물러서며 다가오는 스기요메를 경계했다.

"내가 오늘 저자의 목을 베어 우리 스카루국에 살아 있는 정의를 보이겠다. 너희들은 보내줄 터이니 누구의 명령이라도 다시는 백성들을 괴롭히지 말거라. 알겠느냐?"

근위대 병사들은 창을 내던지고 쏜살같이 도망쳤다. 홀로 남은 근위대장은 파랗게 질려 땀을 쏟아냈다. 그가 얼른 스기요메 앞에 무릎을 꿇었다.

"저는 태자님의 명령에 따랐을 뿐 아무런 잘못도 없습니다."

그때 토라가 말에서 내려 칼을 쥐고 다가왔다. 그것을 보며 근위대장이 스기요메에게 매달렸다.

"살려주십시오! 장군의 명이라면 지금이라도 도성을 떠나겠습니다. 장군, 어서 저놈을 물러가라고 명을 내려주십시오!"

스기요메가 근위대장의 손을 뿌리치며 말했다.

"베어버리게."

토라의 칼이 햇빛에 번쩍이더니 근위대장의 머리가 땅을 굴렀다. 머리를 잃은 그의 몸뚱이도 뒤이어 앞으로 고꾸라졌다. 그것을 본 양푸와 늑대족 사내들이 세르멕에게 달려왔다.

말에서 내린 스기요메가 독수리에게 다가가 손을 잡았다.

"자네가 살아 있었다니 기쁘기 그지없네. 더구나 새로운 기술을 기어코 터득했다니 참으로 장하이. 앞으로는 자네가 불행해지지 않도록 내가 반드시 지켜줄 것을 약속하네."

독수리가 눈물을 글썽였다.

"장군님과 세르멕 님이 아니었으면 목숨을 부지할 수 없었습니다. 그래도 이렇게 살아 있으니 다시 장군을 뵈옵는군요."

세르멕은 스기요메를 독수리의 대장간으로 안내해 들어갔다. 용로 안에 붉은 쇳물이 여전히 끓고 있었다. 대장간 한쪽에는 온전히 만들어진 철정이 쌓였고, 마당에 지어진 창고에는 채집한 철광석이 가득했다.

스기요메가 철정 하나를 집어 마당에 있는 큰 돌덩이를 내리쳐 보았다. 쨍겅 하는 맑은 쇳소리와 함께 돌덩이가 두 동강이 나버렸다. 그것을 본 군사들의 눈이 휘둥그레졌다. 불칸 부장이 다가와 믿기지 않는다는 듯 깨어진 돌덩이와 멀쩡한 철정을 번갈아 들여다보며 감탄했다.

"장군, 이것이 정말 강철이라는 말입니까?"

"그렇다. 저 사람이 기어이 이것을 만들어냈구나."

"이 정도 강철은 키안국에서도 만들지 못할 것입니다. 정말 대단한 기술입니다, 장군."

스기요메가 흡족한 미소를 지으며 세르멕에게 말했다.

"세르멕, 아무래도 대장간을 옮겨야겠소. 이곳에서는 독수리가 마음놓고 일을 하지 못할 것 같소이다."

스기요메의 청을 거절할 이유가 없었다. 독수리는 늑대족 사내들과 함께 스기요메의 병영 안에 있는 병기창으로 대장간을 옮겨가게 되었다.

얼마 뒤 그동안 백성들을 괴롭히던 근위대장이 죽었다는 소식이 스카루국 도성에 퍼졌다.

"우리 스카루국의 골칫덩이가 결국 죽었군. 에이그 속이 다 시원하네 그려."

"내 스기요메 장군이 그럴 줄 알았다니까."

"그렇지만 태자님이 가만있을까? 괜히 장군께서 욕을 보시지 않을까 걱정일세."

"이 사람아, 괜한 걱정은 그만두게. 태자가 무섭다면 장군께서 그 자를 죽였겠나. 오히려 망나니 태자도 이젠 장군의 서슬에 꼼짝 못할 것일세."

스기요메는 지금까지 근위대의 횡포를 두고 보면서도 앞으로 나서지 않았다. 그런 그가 태자의 심복인 근위대장을 갑작스럽고도 망설임 없이 죽였다. 태자를 향한 분노를 숨기려들지도 않았다. 기어이 자신을 드러낸 것이다.

제6부

권력의 조건

1

늑대족 군사들의 전투 솜씨는 이제 융족 군사 못지않았다. 케팔은 그들의 질서정연하고 능숙하며 자신감 있는 훈련 모습에 흡족했다. 이제 꾸준히 키워온 늑대족 군사들과 본래 데리고 있던 융족 군사들은 각각 케팔의 양쪽 날개를 받칠 것이다.

케팔은 오래도록 파이한을 면밀히 주시한 끝에 그에게 반역의 뜻이 없다는 결론을 내렸다. 그러나 잠깐 자신의 판단을 의심한 적이 있었다. 파이한이 왕후 일파를 숙청하고 도성에 군사를 주둔시켰을 때였다.

'이자가 우선 왕가의 한쪽 팔을 자르고 나머지 태자 일파를 제거하려는 것은 아닐까.'

걱정과 달리 파이한은 왕의 장례가 끝나도록 움직이지 않았다. 태자가 망명한 지금 도성은 무주공산이다. 파이한이 욕심이 있는 자라면 이 기회를 놓칠 리 없다. 그러나 파이한은 스카루국으로 사신을 보내 태자 송환에 땀을 빼고 있었다. 그에게 다른 뜻이 없다는 증거였다.

'한심한 놈.'

케팔은 파이한을 잘 안다고 믿었다. 파이한은 철저한 무장이었다. 오로지 군사와 전쟁만이 그의 인생 전부였다. 그렇기에 이 넓은 영지의 제후 자리도 양보한 것이 아닌가. 최전선에 나설 수 없는 제후로서의 인생이 그에겐 따분할 뿐이다. 도성의 왕인들 별것인가. 어차피 전선에 서지 못하는 입장은 같다. 그에게 과도한 권력은 몸에 맞지 않는 불편한 옷에 지나지 않는다.

케팔에겐 이제 파이한의 다음 수순이 보이는 듯했다. 파이한은 스카루국에 무력으로 태자 송환을 요청할 것이다. 대장군의 권한을 들어 제후들의 군사를 소집할 것이다. 그렇게 되면 제후들의 영지와 도성은 완벽히 비워지고 모여든 군사들은 스카루국과의 전쟁에 묶여 꼼짝할 수 없게 된다. 케팔이 그토록 기다리던 절호의 기회였다. 케팔은 짝귀를 불렀다.

"파이한은 태자의 송환을 위해 분명 제후들을 불러들일 것이야. 내가 참가하지 않을 구실이 없겠나?"

"어쩔 수 없습니다. 그렇지 않으면 의심을 받을 테니까요."

"그렇다면 이 좋은 기회를 눈 뜨고 놓치라는 말인가?"

"놓치다니요. 제후께서는 파이한을 따라 종군하십시오. 제가 도성으로 밀고 들어가겠습니다."

케팔이 무릎을 쳤다.

"좋아. 그럼 내가 데려갈 군사는 어떤 놈들이 좋겠나?"

"늑대족 군사들을 데려가셔야 합니다. 늑대족 놈들을 이끌고 도성으로 들어가면 도성 백성들이 크게 동요할 테니까요. 저는 융족 군사들을 이끌 테니 제후께서는 늑대족 군사들을 데리고 파이한을 따르십시오."

케팔이 머리를 끄덕였다.

"내 병사들이 도성으로 들어간 걸 알면 파이한이 어떻게 대응할 것 같나?"

"대응은 무슨 대응입니까. 그러기 전에 제후께서 그를 죽여야지 요."

"어떻게?"

"간단합니다. 스카루국 놈들과 일전을 치르게 되었을 때 선봉을 자처하십시오."

"선봉을? 그럼 내가 어렵게 키워낸 저 늑대족 놈들을 스카루국 놈들 아가리에 처넣으라는 말인가?"

"아니죠. 군사를 적당한 곳에 매복시켜 두고는 파이한에게 도움 을 요청하는 겁니다. 파이한이 달려오도록 만들어야지요."

"그리고 달려오는 파이한을 고슴도치로 만들어준다?"

"바로 그겁니다. 그러면 두말할 것도 없이 제후께서 모든 군사를 이끌게 되시겠지요."

케팔은 훈련에 열중인 늑대족 군사들을 바라보았다.

'좋다. 저놈들과 함께 파이한을 잡으러 가자.'

2

키릴산 짙은 녹음 속으로 메이가 걸어왔다. 나뭇가지가 휘어지고 풀 밟히는 소리가 들렸다. 바위를 기대고 앉은 세르멕은 일어나지 않았다. 메이는 세르멕이 먼저 와 기다리고 있는 것을 눈치채지 못했다.

세르멕은 숲 사이로 퍼지는 메이의 향기를 음미했다. 그녀의 향기는 짙다. 그녀는 어디나 향기를 남겼다. 메이가 어디 있든 세르멕은 그녀를 찾아냈다.

하늘이 파랗고 저 아래 힝가이 호수는 고요했다. 산 아래 푸른 초원이 끝도 없이 펼쳐진 달땅은 평화로웠다.

메이와 처음 사랑을 나누던 곳, 푸른 잔디로 메이가 나왔다. 그녀가 세르멕을 발견하고 환한 웃음을 지었다.

"내 사랑."

그녀가 안겨왔다. 짙은 그녀의 냄새. 세르멕은 생명 같은 여자의 품에 얼굴을 묻었다.

갑자기 바람이 불어왔다. 거센 바람이었다. 바람이 세르멕의 마음을 날리고 환영을 날려버렸다. 메이가 저만큼 멀어져갔다.

'내 사랑.'

잠에서 깨어난 세르멕은 눈을 뜰 수 없었다. 메이의 잔영을 놓치고 싶지 않았다.

'돌아가시면서도 세르멕 님을 보고 싶어 하셨어요. 사무치도록 보고 싶다고.'

세르멕의 눈에서 눈물이 흘렀다.

자리에서 일어난 세르멕은 후원으로 나왔다. 은하수가 머리 위로 길게 늘어졌다. 총총한 별 사이로 새벽바람이 쌀쌀했다.

"또 고향 생각을 하시는군요."

어느샌가 에젠이 다가왔다. 요즘 그녀는 스기요메의 병영에 새로 짓는 병기창 공사를 감독하고 있었다.

"고될 텐데 벌써 일어났소?"

"당신이 나오시는 걸 들었어요."

세르멕이 에젠의 손을 이끌어 후원의 나무 의자에 앉혔다.

"보시오. 은하수가 넓게 흐르고 있소."

"어느 나라에서 보든 똑같아요. 당신 고향에서도 그런가요?"

"똑같고말고."

에젠이 은하수를 쳐다보며 세르멕에게 말했다.

"병기창 공사가 거의 끝났어요. 이제 철정을 만들어 낼 수 있을 거예요."

"당신 목소리에 희망이 담겨 있구려."

에젠이 세르멕을 향해 얼굴을 돌렸다. 어둠 속에서 그 눈이 빛났다.

"융국으로 돌아갈 수 있는 날을 기다리고 있어요. 당신과 철정이 그 길을 안내하리라 믿거든요."

·

세르멕은 에젠의 가슴에 흐르는 이야기를 듣는 것 같았다. 아버지 예하의 죽음과 상단의 몰락 이후 그녀는 목숨을 걸고 죽음의 땅을 탈출했다. 그리고 다시 융국으로 돌아갈 날을 위해 온 힘을 다하고 있었다.

"당신이 스기요메 장군의 병영에서 군사들의 조련을 맡을 거라고 들었어요."

"그렇소. 장군의 요청을 받아들였소."

에젠이 먼 어둠 속을 응시하다가 물었다.

"우리를 융국으로 이끄시겠지요?"

세르멕의 가슴에 전율이 몰려왔다.

"그럴 거요."

세르멕이 에젠을 돌아보며 말했다.

"고향을 잃은 토라와 내 운명은 그야말로 급류에 휩쓸리는 신세였소. 그때 양푸와 늑대족, 그리고 당신과 예하 대인이 우리 두 사람을 구해주었소. 하지만 우리는 지금 태자님과 함께 다시 급류에 휩쓸리고 있소. 에젠, 내가 약속하리다. 이번엔 내가 우리 모두의 운명을 급류에서 건져낼 거요. 그리고 우리는 꼭 융국으로 가게 될 거요."

3

초원 대부분의 나라가 그렇듯 키안국도 부족연맹에서 발전한 국
가였다. 그렇기에 키안국 사람들 역시 주위를 정복하며 피의 전투
가 이어지는 세월을 살았다.

키안국이 서쪽의 신흥 강자로 부상하기까지 그 한가운데에는
쿤둘 장군이 있었다. 그는 산악지대 소부족의 가난한 집안에서 태
어났고, 어릴 때부터 가축을 키우며 양탄자나 짜는 신세였다. 청년
으로 성장했지만 쿤둘의 앞날은 암울했다.

당시 왕국을 이룰 만큼 성장한 키안족은 주위 부족들을 차례
로 복속시켰다. 키안족 왕의 군대가 쿤둘의 부족 땅으로 들어섰을
때, 일어난 것은 전쟁이 아닌 일방적인 유린이었다. 쿤둘의 부족은
쉽사리 무릎을 꿇었다. 부족의 비참한 운명 속에서도 쿤둘은 그저
하루하루를 연명하기 위해 양떼를 몰았다. 그가 달리 할 수 있는
일은 없었다.

어느 날 오후, 풀을 뜯던 양들을 모아 이동하려던 쿤둘은 양 다
섯 마리가 없어진 것을 알아차렸다. 저녁 무렵까지 양들을 찾아 헤
맸지만 끝내 찾을 수 없었다. 잠을 이루지 못하고 새벽에 일어나 다
시 산을 뒤졌지만 허탕이었다.

사흘 후 쿤둘은 기어이 양을 찾았다. 양들은 생각보다 먼 지역으

로 이동해 있었다. 다섯 마리의 양은 여전히 흩어지지 않은 채 풀을 뜯으며 몰려다녔다. 기가 막힌 쿤둘은 쪼그리고 앉아 양들을 관찰했다. 얼른 보기엔 그저 몰려다니는 것 같았지만 자세히 보니 그중 한 마리가 나머지 네 마리를 이끌고 있음을 발견했다. 쿤둘이 다가가자 양들은 숲으로 도망쳐버렸다. 그는 끝내 양을 잃어버렸다.

집으로 돌아온 쿤둘은 양들을 떠올리며 생각에 잠겼다. 그 며칠은 쿤둘의 인생에서 아주 중요했다. 자기가 해야 할 일을 그때 깨달았던 것이다.

쿤둘은 뜻을 함께 하는 부족의 젊은이들을 모아 활쏘기와 무기 다루는 훈련에 돌입했다. 열심히 훈련한 결과 몇 달쯤 후엔 멀리 앉은 새를 명중시킬 정도가 되었고, 무기도 제법 휘두를 수 있게 되었다. 그들은 다시 밤을 이용한 훈련에 열중했다. 역시 몇 달 후엔 웬만한 어둠을 뚫고 목표물에 화살을 명중시킬 정도가 되었다.

그때부터 쿤둘은 젊은이들을 이끌고 키안족 왕의 군대를 괴롭혔다. 처음엔 피해가 미미했기에 왕은 심각성을 깨닫지 못했다. 하지만 밤마다 습격은 끈질기게 계속되었다. 병참 부대가 습격당하고 길이 끊겨 원군이 제때 도착하지 못했다. 중요한 전투를 치르기 전날 밤 긴장 속에 있을 때, 또는 전투를 치른 병사들이 피로에 지쳐 잠들어 있을 때 그들은 어김없이 습격해왔다. 키안족 왕과 그의 군사들에겐 어둠 속에 감춰진 얼굴 없는 군대가 자신들의 일거수일투족을 모두 지켜보는 셈이었다. 왕이 그들을 잡으려고 별 수단을 다 썼지만 끝내 잡히지 않았다. 날이 갈수록 피해가 눈덩이처럼 불어났고, 병사들의 사기도 떨어졌다.

마침내 키안족 왕은 굴복하고 말았다. 왕은 습격부대의 수장에게 회담을 청하는 포고문을 뿌렸다. 얼마 후 그들은 당당한 모습으로 왕 앞에 나타났다. 왕은 그들의 규모가 수백 명은 될 줄로 알았다. 하지만 다가온 젊은이들은 오십 명도 채 안 되는 인원이었다.

왕이 물었다.

"너희가 바라는 것은 무엇인가."

쿤둘이 대답했다.

"우리 부족의 자유를 되찾는 것이오."

왕이 말했다.

"너희 부족 땅을 포함한 이 지역을 네 영지로 주겠다."

쿤둘은 그렇게 부족의 자유를 되찾고, 제후가 되었으며, 키안국왕을 보좌하는 장군이 되었다. 이후 그는 무수한 전투를 치르며 키안국의 유능한 장군으로 성장했다.

훗날 그가 융국과 접한 산악지대에서 전쟁을 치르게 되었을 때, 자기 앞에 나타난 적군 장수가 파이한이라는 것을 알았다. 뛰어난 지략을 갖춘 파이한의 명성은 키안국에도 널리 퍼져 있었다.

수많은 전장을 누볐지만 쿤둘은 처음으로 두려움을 느꼈다. 적진을 관찰하고 몇 날을 고심하며 머리를 쥐어짰지만 파이한을 이길 확신이 없었다. 그러자 쿤둘은 거꾸로 자신의 두려움을 이용해 그를 상대하기로 마음먹었다.

첫 전투에서 쿤둘은 여지없이 패했고, 그것은 두 번째 전투도 마찬가지였다. 세 번째 전투가 시작되었을 때 쿤둘은 아예 군사들에게 퇴로를 강조했다. 그의 군사들은 지금까지의 쿤둘이 아닌 또 다른 쿤둘을 보며 의아해했다.

"적군의 장수는 파이한이다. 섣불리 그를 대적하지 말라. 만약 전투 중 매복이 예상되는 지역으로 들어서면 후방으로 철수하라."

그의 소극적인 대응으로 키안국 병사들은 번번이 패했고, 그 피해는 만만치 않았다.

지속적인 패배에도 불구하고 전투를 이어가는 적장 쿤둘이 파이한에게는 가소롭게만 보였다. 그에게 쿤둘은 군사들의 희생은 아랑곳없이 요행의 승리를 갈망하는 자로 보였다.

파이한은 적군 포로들을 심문하여 중요한 정보를 얻어냈다. 포로들은 적장 쿤둘이 후방의 분지에 산성을 몰래 구축한다고 실토했다. 공사가 끝나면 거기에 걸터앉아 전투를 장기전으로 끌어가겠다는 속셈이 분명했다. 파이한은 즉시 정찰병을 시켜 그곳을 조사하도록 명했다.

"넓은 분지입니다. 그 둘레를 통나무와 돌로 쌓고 있는데 아직은 완공이 되질 않았습니다."

파이한은 마지막 전투를 준비했다. 그는 쿤둘이 구축해놓은 산성을 초토화시키고 키안국 군사들을 완전히 괴멸시키기로 작정했다. 간단했다. 적군을 자신들이 지은 둥지로 모조리 쓸어 넣으면 되는 것이었다. 압도적인 수와 높은 사기로 충만한 자신의 군사들은 그 분지에서 키안국 군사들을 요절낼 것이라고 파이한은 확신했다.

파이한이 분지 입구로 군사를 이끌고 왔을 때 쿤둘의 병사들은 동요하는 기색이 역력했다. 쿤둘은 적군이 분지로 들어오는 것을 막기 위해 많지 않은 자신의 군사를 산개시켰다.

파이한의 깃발이 올라가고 융국 병사들이 키안국 병사들에게 달려갔다. 적군을 막으려 활을 쏘던 키안국 병사들 중에서 달아나는 자가 속출했다. 그러나 파이한은 탈주병들에겐 관심을 두지 않았다. 파이한의 관심사는 오로지 분지 안으로 휘몰아 들어가는 것이었다. 그곳에 대부분의 쿤둘 군사들이 기다리고 있을 터였다. 파이한이 군사를 독려해 들어가자 과연 분지가 나왔다. 저 멀리 분지 한쪽에 아직 완성되지 않은 성벽이 눈에 들어왔다. 성벽의 높이는 말을 탄 채 뛰어넘을 수 있을 정도로 낮았다. 그들이 제아무리 화살을 쏘며 막는다 해도 낮은 성벽을 타고 넘어 그들을 도륙내기엔 충분했다.

파이한은 군사들을 성벽 쪽으로 진군시켰다. 쿤둘의 군사들은 파이한의 군사가 쏟아져 들어오자 뒤돌아 성벽 쪽으로 흩어져 달아났다. 파이한의 군사들은 그들의 뒤를 쫓아 달렸다.

순간 놀라운 일이 눈앞에 펼쳐졌다. 앞으로 달려가던 파이한의 병사들이 숨겨져 있던 구덩이 속으로 고꾸라지는 것과 동시에 밧줄이 튀어 올라 뒤쪽 대열의 말도 쓰러뜨렸다. 한순간 대열이 흩어진 파이한의 병사들은 양 옆으로 흩어졌다. 하지만 거기서도 뾰족한 목책들이 땅을 박차고 올라와 말과 병사들을 꿰어버리고, 여러 갈래 밧줄이 뒷열의 말 다리를 묶어버렸다.

곧이어 성벽 뒤에서 투석기로 쏜 불덩이가 파이한의 군사들이 허우적거리는 곳으로 날아왔다. 풀이 무성한 바닥은 순식간에 불바다가 되었다. 이어서 무수한 돌과 창들이 날아들었다. 놀란 말들이 등에 태운 군사들을 떨어뜨리며 날뛰었다. 병사들 앞에서 파이한은 목이 터져라 외쳤다.

"후퇴하라! 후퇴하라!"

그러나 소용없었다. 분지 밖에서 달아났던 키안족 군사들이 어느새 돌아와 분지 입구를 막아버렸다. 뒤돌아 나오는 파이한의 군사를 향해 그들은 맹렬하게 화살을 퍼부었다. 분지엔 돌에 으깨지고 불에 타고 창과 화살에 꿰인 시체들이 즐비하게 널려갔다. 파이한이 간신히 분지를 뚫고 나왔을 때, 뒤를 따르는 군사는 수백 기가 전부였다.

전쟁이 끝난 후 쿤둘은 파이한으로부터 서신을 받았다.

'나는 무인을 존경한 적이 없소. 나를 두렵게 하는 무인을 본 적이 없기 때문이오. 당신을 보고 처음으로 두려움을 알게 되었소. 이제야 존경할 수밖에 없는 무인을 본 것 같소. 쿤둘 장군, 다음에 다시 만날 날까지 진정으로 건강하길 바라오.'

그날의 서신에서 쿤둘은 패배마저 당당하게 받아들이는 파이한의 기상을 읽었다. 그리고 이제 파이한의 두 번째 서신을 받았다. 오래전에 받았던 것처럼 묵직한 필체였다.

'스카루국이 우리 태자를 억류하고 있소. 우리는 태자의 송환을 요구했으나 그들은 거부했소. 왕의 부재는 국가의 불행이오. 나는 군대를 이끌고 스카루국 동쪽 국경으로 갈 것이오. 장군은 이 기회에 스카루국 서쪽 땅을 가질 수 있게 될 거요. 선물이 마음에 들기를 바라오.'

쿤둘은 수염을 쓸어내리며 서신의 내용을 음미했다. 파이한은 기대를 저버리지 않았다.

스카루국 서쪽 땅의 제후 부카르는 용맹한 장군이었다. 쿤둘도 그와 수차례 전투를 치렀으나 이렇다 할 승부를 내지 못했다. 부카르의 영지는 비옥하고 인구도 많은 곳이었다. 그렇기에 부카르 제후는 넉넉한 군량과 대군을 소유했다. 그의 군사력은 스기요메 장군이 방비하는 도성의 군사력을 압도했다. 그런 부카르가 스카루국의 보위를 탐하는 것은 당연했다. 그가 자기 딸을 태자와 혼인시키고 왕가를 안심시키면서 오래도록 때를 기다렸다는 것을 쿤둘은 알고 있었다. 그리고 쿤둘 역시 조용히 때를 기다리는 중이었다. 쿤둘은 자신을 보좌해달라는 키안국 왕의 요청을 거부하고 오래도록 스카루국 서쪽 땅과 맞닿은 국경에 주둔했다. 부카르의 땅을 키안국 안으로 끌어들이려는 쿤둘의 열망은 강했다. 키안국 왕도 쿤둘을 반대할 수 없었다.

파이한이 선물을 보내온 지금, 쿤둘은 그에 대한 대가를 내놓아야 했다. 쿤둘은 파이한의 아들 훈추를 불러들였다.

"이제 자네가 돌아갈 수 있게 되었네. 군사들에게 융국 남쪽의 국경까지 호위하라 일렀으니 공주님과 더불어 편안히 귀국하게."

훈추와 공주를 보낸 뒤 쿤둘은 부카르 제후에게 사자를 보냈다.

"쿤둘 장군께서 지병인 두통이 도졌는데, 이번엔 좀 심각합니다. 도무지 일어나지도 못하시고, 잠숫지도 못하실 지경입니다. 의원들이 아무리 약을 써도 낫지를 않습니다. 어쩔 수 없이 장군께서 제후님 땅의 메삼을 구해오라 하셨습니다. 귀한 것인 줄은 알지만 값은 얼마든지 치르겠습니다."

사자의 말을 듣고 부카르는 쾌재를 불렀다. 부카르의 영지에서도 메삼은 무척 귀했다. 산속 깊은 곳에 어쩌다 눈에 뜨이는 그것을, 더구나 약효 좋은 오래된 뿌리를 구하기란 어려웠다. 그러나 부카르는 사자를 극진히 대접하며 안심시켰다.

"걱정 말고 기다리게. 내가 사람들을 풀어 모든 산을 뒤져서라도 빨리 구해오라 이르겠네."

하지만 쿤둘은 끝내 메삼을 얻을 수 없을 것이다. 부카르 제후는 이제 자기의 때가 가까웠음을 확신했다.

4

세르멕은 스기요메의 안내로 강렬한 햇빛이 내리쬐는 병영에 들어섰다. 입구부터 각종 전투 진법을 훈련하는 군사들의 함성이 우렁찼다. 공격진법인 석문진(汐紋陣)에서 원유진(圓柔陣)을 거쳐 기산진(騎散陣), 방천팔호진(方天八戶陣)의 네 대형을 일사분란하게 변형시키고, 수비진법인 송갑진(松甲陣)과 행엽진(杏葉陣), 산문팔진(山門八陣)과 사호십육진(四戶十六陣)을 다시 만들어낼 때마다 그들의 함성이 높게 울렸다.

군사들이 두 편으로 갈라져 공격하는 적을 수비진에 가두고, 가두려는 적을 향해 새로운 공격진법으로 타격해 들어가는, 서로가 물고 물리는 형세가 반복되었다. 기존의 진법체계를 단순화해서 군사들이 습득하기 쉽게 개량한 훈련법이었다. 그 진법들이 실전에 사용될 땐 무서운 역량을 발휘할 터였다.

세르멕은 스기요메를 따라 병영이 한눈에 보이는 지휘대로 올라갔다. 스기요메가 손을 들어 군사들을 멈춰 세웠다.

"오늘 나는 너희들의 훈련을 위해 새로운 분을 모셨다. 이 사람은 세르멕이라는 분이다. 대상인으로 알려진 사람이지만 뛰어난 무인이기도 하다. 새로운 진법의 운용을 위해 훈련을 맡아달라는 내 청을 이 사람은 쾌히 승낙하셨다. 너희는 이 사람에게서 엄격한 군율과 실용적인 병술을 배울 것이다. 앞으로 너희들의 훈관(訓官)으로 잘 모시기 바란다."

군사들이 함성을 질렀다. 지난 역병 때 고락을 함께한 세르멕이 앞에 선 것이었다. 병사들은 반가우면서도 놀라워했다.

"저분이 무인이라고?"

"그저 죽책에 붓이나 놀리는 책상물림으로 알았는데, 무예는 좀 하시나?"

"무술이 꽤 고수라고 들었어."

"맞아. 사냥 때 두 마리 호랑이가 스기요메 장군님을 공격하는 걸 막아주셨다잖아."

세르멕이 웅성이는 군사들 앞으로 나와서 한 팔을 들자 영내가 조용해졌다. 그가 군사들에게 말했다.

"스기요메 장군께서 과찬을 하셨다. 나는 사실 동쪽 땅의 조그만 부족 출신이지 뛰어난 무인은 아니다. 부족회의에서 족장에 추대되었지만 사정이 있어 융국 땅으로 가서 상인이 된 사람이다. 그렇지만 나는 너희들의 훈련을 부탁하는 스기요메 장군의 청을 수락했다. 너희들과 함께 군사 요체에 대해 함께 수련하고자 하는 바람 때문이다. 나는 언제든지 너희들과 더불어 무예 대련도 하길 원한다. 어떤가. 나와 함께 지내보겠는가?"

군사들이 팔을 들어 올리며 함성을 질러댔다. 그들의 환호에 보답하는 뜻으로 세르멕도 한 팔을 높이 들며 웃어 보였다. 그들의 환호가 잦아들자 세르멕이 다시 말했다.

"너희들의 진법 훈련을 보며 그 질서정연한 모습에 나는 감탄했다. 그러나 진법의 요체가 무엇이겠는가. 탄력 있는 유연성. 그리고 장과 단의 흐름을 조절하는 능력이다. 이런 요체에 불협이 보인다면 훌륭하고 무서운 진법이라도 완전한 효과를 거두기 어렵다. 나는 너희에게 약속한다. 너희와 나는 모든 진법의 완전한 운용을 하게 될 것이다. 훈련이 마무리될 때가 언제일지는 전적으로 너희들이 아니라 내게 달려 있다. 나는 최대한 일찍 너희와 함께 그날을 맞이할 것이다."

병사들이 다시 환호했다. 스기요메가 일어서서 박수를 쳤다. 그가 세르멕을 보더니 엄지를 들어올렸다. 세르멕이 밝은 웃음으로 병사들을 향해 걸어 내려갔다. 세르멕이 다가가자 병사들이 몰려왔다. 세르멕이 병사들에게 둘러싸인 채 말했다.

"나와 첫 훈련을 하기 전에 몸을 풀어보고 싶은 자는 없는가? 원하는 자와 한번 대련을 하고 싶다."

둘러싼 병사들 너머 저쪽에서 누군가 손을 들며 외쳤다.

"족장님!"

뜻밖의 호칭에 병사들이 웃었다. 병사들 모두가 '족장님'이라는 호칭을 연호했다. 세르멕이 머리 위로 두 손을 맞잡고 그들에게 화답하며 즐겁게 웃었다.

"마음에 드는 호칭이다. 내 마음은 아직도 내 부족의 족장이다."

저쪽에서 다시 외쳤다.

"제가 족장님과 한번 대결해보겠습니다."

병사들이 길을 열어주었다. 가까이 다가오는 자를 보니 수염이 덥수룩하고 눈이 부리부리하며 덩치가 우람했다. 지난번에 근위대장이 독수리를 체포해 갈 때 군사를 이끌고 왔던, 스기요메의 오른팔인 불칸 부장이었다.

"족장님께 한 수 배우겠습니다."

세르멕이 불칸에게 다가가 어깨를 두드렸다. 그는 세르멕보다 머리 하나가 더 컸다.

"불칸 부장, 무기는 무얼 쓰겠나."

"용모(龍矛)를 쓰겠습니다."

그가 구불구불한 날의 긴 창을 들어 보였다.

"그럼 나도 창을 쓰겠네."

병사들을 돌아보며 세르멕이 크게 말했다.

"누가 극(戟) 한 자루 빌려주겠나."

저만치서 어떤 병사가 말했다.

"제게 편월극(片月戟)이 있습니다. 이걸 쓰시겠습니까."

"고맙다. 부러뜨리지 않고 돌려주겠다."

병사들이 넓게 물러나 자리를 만들어주었다. 세르멕이 불칸과 마주 섰다. 불칸이 호흡을 가다듬으며 눈을 찡그렸다. 공교롭게도 그가 햇빛을 정면으로 보고 선 것이었다. 세르멕이 창을 세워 어깨에 기댄 모중세의 자세로 천천히 돌아, 불칸이 반 바퀴를 돌게 했다. 이제 햇빛은 두 사람의 어깨를 비껴갔다. 그런데 세르멕이 같은 자세, 같은 방향으로 더 이동했다. 햇빛이 세르멕의 정면을 직사했다. 멀리 지휘대에 앉아 있던 스기요메가 벌떡 일어났다.

"공격하지 않고 뭐 하나."

햇빛에 정면을 바라볼 수 없는 세르멕이 시선을 땅으로 내린 채 말했다. 그러자 불칸이 창을 등 뒤로 한 바퀴 돌린 뒤 곧바로 찔러왔다. 세르멕이 창날을 세워 단풍나무 봉을 발등에 얹고 허리를 비틀었다. 불칸의 용모창이 세르멕의 목을 스치듯 비껴갔다. 불칸은 거둔 창을 찰란세, 찰도세, 찰규세로 연속해서 찔러왔다. 그럴 때마다 세르멕은 발을 조금 옮기고, 상체를 슬쩍 뒤로 젖히며 목을 옆으로 뺐다. 세르멕의 월극은 아직 발등에 그대로 서 있었다.

'마음의 집적(集積)이 없는 무술은 늙을 때까지 수련해도 허사일 뿐이네. 그것은 기교는 있으되 파괴력이 없고, 시선은 있으되 정신이 깃들지 않고, 모습은 갖추되 뜻이 없고, 형세를 배워 동작은 할 수 있으되 쓸 수 없는 빈껍데기에 불과한 것이라네.'

세르멕은 코타이 노인의 말을 기억했다. 마음의 집적이란 머리가 아닌 육체, 기억 속의 동작이 아닌 흐름의 표출, 내뿜는 것이 아닌 거두어들임이라는 것을 세르멕은 오랜 수련을 통해 체득했다.

거센 공격을 이어가던 불칸이 잠시 주춤했다. 세르멕이 창을 든 오른쪽으로 그를 놓고 반 바퀴를 돌았다. 불칸이 세르멕의 옆모습을 보며 서게 된 자세였다. 불칸은 잠시 숨을 고르고는 또다시 공격해 들어왔다. 이번엔 휘두르고 자르는 란개세와 붕위세를 거쳐, 튀어 올라 몸을 비틀며 공격하는 합인세, 몸을 낮추고 상대의 허를 향해 휘두르는 대도세와 나등세, 공중에서 한 바퀴 돌며 공격해 들어오는 발규세를 차례로 썼다. 거구였지만 불칸의 몸은 날렵했다. 세르멕은 불칸이 공격해 들어올 때마다 발을 옮기고 몸을 숙이며 발등에 있는 월극으로 용모를 슬쩍 막아낼 뿐 시선을 정면에 둔 채 그를 쳐다보지도 않았다. 숨을 몰아쉬는 불칸의 이마에 땀이 흥건

했다.

마침내 세르멕이 그를 향해 돌아서며 월극을 발등으로 차 올렸다. 공중으로 나는 월극을 잡아 머리 위로 두 바퀴를 돌려 창날이 땅을 향하도록 비스듬히 세웠다. 공격 자세라는 것을 안 불칸은 주춤했다. 순간, 세르멕이 몸을 날려 창을 찔러 들어가니 불칸이 뒤로 물러나며 막아냈다. 틈을 주지 않고 세르멕이 한 바퀴를 돌며 창을 내리꽂자 불칸이 그것을 막으면서 몸을 낮춰 나등세로 치고 들어왔다. 그때, 불칸의 창을 피하며 튀어 오른 세르멕이 월극 날을 세워 공중을 가르고 몸을 비틀며 다리를 앞뒤로 벌린 채 사뿐히 땅에 내려앉았다. 그러자 조금 후에 불칸의 앞섶이 스르르 열려 버렸다.

대련은 그것으로 끝이 났다. 병사들이 박수와 함성을 보냈다. 병영이 환히 내려다보이는 병기창에서도 늑대족 사내들이 박수를 치며 환호했다. 지휘대에 서 있던 스기요메는 턱을 들어 감탄하고는 의자에 털썩 앉았다.

"불칸 부장, 훌륭한 창술이었다."

세르멕이 그에게 다가가 환하게 웃어 보였다. 불칸은 앞섶이 벌어진 채로 세르멕에게 절을 하며 말했다.

"듣던 대로 무예가 뛰어나시군요. 많이 배웠습니다."

그가 용모창을 세워 다시 한번 인사했다.

세르멕이 편월극을 빌려준 병사에게 창을 돌려주며 말했다.

"좋은 창이다. 혹여 창이 상할까 염려가 되어 불칸 부장이 져준 것이 아닌가 생각이 들 정도다."

병사들이 요란하게 웃었다. 웃음이 그치기를 기다렸다가 세르멕이 다시 말했다.

"이제부터 너희들의 진법을 훈련하겠다. 다시 말하지만 움직임에 있어 유연성과 장단의 흐름을 잊지 마라. 치열한 전투일수록 움직임을 절제해야 한다. 그래야만 전체의 흐름에 나 자신을 맡길 수 있는 것이다. 알겠는가?"

"네에엡!"

병영이 울릴 정도로 크게 대답하는 병사들을 뒤로하고 세르멕이 지휘대로 올라갔다.

훈련이 끝난 후 세르멕은 스기요메와 함께 병기창으로 향했다.

병기창 구역에는 새로 지어진 건물들이 나란히 이어졌다. 대장간 건물엔 열 개가 넘는 용로가 설치되었다. 용로마다 쓰임새와 종류가 다른 물건들이 쏟아져 나왔다. 풀무 곁엔 바퀴를 돌리는 소들이 거친 숨을 내뿜고 있었고, 그 옆의 굴뚝에선 시커먼 연기가 계속해서 뿜어져 나왔다. 한쪽으로는 창날과 칼로 단조될 수많은 철정이 쌓였고, 대장간 구석에는 거푸집에서 쏟아낸 화살촉이 더미를 이루었다. 옆 건물에서는 망치 내려치는 소리가 시끄러웠다. 대장장이들이 장도(長刀)를 단조하는 데 땀을 쏟는 것이었다. 웬만한 창날이나 검은 주조해도 훌륭하지만 가늘고 긴 장도는 단조를 필요로 했다. 하지만 그것도 시간이 오래 걸리진 않았다. 한쪽 벽엔 아직 자루를 걸지 않은 칼날이나 검들이 즐비하게 세워졌다. 또 옆 건물에서는 칼집과 창 자루를 만들어 날에 끼우고 화살과 활을 제작하

는 사람들이 분주했다. 날을 갈아내는 곳에서 무기가 완성되면 희
번쩍거리는 무기들이 열 지어 세워졌다.

병기창 뒤쪽에서는 토라와 양푸가 사람들을 독려해 마차에 실
린 검은 돌덩이들을 삽으로 퍼 내렸다. 세르멕이 돌을 만져보니 푸
석하게 바스러졌다. 손에 검댕이 묻어 물로 씻기 전엔 잘 지워지지
않았다. 세르멕이 토라에게 말했다.

"이것이 그 흑석(黑石)이로군."

"그렇습니다. 숯과는 비교할 수 없을 만큼 노를 뜨겁게 달궈줍니
다. 스기요메 장군님이 가르쳐준 산엘 가봤더니 이게 지천이더군요."

세르멕이 쳐다보니 스기요메가 빙그레 웃었다.

"어떤 노인이 이야기해주었소. 여기서 가까운 산에 검은 돌이 묻
혀 있는데 화력이 엄청나고 불덩이가 밤새 꺼지지 않는다는 거였
소. 하지만 연기가 독해 잘못하면 사람이 죽기 때문에 사용하지는
않는다고 했지. 그런데 독수리에게 그 말을 전했더니 뛸 듯이 기뻐
하더이다. 그렇지 않아도 키안국에서 쓰던 그걸 여태 찾았다는 거
요. 독수리는 이 흑석을 안전하게 쓰는 비법을 아는 것 같습디다."

스기요메가 토라와 양푸를 돌아보더니 세르멕에게 말했다.

"이제 대장간이 자리를 잡은 것 같소. 독수리만 있어도 훌륭하게
돌아갈 거요. 내일부터는 이 사람들도 함께 병술 훈련을 하는 것이
어떻겠소. 당신을 보좌해야 할 사람들이지 않소."

토라는 물론이고 양푸와 늑대족 사내들도 무예 실력이 출중했
다. 병술을 연마시키면 저마다 훌륭한 장수가 될 자들이었다. 세르
멕은 스기요메의 제안을 기쁘게 수락했다.

5

테레아 제후는 생각할수록 기가 막혔다. 소금광산에서 나오는 산출량은 바뀌지 않았는데 전국의 소금 가격이 들쭉날쭉하는 이유를 알 수 없었다. 다른 산물의 가격 또한 마찬가지였다. 예하 상단에서 왔다는 외눈박이는 테레아 영지의 모피 가격도 제멋대로 헐값에 책정해버렸다. 그러고는 자기가 가져온 곡물은 턱없이 비싸게 팔았다.

'시세가 전 같지 않습니다요. 남쪽에 흉작이 들어서 곡물 가격이 많이 올랐습죠.'

예하나 세르멕이 있었던 시절이라면 있을 수 없는 일이었다.

테레아 제후는 예전에 군량으로 쓸 곡물과 육포를 예하 상단에게 부탁한 적이 있었다. 스카루국의 침공으로 전투가 코앞인데 마침 군량고가 비어 있었다. 가뭄 때 창고를 열어 백성을 구휼했기 때문이었다.

갑작스레 부탁한 군량을 예하 상단에서도 모두 조달할 수 없었다. 예하는 우선 일부만 보내고 나머지는 수급이 되는 대로 보내겠다고 약속했다. 예하는 결국 전국의 상단 거래소를 통해 급히 수매한 군량을 전쟁이 한창인 전장까지 가져왔다. 가격도 평소보다 더 받지 않았다.

테레아가 물었다.

'군량을 제때 보내준 것만 해도 고마운 일이오. 대인께서 부르는 값을 얼마든지 드릴 수 있는데, 어찌 손실이 분명한 값을 고집합니까?'

예하가 말했다.

'상인이 손실을 두려워해서는 안 되지요. 더구나 이것은 군량이 아닙니까. 어려움이나 위급함을 이용해 이익을 남긴다면 그게 어디 상인이겠습니까. 도적에 불과하지요.'

예하 상단은 언제나 물가를 안정시키는 데 모든 노력을 다했다. 테레아 제후의 처남이 소금을 개인 창고로 빼돌려 소금 값이 올랐을 때도 예하는 세르멕을 보내 기필코 원인을 찾아냈고, 다시 소금 값을 안정시켰다. 그러나 지금 예하는 적과 내통한 역적으로 몰려 죽임을 당했고, 세르멕은 다시는 융국으로 돌아올 수 없는 지경이었다. 그럼에도 테레아는 두 사람에 대한 미련을 버릴 수 없었다.

테레아는 예하의 죽음이 미심쩍다고 생각했다. 테레아가 아는 예하는 결코 반역을 저지를 사람이 아니었다. 그뿐만 아니라 최근 도성에서 일어나는 일들을 곱씹어봐도 종잡을 수 없는 것이 많았다. 파이한이 왕후 일파를 제거하고 도성을 점거했을 때, 테레아는 군사를 일으켜 파이한을 제거하려 했으나 실패했다. 이후 파이한은 자기에게 반기를 들려 했던 자신을 응징하지 않았다. 오히려 태자를 위한 충심을 치하하기까지 했다. 그러나 태자는 오히려 파이한을 피해 망명했다. 지금 파이한은 자신이 두려워 망명한 태자를 데려오기 위해 애쓰고 있었다.

'스카루국에서 태자님의 송환을 거부했소. 군사를 일으켜 그들을 설득할 수밖에 없게 되었소.'

파이한은 곧 군사를 이끌고 국경을 넘기 위해 테레아의 영지에 당도하게 될 것이다. 그는 자신에게도 종군하라는 명령을 내렸다.

'태자가 돌아오지 못하도록 술수를 쓰는 것일까.'

파이한은 언제나 앞을 내다볼 수 없는 지점에 말을 놓는다. 테레아는 그의 생각을 간파하지 못하는 자신이 답답했다.

6

훈추와 공주가 융국 도성에 도착했다.

파이한은 훈추를 다시 도성 호위대장에 앉히고 자신의 군사를 도성 밖 주둔지로 물렸다. 지방에서 제후들의 군대가 하나둘씩 도착하면서 주둔지에 군사들이 불어났다.

마침내 모든 제후들이 모인 뒤, 군사들이 국경을 향해 떠나기 전날 파이한은 훈추를 불렀다. 파이한은 도성 인근의 지도를 펼쳐놓고는 도성 경계에 신중을 기하라 일렀다. 훈추가 물었다.

"제후들의 군사도 대부분 출전하는데 도성을 위협할 자는 없질 않겠습니까?"

"도성은 국가의 심장이질 않느냐. 도성을 책임져야 할 장군이라는 놈이 어찌 그리 허술한 말을 하는 게야."

파이한이 지도의 한 곳을 손가락으로 짚었다. 파이한이 가리킨 곳은 도성 밖 남쪽의 가파른 계곡이었다. 사람의 발길도 닿기 어려운 후미진 곳이었다. 파이한은 아들에게 그곳에 대해 설명하고는 은밀한 명을 내렸다.

다음 날, 파이한의 대군이 스카루국 국경을 향해 출발했다.

7

세르멕과 스기요메, 그리고 융국 태자는 바닥에 깔린 붉은 대리석을 따라 스카루국의 궁궐 안으로 들어섰다. 궁 안의 정원을 지나자 호위병사들이 늘어선 긴 복도가 나왔다. 대전을 향하는 동안 융국 태자는 긴장한 기색이 역력했다.

대전에 들어서자 스기요메가 말했다.

"대왕마마, 분부대로 세르멕과 함께 융국 태자를 모시고 왔습니다."

세르멕과 융국 태자가 스카루국 왕에게 절을 올렸다. 왕이 말했다.

"융국 태자는 앞으로 가까이 오라."

태자가 무릎걸음으로 다가가 다시 절했다. 왕은 놀랍게도 가까이 온 융국 태자의 손을 잡았다.

"자네 나라의 파이한이라는 장군이 불충하고도 무모한 자라는 것을 어찌 지혜로웠던 자네 부왕께서 몰라보셨는지 모르겠구먼. 하기야 사람의 속은 늘 어두운 법이어서 자식의 마음도 모르는 법이지. 그동안 자네가 얼마나 고초가 심했는가."

생각지 못한 스카루국 왕의 따뜻한 말에 융국 태자는 눈물을 흘렸다. 늙은 왕은 융국 태자를 마치 오래 떨어졌던 막내아들 대하듯

했다. 대전에 모인 사람들 모두 왕의 태도에 놀랐다. 왕은 세르멕도 가까이 불렀다.

"자네가 융국 태자를 돌봤다는 이야기를 들었네. 망명한 왕손이 란 그 신분이 독특해서 대하기 어려운 입장이라는 것을 잘 아네. 그럼에도 자네는 정성으로 돌보았다니 이 얼마나 충직한 사람인가. 지난 역병 때는 자네의 선의에 감동했는데, 이번엔 충의로 나를 감 동시키는구나."

세르멕이 머리를 숙이고 말했다.

"대왕마마께 미리 아뢰어야 했지만 그러지 못했습니다."

"태자가 남의 나라에서 봉변을 당할까 두려웠을 자네 마음을 이 해하네. 그러나 융국 선왕은 내게도 은인이랄 수 있으니 나도 융국 왕실을 돕고 싶은 마음일세."

"대왕마마의 넓은 아량에 감복할 따름입니다."

세르멕과 융국 태자가 물러나자 왕이 대신들에게 말했다.

"융국의 대장군이 태자를 보내달라는 속셈은 나도 잘 알고 있노 라. 참혹하게도 그자가 결국 군사를 일으켰다 한다. 그자의 흉계만 아니었다면 돌아가신 융국 대왕과는 사돈이 되었을 내가, 그 아들 되는 사람의 어려움을 외면할 수 없노라. 대신들의 의견은 어떠한 가."

연로한 중신 하나가 나섰다.

"융국 대장군이라는 자의 농간에 우리가 놀아날 수는 없습니다. 키안국이 서쪽 국경을 호시탐탐 넘보고 있는 이때, 우리가 동쪽의 융국 군사를 맞아 싸우기란 여의치 않습니다. 그러니 융국 태자를 다른 외국으로 보낸 다음 융국으로 사신을 보내 사정을 알리는 것이 원만한 해결책이 아닌가 생각합니다."

늙은 중신의 말에 대신들이 머리를 끄덕였다. 갑자기 스카루국 태자가 벌떡 일어났다.

"그것도 지혜라고 떠드는 것이오? 파이한이라는 자가 융국 태자의 송환을 거부한다는 핑계로 우리 동쪽 영토를 유린할 땐 어떡하시겠소. 그때 가서 외국으로 보낸 융국 태자를 다시 잡아다가 돌려보낼 것이오?"

스카루국 태자가 돌아서서 왕에게 말했다.

"융국 태자는 융국으로 돌려보내는 것이 상책입니다. 그러면 파이한도 군사를 돌릴 것이 아니겠습니까. 무어 망설일 것이 있습니까. 융국의 사정은 융국에서 풀어야 하는 것입니다. 우리가 어찌 그들 일에 나설 이유가 있습니까."

왕은 눈을 감고 아들의 말에 대꾸를 하지 않았다. 태자의 힐책으로 감히 나서지 못하는 대신들 사이에서 스기요메가 일어섰다. 태자의 얼굴에 경련이 일었다. 그러나 스기요메는 스카루국 태자가 쏘아대는 눈빛을 무시했다.

"대왕마마, 스기요메입니다. 우리가 융국 태자를 어떻게 하든 파이한은 전쟁을 포기하지 않을 것입니다. 그가 처음부터 융국 태자를 왕위에 앉히려 했다면 어찌 망명하게끔 했겠습니까. 그자의 음흉한 마음속엔 전쟁만이 있을 뿐입니다. 그래야만 나라 전체를 한 손에 거머쥘 수 있기 때문입니다. 그가 태자의 소환을 위해 군사를 일으켰다는 것은 명분에 지나지 않습니다. 어차피 전쟁은 피하지 못합니다. 그런데도 만약 융국 태자를 송환하거나 외국으로 보낸다면 대왕마마께서는 사람들의 웃음거리가 될 것입니다. 게다가 우리는 전쟁을 두려워할 이유도 없습니다. 우리 스카루국은 충분히 강합니다."

스카루국 태자가 더 이상 참지 못하겠다는 듯 스기요메 앞으로 다가갔다.

"대왕을 속이고 우리나라를 전쟁으로 몰고 가려는 그대의 속셈이 무엇인가?"

대신들 사이에서 숨소리도 들리지 않는 긴장이 흘렀다. 스기요메는 동요하지도, 곧바로 대꾸하지도 않았다. 스카루국 태자가 다시 왕을 향해 돌아섰다.

"아바마마, 스기요메 장군의 말을 들으시면 안 됩니다. 저자는 아바마마의 충성스러운 신하인 도성 근위대장을 죄 없이 함부로 죽인 자입니다. 그런 자가 어찌 진정으로 아바마마에게 충성을 하겠습니까. 저자에게 필요한 것은 당장 죄를 묻는 것입니다."

왕은 감은 눈을 떠 스기요메를 바라보았다. 스기요메가 큰 발걸음을 옮겨 대왕 앞에 읍을 했다.

"태자님의 말씀은 사실입니다. 제가 근위대장을 죽였습니다."

대신들이 술렁였지만 왕은 여전히 듣기만 했다.

"우리 스카루국의 군사 장비에 일대 혁신을 가져올 귀중한 기술자를 그자가 함부로 죽이려 들기에 처단한 것입니다. 소장을 벌하신다 해도 달게 받을 각오가 되어 있습니다."

태자가 왕의 앞이라는 것도 잊은 채 스기요메의 얼굴에 손가락질을 하면서 소리쳤다.

"무엇이? 감옥에 갇힌 죄수를 탈출시켜놓고 오히려 근위대장에게 죄를 씌우는 것이오?"

스기요메는 태자의 고함에 대꾸도 하지 않은 채 물러났다. 왕의 처분에 맡기겠다는 당당한 태도였다. 마침내 왕이 말했다.

"그 기술자라는 사람이 어떻게 군사 장비의 혁신을 가져온다는 말인가?"

스기요메가 품에서 철정을 꺼내들고 왕 앞으로 다가갔다.

"이것은 용로에서 바로 뽑아 전혀 단조하지 않은 철입니다. 곧바로 주조한다 해도 단단한 무기로 둔갑할 것입니다, 대왕마마."

검은 겉면을 벗겨 낸 은빛 찬란한 강철이었다. 그러나 그것을 받아 쥐고 한참을 들여다보면서도 왕은 스기요메의 말을 이해하지 못하는 눈치였다. 그가 가까이 다가온 자신의 아들에게 그것을 건네며 말했다.

"태자가 한번 보아라. 도무지 눈이 어두워서 내게는 똑같은 쇠붙이로 보일 뿐이구나."

철정을 받아 든 태자의 눈에도 별다른 감흥이 보이지 않았다. 그의 눈에 경멸에 찬 웃음이 감돌았다.

"별것도 아닌 쇠막대로 아바마마를 속이려 드는군."

태자가 철정을 집어 던지려고 할 때, 스기요메가 말했다.

"태자께서 허리에 차고 있는 보검과 한번 부딪쳐 보시기를 권해 드리고 싶습니다만, 아까운 보검이 부러질까 염려되는군요."

"내 보검을?"

태자가 차갑게 웃었다.

"이까짓 쇠막대가 어찌 내 보검을 부러뜨린다는 말이오. 궁지에 몰리니 천하의 스기요메 장군도 별수 없구려."

"잘 생각하셨습니다, 태자마마. 보검이 부러지면 제가 민망할 것입니다."

스기요메를 노려보는 태자에게 왕이 말했다.

"태자, 장군의 말대로 네 칼과 한번 부딪쳐 보거라."

태자가 마지못해 허리에서 칼을 빼들고 철정을 내리쳤다. 쨍경하는 맑은 쇳소리가 울렸지만 둘 다 멀쩡했다. 대신들도 태자 가까이 다가왔다. 태자가 다시 한번 내려쳤지만 이번에도 부러지는 것은 없었다. 그러자 스기요메가 다가와 태자의 손에서 칼과 철정을 낚아챘다. 그는 날렵한 동작으로 그것을 부딪쳤다. 이내 요란한 쇳소리와 함께 부러진 칼 조각이 바닥에 떨어졌다. 대신들과 태자, 그리고 왕의 눈이 휘둥그레졌다. 스기요메의 큰소리대로 부러진 보검과 달리 철정은 멀쩡했다.

"대왕마마, 이것을 주조하면 우리 대군을 당장 강력한 철기군으로 무장시킬 수 있습니다. 이 어찌 보통의 기술이라 할 수 있겠습니까."

비로소 늙은 왕의 얼굴에 웃음이 감돌았다. 그가 다시 받아 든 철정에서 눈을 떼지 못한 채 말했다.

"신기한 쇠로다. 이것을 만들어낸 기술자를 보호하려는 스기요메 장군의 의도를 이제야 알 것 같구나."

여태껏 스카루국이 키안국을 은근히 두려워했던 것은 그들의 우수한 병장기 때문이었다. 하지만 키안국의 철기보다도 우수한 철을 생산할 수 있다는 사실은 늙은 왕의 배짱까지 어렵지 않게 부풀렸다. 융국의 파이한이 제아무리 대병을 몰고 온다 해도, 또한 키안국이 언제 뒷덜미를 공격해 온다 해도 이젠 두려울 것이 없는 것이다.

스카루국 왕은 선포했다.

"우리 스카루국은 어떤 도발이 있더라도 융국 태자를 보호할 것이며, 그의 왕위 계승을 돕겠노라."

왕은 융국 군사들을 맞아 싸울 대장군에 스기요메를 임명하고 세르멕을 융국 태자의 호위장군으로 임명하여 스기요메를 보좌하도록 명했다. 또한 서쪽 국경의 방비를 위해 태자가 부카르 제후에게 가서 합세하도록 명했다.

스카루국 태자의 얼굴이 일그러졌다.

불 속의 끓는 불

케팔이 전선으로 떠나고 얼마 뒤, 짝귀는 밤을 틈타 케팔의 융족 군사들을 이끌고 도성으로 향했다. 짝귀는 병사들에게 일렀다.

"스카루국과 일전을 치르려는 이때, 도성 방비가 허술하면 우리 융국의 불안으로 이어진다. 케팔 제후께서는 그것을 걱정하여 우리에게 도성의 방비를 분부하셨다."

짝귀는 혹시 모를 적국 간자들의 눈을 피해야 한다면서 군사들을 산악로로 이끌었다. 평원을 지날 때면 밤을 이용했다. 그들은 부지런히 이동해서 도성 가까운 계곡으로 들어갔다. 물이 풍부하게 흘러내리고 숲이 우거졌으며 바위가 가파른 곳이었다. 케팔과 모의한 장소였다.

이제 며칠만 기다리면 스카루국으로 침공했던 군사들이 회군할 터였다. 그때엔 출발할 때와는 다르게 케팔이 전 군사를 이끌 것이다. 케팔에게 연락이 오면 짝귀는 먼저 도성으로 입성하여 호위대를 장악하기로 되어 있었다. 그는 파이한의 음모와 반역행위를 낱낱이 공개해서 백성의 동요를 막고 케팔을 맞이해야 했다. 짝귀는 계곡에서 대기하는 날이 짧기만을 고대했다. 병사들의 의구심을 막기 위해서는 그 기간이 짧을수록 좋은 것이다.

계곡엔 시끄러울 정도로 물이 콸콸 흘러내렸다. 행군에 지친 병사들은 모처럼 계곡을 만나 마음껏 물을 마시며 몸을 씻었다. 짝귀 역시 발 벗고 그늘에 앉았다.

다음 날 해질 무렵, 죽은 노루를 나무에 거꾸로 묶어 앞뒤로 진 두 사람이 짝귀에게 다가왔다. 그들은 능선 너머 계곡에서 숯을 구워 파는 사람들이라고 했다. 그들은 안타까운 표정으로 짝귀에게 말했다.

"병사들이 훈련을 하다가 쉬는 모양이군요. 그런데 왜 하필이면 여기서 쉬는 것입니까?"

짝귀가 의아해서 물었다.

"여기가 어때서 그러는 것이냐?"

숯쟁이들은 서로 마주 보며 혀를 찼다.

"허, 허, 야단일세. 이 계곡물은 저 위의 광산을 지나오지요. 독성이 있어서 마시면 안 되는 물입니다."

짝귀와 주위 병사들이 놀란 눈으로 숯쟁이들을 바라보았다.

"이 물을 마시면 어떻게 된다는 말인가?"

그들은 짝귀의 물음엔 아랑곳없이 다시 물었다.

"여기 얼마나 계셨습니까? 이 물을 얼마나 마셨느냐는 말씀입니다."

짝귀가 당황하자 주위 군사들의 표정도 일그러졌다. 짝귀가 말했다.

"그야…… 어제부터 여기서 산악 훈련을 했네."

"이거 큰일이군. 어제부터 여기 있었다면 이 물을 다량으로 마셨다는 말인데……."

그들이 걱정스러운 표정을 짓더니 말했다.

"이 물을 많이 마시면 사흘도 못가서 온몸의 구멍마다 피를 쏟고 죽게 됩니다."

그들은 노루를 내려놓고 가리켰다. 그제야 병사들이 죽은 노루를 자세히 보니 입과 코는 물론 눈자위와 귀, 그리고 엉덩이에서 흘러나온 핏자국이 굳어 있었다. 그것을 본 짝귀가 숯쟁이들을 노려보며 말했다.

"네놈들이 말도 안 되는 거짓말을 하는구나. 내 칼 맛을 봐야 하겠느냐!"

숯쟁이들은 짝귀의 엄포에 오히려 기가 막힌다는 듯 말했다.

"저희 말을 못 믿겠다면 당장 숲을 뒤져보십시오. 이 근처만 해도 피를 쏟고 죽은 동물들이 여럿 발견될 겁니다."

짝귀가 당장 군사들에게 근처 숲을 뒤져보라고 명했다. 병사들이 숲으로 들어간 지 얼마 되지 않아 과연 죽은 짐승들을 들고 왔다. 토끼부터 멧돼지와 사슴, 심지어는 꿩 같은 날짐승도 있었다. 한결같이 온몸의 구멍에서 피를 쏟고 죽은 짐승들이었다.

"저희는 고기가 떨어질 때마다 이 숲에 와서 죽은 동물들을 주워갑니다. 사냥할 필요도 없지요."

그제야 짝귀가 부들부들 떨었다. 병사들 얼굴에도 공포가 번져갔다.

"그, 그, 그럼…… 우리가 모두 죽게 된다는 말이냐?"

뜻밖에도 숯쟁이들은 대수로울 것 없다는 표정을 지었다.

"아따, 무슨 군인들이 이토록 겁이 많습니까? 물을 많이 마신 것은 좀 문제긴 한데, 해독제가 없는 것은 아닙니다."

짝귀가 그들의 먹살을 잡을 듯이 바짝 코를 들이대고 말했다.

"해독제? 그게 무언가? 해독제가 어디 있다는 말인가?"

"저 능선 너머 우리 숯가마 옆에 땅에서 솟아오르는 샘이 있지요. 웅덩이가 고일 정도로 물이 제법 쏟아져 나옵니다. 그 물을 마셔서 몸속으로 들어간 독성을 씻어내면 됩니다. 덕분에 우리가 이 동물들을 가져다 먹을 수 있는 것이지요. 이 계곡에서 이틀 동안이나 있었다고 하니 한 사나흘 동안 그 물을 마시면 괜찮아질 겁니다."

"말들도 그 물을 마시면 죽지 않는가?"

"그렇긴 합니다만, 되도록 물을 많이 마시게 해야 할 겁니다."

짝귀가 잠시 찡그린 채 망설이는 얼굴로 생각에 잠겼다. 그사이 부장들은 아우성이었다.

"지금 말이 문제입니까? 빨리 이 사람들을 따라가서 그 물을 마셔야지요. 한시가 급한 것 같은데 어서 갑시다."

짝꿔가 숯쟁이들에게 물었다.

"그쪽 지형은 어떤가? 넓은 평지인가?"

"이 깊은 산에 평지가 어디 있겠습니까. 우리가 사는 곳도 이곳만큼이나 깊은 계곡입니다. 우리가 숯을 구우며 여러 해 살았지만 지나가는 사람을 본 것은 손에 꼽을 정도입니다."

그제야 짝귀가 군사들에게 말했다.

"모두 일어서라. 이 사람들을 따라서 이동하겠다."

짝귀와 병사들은 능선을 넘어 숯쟁이들이 이끄는 곳으로 갔다.

도착해보니 정말 숯을 굽는 가마가 있고, 그 옆으로 초막이 하나 있었다. 숯쟁이들은 초막 아래쪽의 큰 웅덩이로 짝귀와 군사들을 안내했다.

군사들은 당장 말을 풀어놓고 웅덩이에 뛰어들어 물을 들이켰다. 사람이 몰리면서 웅덩이에 들어가지 못한 병사들은 흙탕물이 흐르는 아래쪽에서 열심히 물을 들이켰다. 그들은 토하면서도 물 마시는 것을 멈추지 않았다. 계곡의 칠흑 같은 어둠 속에서 잠자는 것도 잊은 채 아우성이었다.

이튿날도 짝귀와 병사들은 밥도 먹지 않고 물만 들이켰다. 몸속의 독성을 빼내려면 물만 지속적으로 마시라는 숯쟁이들의 권유 때문이었다. 그런데 그날 밤, 배고픔을 이기지 못한 병사 둘이 몰래 초막으로 찾아와 숯쟁이들에게 먹을 것을 달라고 졸랐다. 그러자 숯쟁이 하나가 다른 숯쟁이에게 슬쩍 고개를 끄덕여 보이고는 병사들에게 밥을 내주며 말했다.

"당신들 눈자위를 보아하니 이제 해독이 된 것 같아 밥을 주는 것입니다. 그러나 다른 병사들은 아직 위험할 수 있습니다. 그러니 우리에게 밥을 얻어먹었다는 것은 비밀로 하십시오."

다음 날 아침, 병사 둘이 온몸의 구멍에서 피를 쏟고 죽은 것이 발견되었다. 죽은 시체를 내려다보던 숯쟁이들이 한숨을 쉬며 말했다.

"그렇게 물을 되도록 많이 마시라고 했더니, 저희들 말을 안 들었기 때문입니다."

놀란 짝귀와 병사들은 더욱 열심히 물을 마셨다. 아무리 배가 고파도 물로 배를 채웠다. 토하면서도 계속 마셨다. 그들 눈에 하늘이 노랗게 보이고 계곡 주위가 빙빙 돌았다.

사흘째 아침이 밝아왔다. 거의 잠도 자지 않고 끼니도 거른 채 물만 마셔댄 군사들은 기진해서 쓰러져 신음했다. 짝귀 역시 나무 밑에 쓰러져 숨을 몰아쉬고 있을 때였다. 갑자기 계곡 위쪽에서 대군의 함성이 들려왔다. 깜짝 놀란 짝귀가 일어서서 위쪽을 올려다보니 누군가 외치는 목소리가 들려왔다.

"나는 도성 호위대장 훈추다! 역모를 꾀한 너희들을 잡으러 왔으니 모두들 무기를 버리고 초막 앞으로 모여라! 말을 듣지 않는 자는 고슴도치로 만들어주겠다!"

한 병사가 일어나 칼을 빼들려고 하자 순식간에 여러 대의 화살이 날아와 몸에 박혀 쓰러졌다. 놀란 병사들이 무기를 버리고 일어나 초막 쪽으로 내달렸다. 짝귀 역시 엉겁결에 군사들 사이에 섞여 초막 앞으로 달려가 섰다.

조금 후에 계곡으로 내려온 호위대 병사들이 그들을 묶었다. 훈추가 말했다.

"너희들을 이끌고 온 자가 누구냐? 앞으로 나서라."

짝귀가 엉거주춤 앞으로 나서자 훈추가 그를 걷어차며 말했다.

"지금 대장군께서 태자님을 모셔오기 위해 도성을 비웠다. 그사이를 이용해 역모를 꾀하는 네 녀석이 정녕 융족 놈이냐! 네놈 모가지를 당장 이 자리에서 베어버려야겠다."

훈추가 서슬 퍼런 얼굴로 칼을 빼들자 짝귀가 얼른 무릎을 꿇고 울부짖었다.

"장군, 저는 케팔 제후의 명에 따랐을 뿐입니다. 살려주십시오.

불 속의 끓는 불

정말 케팔이 시키는 대로 했을 뿐입니다."

짝귀의 말을 듣고 그의 군사들이 경악했다.

"우리가 역모를 했다는 말이야?"

"우리를 이용해 도성을 빼앗으려 했던 거야?"

"이게 다 케팔 제후의 명이라고?"

군사들이 훈추에게 외쳐댔다.

"저희들은 정말 역모인 줄 몰랐습니다. 저자가 도성을 방위해야 한다면서 우리를 끌고 온 것입니다. 우리는 그런 줄로만 알았습니다. 믿어주십시오."

병사들의 외침을 들으면서 훈추가 짝귀를 노려보자 그는 목을 움츠렸다. 훈추가 그에게서 몸을 돌리며 칼을 거두었다. 훈추는 오라에 묶인 병사들에게 외쳤다.

"그래도 너희들 죄가 없어지는 것은 아니다. 이 자리에서 모두 목을 베어야겠지만 일단 너희들을 병영 안에 가두겠다. 대장군이 돌아와서 너희들의 처분을 결정하실 것이다. 그때까지 말썽이 없으면 살아날 수 있겠지만, 불순한 행동을 보이는 자는 내 칼이 먼저 용서하지 않겠다."

짝귀의 병사들은 병영으로 끌려가서 갇혔다. 훈추는 곧바로 군사들을 이끌어 예하의 집으로 향했다. 그것 또한 아버지 파이한의 명이었다.

9

파이한의 군사들은 산맥 아래 국경 너머로 내려와 대평원에 자리를 잡았다. 정면 격돌 외엔 승부를 가릴 수 없는 곳이었다. 그러나 파이한은 견고한 진영을 세우고 그 안에서 움직이지 않았다. 스카루국 군사들이 다가가 싸움을 걸어도 호응이 없었다. 세르멕은 스기요메의 막사에서 마주 앉아 물었다.

"파이한이 움직이지 않는 이유가 무엇이라 생각합니까."

스기요메가 막사의 열린 문 밖으로 펼쳐진 평원을 바라보며 말했다.

"나는 그와 여러 번 전투를 치렀소. 그자는 전쟁에 임할 때 항상 상대의 움직임을 미리 예견하고 움직였지. 그가 상대의 작전을 꿰뚫어보는 능력은 가히 혀를 내두를 정도요. 그런 능력을 그가 어떻게 가졌을 것 같소. 상대 장수를 끈질기게 분석하는 거요. 물론 나도 마찬가지요. 여태 우리는 조용한 전쟁을 해본 적이 없다오. 그런데 지금은 그가 어째서 움직이지를 않을까, 이유는 하나밖에 없소."

스기요메가 평원에서 눈을 거두고는 세르멕을 쳐다보며 말했다.

"파이한은 당신이 이곳에 있다는 걸 아는 거요."

세르멕이 의아하다는 눈빛으로 쳐다보자 스기요메가 다시 말했다.

"파이한은 당신이 나오기를 기다리고 있소. 당신이 융국 병사들 앞에 나타나기를 말이오."

"융국 병사들은 나를 모릅니다. 내가 그들에게 영향을 끼칠 일이 없을 텐데요?"

"제후들은 당신이 태자를 모시고 있다는 것을 알 거요. 파이한은 당신을 이용해서 제후들과의 문제를 처리하려는 것이지. 그러니 당신이 나가서, 반대로 융국 태자는 파이한을 용서하지 않는다는 의지를 제후들에게 보여줄 필요가 있소."

다음 날, 세르멕이 일단의 스카루국 군사를 이끌고 파이한의 진영 앞에 군사를 도열시켰다. 이를 바라보는 파이한의 입가에 엷은 미소가 일었다. 그가 제후들 앞에서 말했다.

"누가 나가서 태자님을 억류하고 있는 저자를 잡아오겠소?"

그러자 케팔이 나섰다.

"대장군, 내가 잡아오겠소. 제깟 상인 놈이 군사를 이끌다니 가소롭기 그지없소이다."

파이한이 케팔을 지그시 쳐다보다가 말했다.

"좋소. 저자를 사로잡아 오시오. 태자님을 모셔오기 위해서는 꼭 세르멕을 사로잡아야 하오."

파이한의 막사를 나온 케팔은 입이 귀밑까지 벌어졌다. 그야말로 기다리던 순간이었다. 그동안 무슨 생각에서인지 파이한은 전투를 벌일 생각을 하지 않았다. 날짜를 허비하는 동안 도성 밖 계곡에서 기다리고 있을 짝귀를 생각하면 케팔은 마음이 초조했다. 그러나 이제 때가 온 것이다.

스기요메의 말대로 융국 군사들이 움직였다. 그중 한 떼가 세르멕의 군사들을 향해 다가왔다.

'파이한이 나를 간파하지 못하게 해야 한다.'

세르멕은 멀리 둔덕으로 출렁이는 곳을 가리키며 부장들에게 말했다.

"저들이 공격해오면 우리는 저쪽 둔덕 너머로 끌어들인다. 명심해라. 그 전엔 접전을 피한다."

부장들이 자리로 돌아가고 세르멕은 융국 군사들의 공격을 기다렸다.

케팔은 얼굴을 찡그렸다. 스카루국 군사들을 따돌리고 매복하여 파이한을 불러들이기에는 지형이 적당하지 않았다. 멀리 둔덕을 바라봐도 마음에 들지 않기는 마찬가지였다. 케팔은 파이한이 이런 곳을 전장으로 택한 이유를 알 수 없었다.

케팔은 일단 첫 전투의 승리를 포기하고 다시 기회를 엿보기로 마음먹었다. 그렇더라도 파이한의 눈을 속이려면 일전을 치러야 했다. 케팔은 공격 명령을 내렸다.

적군이 공격해 들어오자 세르멕은 방천팔호진을 명했다. 방패를 든 군사들이 일시에 여덟 개 방진을 만들어 진군했다. 케팔은 자신의 군사를 두 갈래로 벌려 그들을 비켜가려 했다. 그러자 세르멕이 명령을 내렸다.

"행엽진으로 바꾸어라. 부장들은 각 진을 이끌고 우측으로 돌아라."

스카루국 병사들이 빠르게 방향을 바꾸는 것을 보고 케팔은 두 갈래 중 좌측 날개를 거두어 우측으로 합세했다. 후미를 치려는 것이었다. 그러나 세르멕은 뒤돌아서지 않고 그대로 둔덕으로 내달렸다.

케팔은 군을 산개시켜 뒤를 쫓았다. 적의 기세를 완전히 꺾어놓을 심산이었다.

세르멕의 군사들은 둔덕에 먼저 도착한 병사부터 차례로 진을 엮어나갔다. 마지막으로 도착한 병사들이 좌우로 서니 순식간에 수비 대형인 산문팔진이 형성됐다. 세르멕의 군사들은 둔덕 위에서 방패를 세운 채 케팔의 군사들에게 일제히 화살을 쏘아댔다.

화살촉이 방패를 꿰뚫어 케팔의 병사들이 연이어 쓰러졌다. 케팔은 당황하며 진군을 멈췄다. 그때 세르멕이 외쳤다.

"지금이다! 기산진으로 나아가라!"

세르멕의 군사들이 일시에 진형을 바꾸며 적을 향해 내달렸다. 케팔의 군사들이 화살을 쏘았지만 그들의 기세는 꺾이지 않았다. 케팔은 군사들에게 후퇴 명령을 내렸다. 세르멕은 얼마간 케팔의 뒤를 쫓다가 군사를 돌렸다.

케팔은 화살을 맞고 쓰러진 자신의 병사들을 두고 돌아갔다. 그 중엔 죽지 않고 신음하는 자들이 있었다. 세르멕은 적군의 시체를 거두어 불태우고 부상자를 진영으로 데려가 치료하라고 명령했다.

세르멕이 진영으로 돌아오니 스기요메가 웃음으로 맞았다.

"훌륭한 전투였소. 이제 파이한도 움직이기 시작할 거요. 당신의 능력을 확인하고 싶어 애가 탈 테니까."

날이 저물고 막사로 돌아온 세르멕은 치료가 끝난 융국 부상자 한 사람을 데려오게 했다. 조금 후 어깨에 약을 발라 싸맨 병사 하나가 걸어 들어왔다. 세르멕이 의아하다는 듯 물었다.

"그 정도 부상이면 네 동료들을 따라 후퇴할 수 있었을 텐데 어찌 우리에게 잡혔느냐?"

"화살을 맞고 말에서 떨어져 실신을 했습니다. 깨어나 보니 전투가 끝나 있더군요."

그러더니 그가 한쪽 무릎을 꿇고 머리를 숙였다.

"저희들을 죽이지 않고 치료까지 해주시니 이 고마움을 어떻게 표해야 할지 모르겠습니다."

세르멕이 웃으면서 그에게 말했다.

"그뿐만이 아니다. 나는 너희들을 돌려보내려고 한다."

병사가 눈을 크게 뜨고 믿을 수 없다는 듯이 바라보았다. 세르멕이 다시 말했다.

"나는 본래 융국 상인이다. 지금도 융국 태자님을 모시고 있지. 우리 모두의 적은 역적 파이한일 뿐이다. 너는 케팔 제후의 군사로서 영문도 모르고 이 고생을 하는 것이지 않느냐. 케팔 제후라고 파이한을 돕고 싶겠느냐. 그저 어쩔 수 없이 끌려나온 것이겠지."

그러자 병사의 눈이 사납게 변했다.

"케팔 제후도 우리를 이용하는 건 마찬가지입니다."

그의 얼굴에 분노가 서렸다. 세르멕이 영문을 몰라 물었다.

"그게 무슨 말이냐?"

"파이한 장군이 역모를 꾀하든 말든, 융족 왕이 누가 되든 우리는 관심이 없습니다. 융족도 아닌 우리를 케팔 제후가 여기까지 끌고 온 것뿐입니다."

"네가, 아니, 케팔 제후의 군사들이 그럼 융족이 아니라는 말이냐?"

"우리는 늑대족입니다. 케팔 제후의 영지에 복속된 부족이지요."

세르멕은 놀랐다. 옆에 있던 토라의 눈도 커졌다. 세르멕이 병사에게 다가가 얼굴을 가까이 하고 물었다.

"방금 늑대족이라고 했느냐?"

"그렇습니다. 케팔 제후는 융족 놈들은 놔두고 우리만 데려왔습니다. 우리를 전쟁터로 끌고 나와 방패로 쓰려는 심산이겠지요."

세르멕이 토라를 바라보니 토라가 기다렸다는 듯 말했다.

"당장 양푸를 데려오겠습니다."

"양푸 뿐만 아니라 늑대족 친구들 모두 오라고 하게."

토라가 나가자 병사가 동그란 눈으로 쳐다보았다.

"양푸 님이라면……"

"양푸를 아느냐?"

병사의 얼굴이 환하게 펴졌다.

"알다마다요. 그분은 우리 부족의 영웅이십니다. 그분은 동쪽 땅으로 가셨다고 들었는데, 장군께서는 어찌 아십니까?"

"그곳에서 내가 그들을 이끌었다. 지금도 나와 같이 있지."

세르멕이 자신의 목에 걸린 목걸이를 보여주었다. 병사가 그것을 보더니 눈이 커지면서 세르멕을 다시 쳐다보았다. 조금 후에 양푸와 늑대족 사내들이 뛰어 들어왔다. 양푸가 병사에게 다가가 싸매지 않은 쪽의 어깨를 그러쥐었다.

"자네, 자네가 우리 부족이라면서!"

"그렇습니다."

"난 양푸라네! 이 사람들도 모두 동족일세."

늑대족 사내들이 병사에게 모여들었다. 그의 머리를 쓸고, 손을 잡아 흔드는가 하면 얼굴을 쓰다듬는 사내도 있었다. 늑대족끼리 기쁨을 나누는 것을 뒤로하고 세르멕이 막사 밖으로 나왔다. 평원의 밤바람이 쌀쌀했다. 토라가 따라 나와 말했다.

"이게 어찌 된 일입니까. 어찌 늑대족을 데려왔을까요?"

어둠을 헤치고 멀리 파이한 진영의 불빛을 바라보는 세르멕의 얼굴에 차가운 바람이 부딪쳐왔다. 세르멕이 불빛에서 눈을 떼지 않은 채 말했다.

"그게 중요한 게 아니다, 토라. 우리는 파이한을 잡을 수 있게 되었다."

불끈 쥔 세르멕의 주먹에 힘이 들어갔다.

불 속의 끓는 불

파이한은 전투를 끝내고 돌아오는 케팔을 진영 문루에 서서 바라보며 테레아 제후에게 물었다.

"세르멕과 케팔의 전투를 보니 어떻소이까."

"세르멕이 군사를 잘 이끄는군요. 전면전을 펼치면 호락호락하지 않을 것 같습니다."

"케팔은?"

"상대가 빈틈이 없으니 함부로 공격을 못했질 않습니까. 케팔 제후도 난감했을 것 같습니다."

"내가 보기엔 케팔이 소극적이었소. 전투를 치른 것이 아니라 전투를 하는 척만 했을 뿐이오. 그는 무언가 기회를 보고 있소."

"적의 허점을 찾으려는 것이 아닐까요?"

"적이 아니라 우리 쪽에서 찾는 것 같소."

테레아 제후가 영문을 모르겠다는 눈으로 쳐다보았다. 그러나 파이한은 더 설명하지 않고 돌아서서 문루 계단을 내려갔다.

문루에 홀로 남은 테레아는 파이한의 말을 곱씹었다. 모름지기 첫 전투는 적극적으로 덤비지 않고 상대를 파악하는 것이 상책이다. 파이한이 그것을 모를 사람은 아니었다. 그런데도 그의 눈엔 첫 전투를 치른 케팔이 못마땅한 것이다.

'우리 쪽의 허점을 찾는다는 말은 무슨 의미일까.'

테레아의 의혹은 그날 밤에 밝혀졌다.

한밤중에 파이한이 제후들을 급히 부른다는 전갈이 왔다. 테레아가 달려가 보니 제후들 거의가 벌써 파이한의 막사에 들어와 있었다. 얼마나 급하게 달려왔는지 대부분 갑주조차 입지 않았다.

파이한이 제후들에게 말했다.

"이 밤중에 미안하오. 시급한 일이 벌어졌기에 어쩔 수 없었소."

그러나 파이한의 목소리와 태도는 전혀 시급해 보이지 않았다. 자기를 바라보는 제후들의 눈을 외면하며 파이한이 소리쳤다.

"끌고 와라!"

병사들과 붉은수염이 오라에 묶인 어떤 남자를 끌고 들어왔다. 병사가 오라에 묶인 남자의 고개를 뒤로 젖힌 순간, 케팔이 자리에서 벌떡 일어나며 칼을 손에 쥐었다. 그러나 붉은수염의 손이 더 빨랐다. 케팔의 목에 붉은수염의 칼이 서늘하게 닿았다. 갑작스레 벌어진 일에 제후들은 소스라치게 놀랐다. 파이한이 케팔을 노려보며 제후들에게 말했다.

"여러분은 이자가 무슨 짓을 벌인 줄 아시오?"

웅성이는 제후들 사이에서 테레아 역시 어안이 벙벙했다. 파이한이 오라에 묶인 남자에게 말했다.

"케팔이 한 짓을 네놈 입으로 말하도록 해라."

오라에 묶인 남자는 짝귀였다. 병사들이 그의 어깨를 눌러 꿇어 앉혔다.

"장군, 살려주십시오. 저는 케팔 제후의 명령에 따랐을 뿐입니다."

"이자가 내린 명령이 무엇이냐?"

파이한의 굵고 낮은 목소리가 날카로워졌다. 짝귀가 말했다.

"도성 호위대를 처치하고 도성을 접수하라고 했습니다. 케팔 제후가 대장군의 목을 베고는 군사를 이끌고 돌아오겠다고……."

그 자리에 모인 제후들 모두가 깜짝 놀랐다. 파이한이 턱으로 명령하자 병사들이 달려들어 케팔을 묶어 짝귀 옆에 꿇어앉혔다. 파이한이 케팔에게 다가갔다.

"케팔, 돌아가신 대왕께 너를 제후로 천거한 내가 부끄럽구나."

케팔이 얼굴을 꼿꼿이 들고는 외쳤다.

"부하 놈의 실수가 화를 불러왔다만, 후회하지 않는다. 장부로 태어나 국가의 주인을 꿈꾼 것이 어찌 죄가 되는가! 나는 부끄러울 것이 없다."

파이한이 돌아서며 말했다.

"두 놈을 끌고 나가라. 내일 아침 병사들 앞에서 참수하겠다."

테레아 제후는 눈앞에서 벌어진 일을 도저히 믿을 수 없었다. 그는 휘둥그런 눈으로 파이한을 쳐다보았지만 파이한은 표정을 굳힌 채 말이 없었다.

파이한이 제후들에게 해산을 명하자 모두 각자의 막사로 돌아갔다. 하지만 테레아 제후는 파이한의 막사에 남았다. 테레아가 파이한에게 물었다.

"케팔의 군사들을 어떻게 처리할 생각입니까?"

"그들은 융족이 아니라 늑대족이오. 일단 후방으로 물렸다가 도성으로 돌아가 처리할 생각이오."

"케팔의 군사를 빼면 우리 병력은 그만큼 약화됩니다. 태자님을 모셔오는 일이 더욱 어려워진다는 생각은 해보셨는지요."

"테레아 제후."

파이한이 테레아를 깊은 눈길로 바라보았다.

"내가 군사를 이끌고 나온 이유는 태자님을 모시기 위해서만은 아니었소."

파이한이 일어서서 막사 안을 천천히 걸었다.

"생각해보시오. 내가 군사를 동원해 엄포를 놓는다고 스카루국이 태자님을 순순히 보내오겠소? 당치않은 말이오."

테레아는 어처구니없다는 표정을 지었다. 파이한이 제후들의 병력까지 총동원해서 전쟁을 일으킨 것은 태자의 소환이라는 이유 때문이었다. 파이한이 말을 이었다.

"테레아 제후, 당신은 여러 가지 의혹이 들 거요. 하지만 먼저 내 말을 들어보시오. 나는 케팔을 없애야 했소. 그자의 역심을 미리부터 알고 있었기 때문이오. 그러나 명색이 국가의 대장군인 내가 죄도 밝혀지지 않은 제후를 먼저 칠 수는 없었소. 다른 제후들이 반발을 일으킬 테니까. 그래서 나는 그가 마각을 드러내도록 유도했소. 그러려면 나와 제후들이 도성과 영지를 비워야 하는데, 태자님의 송환을 빌미로 스카루국을 침공하는 수밖에 없었소. 그자에겐 더없는 호기로 보였을 테지. 내가 그에게 종군을 명한 것도 기회를 이용하라는 뜻이었소. 나를 암살할 수 있는 기회 말이오. 케팔은 그대로 실행하려 했던 거요."

테레아 제후가 물었다.

"그렇다면 케팔을 잡기 위해 군사를 일으켰다는 말씀이십니까? 말도 안 됩니다. 그 때문에 나라 간에 전쟁이 벌어졌지 않습니까. 빈대를 잡겠다고 집을 모조리 태울 셈입니까?"

"물론 그렇게 보일 수 있소. 하지만 케팔을 잡은 이상 이제 무력 충돌은 의미가 없소."

"무슨 말씀이십니까. 케팔을 잡았으니 태자님을 포기하고 회군 하시겠다는 겁니까?"

"아니오."

파이한이 자리로 돌아와 의자에 앉았다.

"여기서 기다릴 거요."

"무엇을 기다린다는 겁니까?"

"테레아 제후, 공주님과 내 아들이 키안국에서 돌아왔소. 두 사람을 억류하고 보내지 않았던 쿤둘이 왜 이제 와서 보냈겠소. 내가 선물을 주었기 때문이오. 쿤둘의 맞은편엔 스카루국 서쪽 땅의 제후 부카르가 버티고 있소. 부카르는 케팔과 마찬가지로 왕이 되고 싶어 하는 자요. 알다시피 그자는 자기 딸을 스카루국 태자에게 시집보냈소. 교활하게도 왕과 사돈을 맺어 일찌감치 자기에 대한 의심을 일소시킨 거지. 그는 지금 때가 왔다고 생각할 거요. 우리 때문에 스기요메가 도성을 비웠으니 말이오."

"부카르가 도성으로 올라오면 자기 영지가 비워지는 것 아닙니까. 쿤둘이 그 기회를 놓치지 않을 것을 부카르가 모르지 않을 텐데요?"

"아니. 부카르는 쿤둘을 막지 않을 거요. 부카르는 케팔보다도 속이 시커멓지. 그자의 저울엔 자기 영지보다 보좌가 더 값이 나갈 거요."

"그러면 태자님은?"

"부카르가 스카루국 도성으로 올라오면 스기요메가 난처하게 되오. 그는 우리에게 묶여 꼼짝도 못하잖소. 결국 부카르가 도성을 차지할 거요. 스카루국이 부카르의 천하가 되면 태자님과 세르멕은 신변이 불안해지지. 결국 돌아올 수밖에 더 있겠소? 스기요메마저도 우리에게 망명을 하겠군."

"그렇다면……."

"맞소. 이제 태자님이 돌아오면 반역의 불씨가 일소된 융국에서 안전하게 즉위하실 수 있을 거요."

테레아는 세상의 판세를 한눈에 들여다보며 조종하는 파이한에게 전율이 일었다. 파이한의 말에 따르면 융국 병사들이 국경 지대인 이곳에 앉아 있는 것만으로도 태자가 돌아온다고 했다. 더 이상의 출혈도 없이.

테레아는 여태껏 파이한에게 가졌던 의혹들이 결국 자신의 오해였음을 깨달았다. 그가 딴 마음을 먹었다면 케팔의 모반을 저지한 지금 도성으로 회군해야 했다. 더 이상 그에겐 이제 걸림돌이 없기 때문이다. 하지만 오늘 테레아가 본 파이한은 온갖 노력을 들여 태자의 귀환과 즉위를 준비한 사람이었다.

새벽이 가까울 무렵, 테레아는 보초병의 부름에 깨어났다.

"무슨 일이냐?"

"늑대족 부장 하나가 드릴 말씀이 있다고 합니다."

테레아는 늑대족 부장을 막사 안으로 불러들였다. 그는 어깨를 천으로 감싸고 있었다. 그가 테레아에게 말했다.

"테레아 제후께 세르멕 장군의 전갈을 전해드리러 왔습니다."

"세르멕이라고? 너는 늑대족 병사가 아니냐. 그런데 어떻게 세르멕의 전갈을 가지고 왔다는 것이냐?"

"지난번 전투 때 부상병들이 포로로 잡혔는데, 그분이 우리를 치료해주고는 돌려보내셨습니다."

"……그가 너에게 무슨 말을 전하라더냐?"

"세르멕 님은 제후님과 서로 대적하지 않기를 바란다고 하셨습니다."

"그런 말을 어찌 이 밤중에 전하는 것이냐?"

"늑대족 군사들은 지금 이곳을 떠납니다."

"뭣이?"

테레아는 깜짝 놀라 막사 밖으로 뛰쳐나갔다. 테레아의 병영 바깥으로 침묵이 크게 덩어리진 어둠 속에 수많은 안광들이 빛을 내고 있었다. 멍하니 선 테레아의 곁을 스친 늑대족 부장은 한 손으로도 어렵지 않게 말에 올라 말했다.

"저희는 이대로 세르멕 님께 귀순할 것입니다."

늑대족 부장이 말발굽 소리를 남기고 떠나간 후, 테레아는 수심에 빠져들었다.

11

스카루국 태자가 일단의 군사를 이끌고 부카르 제후의 영지에 도착했다.

태자를 맞이한 부카르는 환영연을 베풀었다. 기름진 영지의 제후답게 음식이 다양하고 풍성했다. 부카르가 웃음 가득한 얼굴로 태자의 잔에 술을 부어주었다. 태자는 마다하지 않고 연거푸 들이마셨다.

"융국에서 파이한이 침공했습니다. 이런 위급한 때에 부왕은 스기요메에게 전쟁을 맡겼어요. 부왕도 이젠 늙으셨나 봅니다. 이 아들을 보내면 어련히 파이한의 목을 가져올 텐데. 부왕은 세르멕이라는 융국 상인 놈에게도 장군직을 주었어요. 내 참, 기가 막혀서."

술 취한 태자가 거드름을 피웠다. 부카르가 말했다.

"덕분에 나는 힘을 얻었군요. 태자께서 이곳 방비를 위해 달려오셨으니 말입니다."

"키안족 놈들, 올 테면 오라고 하지요. 내 칼이 당장 쿤둘 놈의 목을 베어버릴 겁니다."

호기 있게 말하는 태자를 바라보며 부카르는 내심 조소가 나오려는 것을 참았다.

태자가 오기 전부터 부카르는 도성을 향한 출정 준비를 끝냈다.

스기요메가 동쪽 국경에 매여 있고 쿤둘마저 병으로 움직이지 못하는 이때, 도성에 남아 있었다면 곤란했을 태자까지 제 발로 찾아와주었다. 도성에 앉아 있는 늙은 왕은 이제 허수아비에 불과했다.

다음 날 아침, 태자는 침실에서 시체로 발견되었다. 태자의 피부엔 검은 반점이 가득했다. 부카르는 곡을 하고 애도하면서 급사한 사위의 장례를 성대하게 치렀다. 그러고는 위험에 처한 대왕을 구해야 한다며 도성을 향해 진군했다.

메삼을 구하러 왔다가 그대로 머물러 있던 쿤둘의 사자는 부카르가 출정에 앞서 쿤둘에게 정보를 흘리지 않기 위해 자신을 제거할 것을 알고 있었다. 그럼에도 사자는 의심을 사지 않기 위해 피신하지 않았다. 사자는 비밀리에 쿤둘에게 서신을 보내고 난 후 끝내 부카르의 칼을 받았다.

사자의 서신으로 쿤둘은 부카르가 영지를 비울 날짜를 정확하게 알았다. 쿤둘은 국경을 넘어 부카르의 영지로 군사를 몰고 들어갔다. 텅 빈 것이나 다름없는 부카르의 영지에서는 이렇다 할 저항이 없었다. 부카르의 성을 장악한 뒤 쿤둘은 기꺼이 자신을 희생한 사자를 기리며 제를 올렸다.

파이한의 선물 덕에 쿤둘은 오래도록 바라던 것을 너무도 쉽게 가졌다.

12

귀순한 늑대족 군사들이 세르멕 앞에 도열했다. 세르멕의 옆엔 양푸를 비롯해 늑대족의 봉기를 이끌었던 인물들이 서 있었다.

늑대족 군사들이 세르멕을 쳐다보았다. 세르멕이 목걸이를 벗어 그들 앞에 올려보였다. 청동으로 늑대의 형상을 주조해서 가죽 끈에 매단 목걸이였다. 늑대족의 족장을 의미하는 그 상징을 보며 늑대족 군사들이 열광했다. 그들 앞에서 세르멕이 말했다.

"나는 이전부터 여기 있는 양푸와 늑대족 동료들을 형제로 여겨왔다. 그렇기에 너희들 역시 내 형제다. 이제 나는 너희와 함께 파이한을 처단하고 태자님을 왕위에 앉힐 것이다. 늑대족은 더 이상 융국 변방의 나약한 부족이 아니다. 늑대족의 이름은 천하에 알려질 것이다. 융족과 어깨를 나란히 하는 국가의 당당한 일원이 될 것이다."

세르멕의 외침에 병사들이 목청껏 외쳤다.

"늑대족장 세르멕!"

"대족장 세르멕!"

세르멕이 두 손을 번쩍 들어올려 맞잡았고, 양푸와 동료들이 불끈 쥔 주먹을 들어올렸다. 늑대족 군사들의 환호가 더욱 우렁차게 울렸다.

늘대족 사내들은 스카루국 대장장이들과 함께 늘대족 군사들을 무장시킬 철제 갑옷과 병장기를 만들어냈다. 또한 세르멕은 늘대족 군사들의 훈련에 땀을 쏟았다. 케팔에게 정예병으로 키워진 늘대족 군사들은 얼마 가지 않아 세르멕의 철기군으로 바뀌었다.

늘대족 군사들의 귀순 이후에도 한참이 지나도록 파이한은 움직이지 않았다. 그의 진영은 여전히 조용했다. 세르멕이 스기요메에게 말했다.

"파이한이 움직이지 않는 걸 보니 우리가 먼저 싸움을 걸어야 할 것 같습니다. 내가 나가서 파이한을 끌어내겠습니다."

스기요메가 머리를 저었다.

"아니오. 지금 파이한에겐 다른 생각이 있는 것 같소. 간자들의 말에 따르면 처음의 전투는 융국 제후인 케팔을 처단하기 위한 미끼였던 모양이오. 그러나 케팔을 참수한 뒤에도 파이한은 움직이지 않고 있소. 그렇다면 그에겐 분명 다른 생각이 있는 거요."

"늘대족 군사들이 적으로 바뀌었으니 그만큼 병력이 열세가 아니겠습니까. 파이한은 지금 본국에서 구원군이 당도하기를 기다리고 있는지도 모릅니다."

스기요메가 머리를 흔들었다.

"파이한은 병력 수로 전쟁을 하는 장수가 아니오. 어쨌든 파이한이 움직이지 않는 이유는 곧 밝혀질 거요. 조금만 기다려봅시다."

그렇게 며칠이 지났을 때, 스카루국 도성에서 한 병사가 전갈을 가지고 왔다.

"장군님, 큰일 났습니다! 부카르 제후가 대군을 이끌고 도성으로 올라오고 있습니다!"

스기요메가 낮은 목소리로 물었다.

"태자는 어찌 되었느냐?"

"부카르 제후의 영지에서 급사했답니다. 부카르는 태자의 장례를 치르고 곧바로 군사를 일으켰습니다."

"흐음, 그렇군."

스기요메가 뒷짐을 지고 지평선 저 멀리 스카루국 도성이 있는 쪽을 바라보았다. 부카르가 도성을 장악하면 왕은 물론 스기요메도 위험했다.

"어떻게 하시겠습니까."

세르멕의 물음에 스기요메가 뒤돌아섰다. 그 입가에 담담한 미소가 일었다.

"그자가 언젠가는 저지를 일이었소. 기다리고 있었지. 하지만 일단 파이한의 움직임을 봐야겠소."

당장의 현실은 스기요메의 회군을 재촉하는 상황이었다. 그럼에도 그의 얼굴엔 초조한 기색이 없었다.

다음 날, 뜻밖에도 파이한의 사자가 왔다. 사자가 스기요메와 세르멕에게 말했다.

"저희 진영과 이곳의 중간쯤에 회담을 위한 막사를 설치했습니다. 대장군께서 그곳으로 두 분을 청하셨습니다. 두 분께서는 원하신다면 군사를 이끌고 오셔도 좋다고 하셨습니다. 대장군께서는 테레아 제후와 몇 명의 호위병만 데리고 나오실 겁니다."

스기요메와 세르멕이 얼굴을 마주 보았다. 파이한의 의도를 알 수 없었다. 세르멕이 사자에게 일갈했다.

"역적 주제에 무슨 꿍꿍이를 벌이려고 하느냐. 할 말이 있으면 군사를 이끌고 나오라고 해라. 내가 있는 한 보좌를 훔칠 생각은 꿈도 꾸지 말라고 전해라."

파이한을 모욕해도 사자의 표정은 바뀌지 않았다.

"대장군께서는 두 분의 회답을 기다리겠다고 하셨습니다. 우리는 철군 준비를 마쳤습니다."

"철군을?"

세르멕이 스기요메를 쳐다보았다. 스기요메의 눈이 가늘어지더니 사자에게 말했다.

"우리를 만난 후에 철군하겠다는 것이냐."

"그렇습니다. 두 분을 만나기 전엔 철군할 수 없다고 하셨습니다."

사자를 돌려보낸 후 스기요메가 생각에 잠겼다. 잠시 뒤 스기요메가 말했다.

"파이한이 기다린 게 이거였군. 그도 부카르의 행동을 주시하고 있었던 거요."

세르멕이 바짝 다가앉았다.

"그자가 그 일을 알고 있었다면 철군을 빌미로 무언가 수작을 꾸민 게 아닐까요?"

"늑대족 군사를 이끌고 가서 회담장을 에워싸고 파이한을 청합시다. 그자에게 불순한 생각이 있다면 절대로 들어올 수 없을 거요. 그러면 우리는 회담을 거절한 것도 아니고, 그자의 수작에 넘어갈 일도 없는 거요."

"좋습니다. 파이한이 어떻게 나오는지 보고 싶군요."

다음 날, 세르멕과 스기요메는 파이한에게 사자를 보낸 뒤 회담 장소로 향했다.

막사 안은 단출했다. 큰 탁자 하나와 등받이 없는 딱딱한 나무 의자가 놓였을 뿐이었다. 그곳에서 두 사람은 파이한을 기다렸다.

평원의 바람이 막사를 흔들었다. 간혹 병사들의 말 울음소리가 들려왔다. 두 사람이 막사에 머문 지도 상당한 시간이 흘렀다. 하지만 파이한은 끝내 오지 않았다. 결국 스기요메가 일어서며 말했다.

"안 올 모양이오."

두 사람이 막사를 나와 말에 오르려는 때, 어디선가 말발굽 소리가 들려왔다. 스기요메가 휘파람을 불고는 말했다.

"이제야 오는군."

멀리서 파이한의 깃발을 든 한 떼의 군마가 달려 오고 있었다. 사자의 말대로 군사는 십여 기에 불과했다. 그들 뒤쪽으로 지붕 올린 마차도 따라왔다.

막사에 도착한 파이한은 말에서 내려 스기요메에게 다가섰다.

"스기요메 장군, 강녕하시었소."

"적군이 바글바글한 곳에 들어오다니. 장군의 배짱은 여전하시오."

파이한이 껄껄 웃으며 세르멕에게 다가왔다.

"오랜만일세, 세르멕. 자넨 이제 상인이 아니구먼."

세르멕이 불타는 눈으로 파이한을 바라보았으나 파이한은 미소만 남긴 채 막사 안으로 들어갔다. 테레아가 그 뒤를 따르며 세르멕에게 눈인사를 보냈다.

막사 안에서 네 사람이 탁자를 가운데 놓고 마주 앉았다. 바람이 평원 가운데 홀로 세워진 막사를 흔들었다.

세르멕이 입을 열었다.

"회담을 요청한 이유가 무엇인지 말해보시오, 파이한. 그렇지 않아도 태자님을 내쫓고 이웃나라를 침략한 자의 입에서 무슨 말이 나올지 궁금하던 중이었소."

여유롭던 파이한의 표정이 어둡게 내려앉았다. 테레아 제후가 파이한 대신 대답했다.

"세르멕, 먼저 파이한 장군의 말씀을……"

파이한이 테레아 제후 쪽으로 고개를 돌렸다. 테레아는 입을 닫았다.

"들었겠지만, 우리는 돌아갈 것일세."

파이한의 말에 스기요메가 큰 소리로 웃었다. 그가 웃음기를 머금은 채 물었다.

"이대로 돌아갈 거면 도대체 국경은 왜 넘어오시었소?"

파이한이 굳은 표정으로 말했다.

"스기요메 장군, 지금쯤 부카르의 움직임을 알았을 텐데도 그런 말을 하시오?"

스기요메가 머리를 끄덕이며 대답했다.

"역시 그대도 알고 있었군."

"물론 알고 있었소. 당신과 나는 같은 문제로 고민한 거요. 하지만 당신은 부카르의 행동을 기다렸고, 나는 케팔이 행동하도록 종용했지. 나는 이제 태자님을 안전하게 모셔갈 일만 남은 거요. 당신이 당장 주군의 안전을 책임져야 하는 것처럼 말이오."

세르멕이 차갑게 말했다.

"이제 태자님을 안전하게 죽일 때가 된 거로군."

파이한의 입가에 희미한 웃음기가 피어올랐다.

"세르멕, 자네가 나를 반역자로 여기는 이유를 잘 아네. 태자님을 망명하게 했으니 당연한 일이겠지. 사실 나는 태자님이 융국을 떠나시는 것을 처음부터 알았네. 하지만 나는 막지 않았네. 케팔의 문제가 더 시급했기 때문일세. 그자는 진작부터 반란의 불씨를 안고 있었네. 놈을 내버려두어 정말로 군사를 일으키게 되면 때는 이미 늦은 걸세. 내전으로 인해 융국은 큰 힘을 소모하고 엉망이 되어버릴 테니까. 그래서 태자님의 망명으로 전쟁 명분을 만들어 케팔을 끌어내 처리해야 했네. 태자님은 그자를 처단한 후에 모셔오면 되는 것이었네."

"당신 때문에 망명하신 태자께서 오란다고 갈 줄 알았단 말이오?"

"세르멕, 지금 스카루국 사정을 들여다보게. 그 나라 역시 어려운 지경이네. 태자께서 안전하게 지낼 곳은 아니지. 나는 돌아오시리라 믿네. 시간이 지나면 오해는 저절로 풀릴 걸세."

"오해라고!"

세르멕이 벌떡 일어나며 외쳤다.

"파이한! 그 말 같지 않은 궤변은 집어치우시오!"

그러자 테레아 제후가 손을 들어 세르멕을 제지했다.

"세르멕, 진정하고 내 말을 들어보시오. 당신 마음을 이해하오. 나도 그랬으니까. 나도 파이한 장군을 오해했소. 하지만 대장군의 충정을 이제는 알고 있소. 오해를 푸시오, 세르멕."

"믿었던 테레아 제후마저 저자의 농간에 넘어가셨군. 저자로부터 융국을 지킬 사람이 아무도 없다면 할 수 없소. 지금 내가 융국의 근심덩어리를 없앨 수밖에."

세르멕이 칼을 빼들었다. 테레아가 세르멕에게 소리쳤다.

"세르멕, 칼을 내려놓으시오!"

갑작스러운 세르멕의 행동에 스기요메도 눈을 치켜떴다. 그럼에도 세르멕은 아랑곳없이 파이한을 노려보며 다가갔다.

"파이한, 네 목을 융국 도성으로 가져가 효수해야겠다."

파이한은 동요하지 않았다. 오히려 그는 다가오는 세르멕을 똑바로 쳐다보며 웃음을 지었다.

"자네가 내 말을 얌전히 들으리라고는 기대도 하지 않았네."

"잘 알고 있구나. 이제 내 칼이나 받거라."

칼을 높이 들어 올리는 세르멕에게 파이한이 말했다.

"하지만 자네를 설득할 사람이 여기 와 있네. 그 사람 말을 들어보고 판단해도 늦지 않을 것이야."

세르멕의 칼이 허공에서 멈추자 파이한이 밖에 대고 소리쳤다.

"모셔오너라!"

머리 위에서 번쩍이는 칼이 자신의 목을 향하고 있었지만 파이한의 태도는 변함없이 여유로웠다. 세르멕은 칼을 든 채 파이한을 노려보았다. 그때 막사 입구 쪽에서 누군가의 목소리가 들려왔다.

"세르멕, 칼을 내려놓게."

입구를 돌아본 세르멕은 자신도 모르게 입을 쩍 벌렸다.

"아니? 어, 어떻게…… 어르신이 어떻게."

예하였다. 다시 봐도 예하가 틀림없었다. 세르멕은 칼을 던져버리고 달려가 예하의 손을 잡았다. 스기요메가 일어나 세르멕에게 물었다.

"예하 대인이 맞소?"

세르멕이 스기요메를 돌아보며 고개를 끄덕였다. 예하가 스기요메를 쳐다보았다.

"당신이 스기요메 장군이군요. 오늘에야 처음 뵙게 되는구려."

파이한이 말했다.

"세르멕, 대인을 이쪽으로 모시게."

세르멕은 꿈을 꾸는 기분이었다. 죽은 줄 알았던 예하가 멀쩡히 살아 있었다. 단정한 수염과 머리 매무새. 중후한 옷차림. 그 어느 것도 예전의 모습 그대로였다.

파이한이 자기 옆에 앉은 예하의 손을 잡았고, 예하도 돌아보며 환한 얼굴로 고개를 끄덕였다. 예하가 말했다.

"파이한 장군의 말씀은 모두 사실이네. 파이한 장군께서 내게 부탁을 하시더군. 에젠이 스카루국에 있는 자네에게 태자님을 모셔 가게 하자고 말일세. 내가 죽은 줄 알고 슬퍼했을 에젠을 생각하면 가슴이 아팠지만, 어쩌겠나. 반역을 꾀하는 케팔 제후를 처단하고 태자님을 안전하게 즉위시키려면 이 방법밖에 없다는 파이한 장군의 말씀이 일리가 있는 것을 말일세."

예하는 파이한이 외눈박이의 밀고를 빌미로 자신을 잡아들였다고 했다. 파이한은 늙은 사형수의 시체를 예하로 둔갑시키고 그의 처형을 공표했다. 파이한은 예하의 딸이 파룬의 집으로 피신할 것을 짐작했다고 했다. 파룬이 태자를 탈출시키면, 왕궁을 나온 태자를 모시고 에젠이 갈 곳은 세르멕이 있는 스카루국밖에 없을 터였다. 이후 케팔이 처형되기까지 예하는 아무도 모르게 파이한의 집에서 기거했다고 했다. 파이한이 군사를 이끌고 스카루국의 국경을 넘은 것도 오로지 케팔을 제거하기 위해서였다고 했다. 그렇게 파이한은 분란의 불씨를 제거하고 어린 태자를 안전한 보좌에 올려놓으려는 것이었다. 예하는 파이한이 그 과정에서 얻게 될 세간의 오해는 기꺼이 감수할 것이라고 자신에게 털어놓았다고 했다.

예하가 말을 마치고 수염을 쓸어내리자 파이한이 말했다.

"세르멕, 나는 내 인생에 필요치 않은 욕심을 부려 본 적이 없네. 모두가 부러워하는 제후 자리도 뿌리쳤네. 내가 왜 그랬을 것 같나. 국가의 안위를 지키는 것 외에 나는 아무 관심이 없기 때문일세."

이야기를 듣고 세르멕은 망연자실했다. 그동안 예하가 파이한의 손에 죽은 줄로만 알고 그를 증오했다. 태자의 망명을 보면서 융국에서 일어나는 모든 파란이 파이한의 야망에서 비롯되었다고 믿었다. 그러나 그것이 잘못된 판단이었다는 것을 살아 돌아온 예하가 증언했다.

세르멕은 자신의 어리석음을 깨달았다. 어리석음이 오해를 빚었다. 오해의 늪이 너무도 깊었다. 자신은 지금까지 그 늪에서 허우적거렸던 것이다. 세르멕은 참담한 마음으로 파이한에게 머리를 숙였다.

"장군의 충정을 이제야 알았습니다. 태자님을 모셔오겠습니다."

스기요메 역시 머리를 숙이며 말했다.

"나 또한 장군을 오해했소. 이제 당신들 나라의 평안이 보이는 것 같으니, 나는 내 나라의 문제를 처리해야겠소이다."

일어나는 스기요메를 향해 파이한이 말했다.

"스기요메 장군, 어서 가서 부카르를 막으시오. 당신 역시 그 반역자를 처단할 기회를 노려왔을 테니."

스기요메가 껄껄 웃었다.

다음 날, 세르멕은 스기요메의 병사들 앞에서 작별을 고했다.

"우리는 태자님과 함께 귀국하게 되었다. 그동안 너희들과 함께했던 시간을 나는 잊지 못할 것이다. 모두 건강하기를 바란다."

스기요메의 병사들은 손을 들어 세르멕에게 아쉬운 작별 인사를 보냈다. 스기요메 또한 세르멕의 손을 잡으며 말했다.

"당신이 무사히 태자님을 모시고 귀국하게 되어 기쁘오. 다음에 스카루국에 오면 또 함께 사냥을 갑시다. 그날을 기다리겠소."

스기요메가 군사를 이끌고 떠나간 뒤 토라와 양푸가 파이한의 진영으로 태자를 데려왔다. 태자는 그 무서웠던 파이한이, 알고 보니 자신을 위해 어려운 일을 모두 처리했음을 알고 감격했다. 에젠도 아버지와 상봉하여 꿈처럼 울었다. 예하 역시 딸의 등을 두드리며 눈물을 떨어뜨렸다.

세르멕 일행은 파이한과 함께 귀국길에 올랐다.

13

부카르가 군사를 이끌고 도성을 향할 때, 스카루국 제후들 중 누구도 그를 막지 않았다. 그들은 부카르가 이끄는 대군의 위용에 감히 나서지 못했다.

그러나 부카르는 순조롭게 도성을 향해 나아갈 수 없었다. 스기요메가 생각보다 빨리 그의 앞에 나타난 것이었다. 스기요메는 보병들에게 도성 방위를 맡긴 채 철기병만을 이끌고 밤낮으로 달려왔다.

"그들은 무기는 물론 갑주까지도 모두 철기로 무장했습니다. 말까지 단단하게 철편 갑주를 입혔습니다. 달려오는 모습이 마치 거대한 요새가 움직이는 것 같았습니다."

정찰병의 보고를 받는 순간 부카르는 가슴이 내려앉았다. 그러나 애써 동요를 내색하지 않았다.

"그래봐야 그자의 군사 수는 얼마 되지 않는다. 수비진을 견고하게 짜놓으면 제아무리 철기병이라도 어쩔 수 없을 것이다."

부카르는 지도를 펼쳤다. 평원지대지만 하루 거리에 제법 높은 외봉산 하나가 불쑥 올라와 있었다. 부카르는 그곳을 손가락으로 가리키며 부장들에게 말했다.

"이곳으로 간다. 수비를 위해서는 높은 곳을 장악해야 한다. 우리가 이 산에 수비진을 펼치면 스기요메의 철기병도 어쩔 수 없을 것이다."

그러자 부장 하나가 펄쩍 뛰며 말했다.

"만약 스기요메가 우리를 포위하고 움직이지 않으면 어떡하지요? 그곳은 물을 구하기가 쉽지 않을 텐데 말입니다."

부카르가 그를 노려봤다.

"네가 무얼 안다고 큰소리냐! 저들이 둘러싸봐야 필요할 때 우리가 돌파해 내려오면 되는 것이다."

부카르는 군사를 이끌고 외봉산에 올라가 진을 치고 스기요메를 기다렸다.

이윽고 철기병을 몰아 외봉산 가까이 다가온 스기요메는 부카르의 진형을 보고는 코웃음을 쳤다.

"제법 견고하게 수비진을 쳐놓긴 했다만, 하나만 알고 둘은 모르는 자로구나."

뜻밖에도 스기요메는 산을 에워싸지 않았다. 그는 산 한쪽에 군사를 주둔시키고 공격할 기미도 보이지 않았다. 그것을 보고 부카르는 웃었다.

"포위할 생각조차 못하는 걸 보니 스기요메가 지략이 좀 있다는 소문이 다 헛소문이었군."

며칠이 흘러갔다. 하현이 지나 밤이 되면 칠흑같이 어두웠다. 양측은 서로 대치만 할 뿐 전투가 없었기에 경계가 느슨해졌다. 부카르는 병사들에게 스기요메의 군사가 주둔한 곳 반대쪽으로 산을 내려가 물을 길어오라고 명령했다. 병사들은 밤을 이용해 가까운 강에서 물을 길어왔다.

또다시 며칠이 더 지났다. 부카르의 진영에 또 물이 떨어졌다. 이번에도 한밤을 이용해 병사들이 산을 내려갔다.

물을 길으러 갔던 병사들은 대부분의 병사들이 잠에 떨어진 시각에 돌아왔다. 그러나 그들은 부카르의 진영 안으로 들어가는 대신 슬그머니 진영을 에워쌌다. 그들은 부카르의 병사들을 처치하고 물 대신 기름을 가져온 스기요메의 병사들이었다. 그들은 부카르의 진영 둘레에 불을 지르고 내려와 산 아래에도 불을 질렀다.

평원의 바람이 불을 산 위쪽으로 몰아갔다. 부카르의 진영은 삽시간에 불과 연기에 휩싸였다. 잠에서 깨어난 병사들이 불길을 잡으려 안간힘을 썼지만 소용이 없었다. 지체하다가는 모두가 불에 타 죽을 지경이었다. 부카르는 어쩔 수 없이 군사들을 이끌고 급히 산을 내려갔다. 그러나 산 아래쪽도 온통 불바다로 변해 있었다. 부카르의 군사들은 혼신의 힘을 다해 불길을 잡아가면서 퇴로를 열었다. 그러자 어둠 속에서 기다리던 스기요메의 군사들이 부카르의 군사들을 공격했다. 부카르는 대적할 엄두도 내지 못한 채 군사들을 이끌고 어둠 속으로 도망쳤다. 스기요메는 뒤를 쫓지 않고 다만 빙그레 웃음을 지었다.

동틀 무렵, 멀리서 스기요메의 진영 쪽으로 말을 달려오는 사내가 있었다. 부카르 군사의 차림이었지만 사실은 불칸 부장이었다. 지난밤, 부카르 군사들의 혼란 속에서 스기요메는 자신의 병사들을 불칸 부장과 함께 섞어 보냈다. 지금 불칸 부장은 부카르 군사들의 동태를 보고하기 위해 홀로 돌아오는 것이었다.

"부카르 군사들의 사기는 어떻더냐?"

"말이 아닙니다. 그들도 지금은 부카르의 영지에 키안국의 쿤둘 장군이 들어와 앉은 것을 알고 있습니다. 더구나 자신들의 앞을 가로막는 우리의 출현으로 곤혹스러워하고 있습니다. 같은 스카루국 사람끼리 전쟁을 해야 하는 이유를 이해할 수 없는 모양입니다."

"남아 있는 우리 병사들에게는 잘 분부해두었겠지?"

"예. 며칠간 부카르의 병사들을 들쑤셔놓을 겁니다. 태자가 죽은 원인과 영지를 잃은 일 하며, 보좌를 찬탈하려는 욕심에 부카르가 저지른 죄상을 낱낱이 밝히면 병사들의 동요는 만만치 않을 것입니다."

이제 부카르가 스스로 무너질 일만 남았다. 그때 마지막 일격을 가하면 부카르는 끝나는 것이다. 스기요메의 한쪽 입가가 슬며시 올라갔다.

예상대로 며칠 동안 부카르는 그 자리에 엎드려 있었다. 스기요메의 철기병을 앞에 두고 섣불리 움직이기가 두려울 터였다. 그에게는 더 많은 기병과 전차가 있었지만, 스기요메와 철기라는 위력은 그 모든 것을 압도했다.

며칠 후 새벽이 다가올 무렵, 부카르 진영에 섞여 있던 스기요메의 병사가 소식을 알려왔다.

"부카르 진영의 사기가 바닥입니다. 부카르의 죄상을 모두 알게 된 지금 군사들은 거의 자포자기 상태입니다."

병사의 이야기를 듣고 불칸이 스기요메에게 말했다.

"장군, 오늘 밤 기습을 하면 어떻겠습니까. 부카르를 잡는 것은 이제 식은 죽 먹기입니다."

하지만 스기요메는 머리를 흔들었다.

"아니다. 병사들을 준비시킨 후 내일 새벽에 출발해서 해가 머리 위에 오를 때 그들과 마주하겠다. 그들 앞에서 당당하게 우리의 진면목을 보여주는 거다. 부카르의 심장이 스스로 터지지 않기만을 바라야지. 으핫핫핫"

스기요메가 머리를 젖히며 통쾌하게 웃었다.

다음 날 새벽, 스기요메의 중무장 기병이 부카르 진영을 향해 출발했다. 스기요메는 서두르지 않았다. 그는 군사들을 이끌고 육중한 말발굽 소리를 내며 질서 있는 행군으로 부카르의 진영에 다가갔다.

부카르는 드넓은 평원에서 이미 전투 준비를 마치고 기다리고 있었다. 앞쪽으로 전차대를 전진 배치하고, 그 뒤로 중군의 보병들을 세웠으며, 양 옆으로 기병이 도열해 섰다. 지난번의 피해에도 불구하고 부카르의 군사는 여전히 대군이었다.

스기요메의 중무장 기병이 그 앞에 도열했다. 스기요메의 기병은 불칸이 이끄는 후방의 진영과 스기요메가 직접 이끄는 전방의 진영으로 나뉘어졌다. 스기요메의 전방 기병들은 날렵한 투창을 뽑아들었다.

정오의 이글이글 타는 태양에 스기요메 병사들의 철 갑주가 강한 빛을 쏟아냈다. 말들 또한 얼굴에 번쩍이는 철제 가리개를 씌웠고, 발끝까지 내려오는 철편 갑주가 치렁치렁 흔들렸다.

스기요메가 부카르의 병사들 앞으로 말을 몰아 나와 투구를 벗으며 외쳤다.

"나는 대왕의 명을 받들어 역적 부카르를 잡기 위해 온 스기요메다. 너희들 중 일부는 나와 고락을 함께한 자도 있을 것이다. 그렇지 않은 자들이라도 우리는 모두 스카루국 사람이다. 너희들의 수장인 부카르는 태자를 독살하고 모반을 일으킨 역적이다. 그자 때문에 너희들이 피를 흘릴 이유가 없지 않은가! 나는 너희들과의 전투를 원하지 않는다. 내가 원하는 것은 오직 부카르 뿐이다. 만약 너희들이 부카르의 편에서 끝까지 우리를 대적한다면 우리의 창이 너희들의 목을 향할 수밖에 없다!"

그러자 맞은편에서 부카르가 외쳤다.

"스기요메! 네가 대왕의 눈을 속이고 보좌를 훔치려는 것을 막기 위해 내가 군사를 일으킨 것은 세상이 다 아는 사실이다. 네 간교한 혓바닥에 동요할 내 병사들이 아니다!"

그러더니 그가 칼을 빼 들고 자기 군사들에게 외쳤다.

"저들을 도륙 내고 도성을 구하자! 전차부대여, 돌격하라!"

부카르의 명령이 떨어지자 전차들이 맹렬한 속도로 달려왔다. 전차에 올라탄 궁수들이 화살을 쏴댔다. 하지만 그 화살이 아직 떨어지기도 전에 스기요메가 외쳤다.

"전방의 병사들은 분진(分陣)으로 나아가라!"

스기요메의 전방 기병들이 땅을 박차고 한꺼번에 앞으로 쏟아져 나갔다. 그들은 두 무리로 나뉘면서 마주 달려오는 전차의 양 옆으로 달렸다. 부카르의 전차부대에서 쏜 화살이 후두둑 쏟아져 내렸지만 철갑주를 입은 병사들과 말들은 거의 피해를 입지 않았다. 스기요메의 병사들은 그대로 말을 몰아 앞으로 전진했다.

병사들 옆으로 함께 달리던 스기요메가 때를 맞춰 소리쳤다.

"투창을 던져라!"

기병들이 던진 투창이 전차를 끌던 말의 목에 날아가 꽂혔다. 말이 나뒹굴면서 전차들이 일제히 뒤집혀 버렸다. 뒤이어 달려온 전차들은 뒤집힌 전차를 피하기 위해 방향을 틀었다. 그러자 바퀴가 바퀴 축에서 빠져 달아나면서 전차들이 부서지고 뒤집히는 일대 혼란이 벌어졌다. 부카르의 병사들 사이에 숨어 있던 스기요메의 병사들이 전투에 앞서 바퀴축의 고리를 빼버렸던 것이다.

스기요메가 불칸에게 외쳤다.

"불칸! 저들을 제압하라!"

후방에 있던 불칸의 기병이 함성과 함께 일제히 말을 달렸다. 그들은 넘어진 전차에서 튕겨져 나간 부카르의 병사들을 향해 창을 세우고 달려들었다. 전차병들 대부분은 그 위세에 놀라 무기를 버리고 손을 들었다.

스기요메는 단번에 적의 전차부대를 괴멸시키고 부카르의 본진을 향해 달려갔다. 부카르가 자신의 병사들에게 외쳤다.

"기병들은 앞으로 나아가 적을 막아라!"

부카르의 기병이 땅을 박차고 앞으로 달려 나갔다. 스기요메의 기병보다 훨씬 많은 숫자의 병력이 함성을 지르며 달려왔다. 스기요메의 병사들은 일제히 창을 뽑아들며 그들과 맞부딪쳤다.

일대 혼전이 시작되었다. 하지만 부카르의 기병은 스기요메 병사들의 단단한 철제 창을 막아낼 수 없었다. 날아오는 창을 막으려 방패를 내밀면 산산조각이 났다. 반대로 그들이 휘두르는 창은 스

불 속의 끓는 불

기요메 병사들의 단단한 방패와 갑주에 가로막혀 피해를 입히지 못했다. 조금 후에 전차병들을 제압한 불칸의 부대까지 달려오자 그들은 속수무책이었다. 부카르의 기병 중 적을 피해 달아나는 자가 속출했다. 그러자 전투를 지켜보던 부카르의 보병들 사이에서도 동요가 일었다. 전차병의 괴멸에 이어 기병마저 와해되면 철기군 앞에 보병들은 힘을 쓸 수 없었다. 그때 부카르가 투구를 고쳐 쓰고 스기요메를 향해 달려갔다.

"스기요메! 내 기필코 네 목을 베리라!"

부카르를 보고는 스기요메가 팔을 높이 들어 외쳤다.

"군사들이여! 전투를 멈춰라!"

그러자 삽시간에 전투가 멈추고 양측 병사들이 갈라졌다. 그 사이로 부카르가 말을 달려오며 쩌렁쩌렁한 목소리로 외쳤다.

"스기요메! 오늘에야 네놈의 목을 벨 수 있게 되었구나!"

스기요메가 자신의 둔중한 창을 들어 올리며 부카르에게 외쳤다.

"우리 둘이 이 전쟁을 결판내자! 병사들의 피를 더 이상 부르지 말기로 하자! 어떤가!"

"원하던 바다! 자, 덤벼라!"

스기요메가 창을 들어 머리 위로 세차게 돌리며 부카르를 향해 달려갔다. 부카르가 옆으로 비키면서 창을 내리꽂자 스기요메가 몸을 젖혀 피하면서 창을 휘둘렀다. 부카르는 쇠 부딪치는 요란한 소리와 함께 창을 막으면서 말을 돌렸다. 스기요메의 창이 재차 찔러 들어오자 부카르는 몸을 낮춰 피하면서 공격해 들어왔다. 그때 스기요메가 허리를 굽혀 피하면서 크게 창을 휘둘렀다. 부카르는 간신히 피했지만 창날이 부카르가 탄 말의 목에 깊은 상처를 내버렸다. 그러자 말은 앞발을 든 채 울부짖으며 앞으로 고꾸라졌다.

땅바닥에 내동댕이쳐진 부카르가 몸을 일으키자 스기요메도 창을 내던지고 말에서 내려 검을 빼들었다. 부카르가 창을 꼬나쥐고 그와 마주 섰다.

"제법이구나, 스기요메. 하지만 이젠 내 차례다."

부카르가 창을 휘둘러 오자 스기요메는 검으로 걷어냄과 동시에 몸을 날려 그의 가슴을 발끝으로 찍어버렸다. 비틀거리던 부카르는 가까스로 중심을 잡고 다시 섰다. 스기요메의 얼굴에 싸늘한 웃음이 감돌았다.

"부카르, 너도 이제 늙었구나."

화가 치밀어 오른 부카르가 창을 고쳐 잡고 연속으로 찔러 들어왔다. 그럴 때마다 스기요메는 간단히 피하면서 창을 막아냈다. 그렇게 몇 번의 공격이 이어지자 부카르가 숨을 몰아쉬었다. 잠시 숨을 고른 부카르는 다시 창을 휘둘러 공격해 들어왔다. 그때, 스기요메가 공중으로 뛰어올라 창 자루를 발로 쳐내면서 한 바퀴 빙글 돌아 검을 휘둘렀다. 순식간에 창과 함께 부카르의 오른팔이 땅에 떨어져 내렸다. 그의 잘린 팔에서 피가 솟구쳐 나왔다. 스기요메의 군사들이 요란하게 함성을 질렀다. 한 팔을 잃은 부카르는 한동안 스기요메를 노려보더니 털썩 무릎을 꿇었다.

"……내가 졌다. 어서 목을 쳐라."

그러나 스기요메는 뒤돌아서서 검을 칼집에 꽂았다. 그러고는 자신의 병사들을 향해 싸늘하게 말했다.

"저자의 상처를 싸매고 포박해라. 도성으로 끌고 갈 것이다."

스기요메가 말에 올라 여태껏 숨죽이고 처다보던 부카르의 병사들 앞으로 나아갔다. 그러자 부카르의 병사들이 일제히 무기를 내려놓고 꿇어앉았다.

스기요메가 그들에게 외쳤다.

"너희들과 우리는 모두 형제다. 간교한 부카르 때문에 우리가 서로에게 창끝을 겨누었지만, 이제 모두 잊기로 하자. 너희들은 다시 무기를 들고 나와 함께 도성으로 올라간다. 그리고 훗날, 나와 함께 돌아와 잃었던 부카르의 영지를 되찾을 것이다. 어떤가, 이 스기요메를 따르겠는가?"

병사들이 모두 우렁찬 함성을 질러댔다.

14

공주는 하염없이 눈물을 쏟으며 태자의 손을 감싸쥐었다. 태자역시 공주의 손을 맞잡고 울음을 터트렸다. 다시는 만나지 못할 줄알았던 남매의 상봉이었다.

"태자, 부왕께서 돌아가시고 얼마나 고생이 많았습니까. 이 누이가 지켜드리지 못해 자책을 많이 했습니다."

"내가 파이한 장군을 오해했어요. 이제는 모든 것이 제자리로 돌아갈 것입니다."

태자가 눈물을 씻고 공주에게 말했다.

"그동안 세르멕이 저를 지켜주었습니다. 그 사람 덕분에 일행 모두가 의지할 수 있었어요. 그 사람은 인품도 뛰어나지만 재주도 많더군요. 스카루국 병사들을 지휘하더니 나중엔 늑대족 군사들이모두 그에게 귀순했답니다. 그뿐만이 아니에요. 그가 철기를 만들어냈어요. 그 사람 덕에 우리 융국도 철기로 무장할 수 있게 되었다구요. 이 얼마나 대단한 일입니까."

공주도 스카루국으로 가는 길에 세르멕을 보았다. 묵묵히 상인들을 이끌더니 스카루국의 왕자와 귀족들과도 격의 없이 지내던모습을 기억했다. 공주가 말했다.

"그 사람에게 큰 상을 내려야겠어요. 마침 처형당한 케팔의 영지가 비어 있으니 그 영지의 제후로 책봉하면 어떨까요?"

태자가 누이의 말에 고개를 끄덕였다.

"꼭 그렇게 할 겁니다. 하지만 그전에 먼저 누님의 혼인을 치렀으면 합니다. 파이한 장군과도 이야기를 해두었어요. 부마가 대장군의 아들이라니 나도 마음이 든든합니다."

공주가 눈물 너머로 태자를 한참을 바라보더니 와락 끌어안았다.

짝귀와 그 병사들을 잡아들인 후에 훈추는 예하의 저택을 급습했다. 그는 외눈박이와 그를 따르는 상인들을 창고에 가두고 군사들로 하여금 저택을 철저히 지키게 했다. 그 후로 그들은 영문을 모른 채 몇 달을 창고에서 지냈다.

창고 문이 열리고 희미한 어둠 속에서 풀려났을 때, 그들 앞에 예하가 나타났다. 외눈박이는 오랜 창고 생활 때문에 눈에 병이 들었다고 생각했다. 그러나 하나밖에 없는 눈을 비비고 다시 봐도 앞에 서 있는 사람은 예하였다.

"아, 아니, 이 늙은이가 왜 자꾸 보이지……."

그는 다시 눈을 비볐다.

"외눈박이 네 이놈!"

예하의 호통 소리에 외눈박이는 헛것이 아니라는 것을 깨달았다. 그 옆에 표독스러운 얼굴을 하고 서 있는 양푸도 보였다. 외눈박이가 멍한 얼굴로 그들을 바라보았다.

"네놈이 감히 제 주인을 모함하고 잘 살 수 있을 줄 알았더냐!"

그제야 외눈박이가 무릎을 꿇었다.

"어이구, 어르신. 돌아가신 줄 알았는데, 어찌……."

"내가 죽으려 해도 네놈이 괘씸해서 눈이 감기겠느냐."

양푸가 칼을 빼들었다. 서슬 퍼런 눈으로 다가오는 양푸를 보며 외눈박이는 얼른 손을 모았다.

"어르신, 잘못했습니다요! 살려주십시오!"

예하가 돌아서면서 말했다.

"양푸, 저 짐승을 베어버려라."

외눈박이가 외마디 비명과 함께 쓰러졌다. 그를 따르던 상인들은 모두 예하 상단에서 추방되었다.

예하는 그길로 양푸와 함께 아직 늑대족 사내들이 묶여 있는 금광을 찾았다. 먼저 도착한 상인들은 영문을 몰라 하는 외눈박이의 하수인들을 모조리 묶어버렸다. 늑대족 사내들은 죽은 줄로만 알았던 예하 앞에서 통곡을 했다. 양푸는 그들을 얼싸안았다. 오래도록 고통의 시간을 보낸 그들은 이제야 손목과 발목에 채워진 사슬을 벗게 되었다.

붉은수염이 아루미를 데리고 집에 들어서자 안뜰에서 놀던 아이들이 화들짝 놀라며 달려왔다. 그사이 키가 자란 아이들은 아루미를 끌어안고 반가움의 비명을 질러댔다. 바깥의 소란에 안주인이 부엌에서 얼굴을 내밀었다가 뛰쳐나왔다.

"아루미, 어떻게 된 거야? 갑자기 사라져서 무슨 일이 난 줄 알고 얼마나 걱정했다고."

안주인이 아루미를 얼싸안으면서 말했다.

"제 남자를 찾았어요. 기어이 그 사람을 찾았어요."

아루미는 방으로 들어와 자초지종을 이야기했다. 안주인이 물었다.

"그럼 아루미도 태자님과 함께 스카루국에 있었던 거야?"

"네, 그래요. 함께 스카루국에서 온 거예요."

"신랑 이름이 토라라고 했지? 같이 안 왔어?"

"지금 세르멕 님과 함께 늑대족 병영에 있어요."

안주인이 아루미의 손을 잡고 말했다.

"에이그, 괜히 파이한 장군님을 오해해서 그 고생들을 했어. 진작부터 훌륭한 신랑하고 여기서 잘 살 수 있었는데 말이야."

아내의 말에 붉은수염이 맞장구를 쳤다.

"대장군님이 어떤 분인데 역모할 생각을 하시겠나. 내가 이제껏 그분을 모셔왔지만 그분은 그럴 분이 아니야. 만약 그랬다면 내가 먼저 막았을 거야."

안주인이 아루미의 얼굴을 쓰다듬으며 말했다.

"정말 잘됐어, 아루미. 이제 헤어지지 말고 옆에서 같이 살아. 아이들도 저렇게 좋아하잖아."

"토라 님께 말해볼게요. 제 말이면 토라 님도 좋다고 할 거예요. 제 말을 잘 들어주거든요."

"아유, 좋은 신랑이네. 아루미는 좋겠어."

"여보, 나도 당신 말 잘 듣잖아. 대장군께서도 아내를 사랑해주는 최고 부장이라고 칭찬해주셨는데."

"아무튼 무슨 말을 못해요. 이그."

여자들이 웃었다. 안주인이 웃다 말고 무언가 생각났다는 듯이 손뼉을 치며 말했다.

"아참, 아루미에게 그 부탁을 하면 좋겠네."

그녀가 앉은 자세를 고치고 말했다.

"이번에 파이한 장군님 댁에서 공주님하고 장군님 아드님이 혼인을 한대. 그런데 이이는 나더러 가서 요리 감독을 해주라고 하는데 말이야. 요리 솜씨가 좋은 아루미가 왔으니 그 일을 아루미가 맡아주면 어떨까? 여보, 차라리 그게 낫지 않겠어요?"

붉은수염도 반색을 했다.

"맞아, 잘되었네. 장군님이 우리 집사람더러 해보라고 하셨는데, 차라리 아루미가 좀 맡아줘. 아루미 요리 솜씨라면 우리 도성 최고 숙주보다도 더 낫잖아. 파이한 장군님도 좋아하실 거야."

아루미의 얼굴이 빨개졌다.

"제가 어떻게 대장군님 댁 요리를 감독해요. 에이, 말도 안 돼요."

안주인이 바짝 다가앉았다.

"대장군님 댁도 다 사람 사는 집이야. 괜찮아. 내가 같이 있을 테니까 걱정하지 않아도 돼. 또 알아? 대장군님이 상을 내려주실지."

두 사람의 설득에 결국 아루미는 머리를 끄덕였다.

파이한은 세르멕이 이끄는 늑대족 군사들의 병영을 융족 군사들의 주둔지에서 멀리 떨어진 곳에 두기로 했다.

"태자께서는 세르멕 자네를 장군에 임명해 늑대족 군사들을 이끌게 하라고 하셨네. 아마 곧 자네에게 반란의 무리가 남아 있는 케팔의 영지를 수복하라 명하실 걸세. 그때까지 늑대족 군사들은 따로 떨어진 병영에서 생활하는 게 좋겠네. 그들이 융족에 대한 원한을 벗어내려면 조금 시간이 필요할 게야."

세르멕은 파이한의 말을 받아들여 늑대족 군사들의 영채를 따로 지어 주둔시켰다.

늑대족 병영 안에 새로 지은 병기고에서 용로가 가동되었다. 세르멕의 명에 따라 대장장이들은 무기뿐만 아니라 생활 도구를 개선하는 일에도 골몰했다. 이곳에서 강한 철로 만들어진 기구와 부품들은 앞으로 온 세상 사람들의 생활을 변혁시킬 것이었다.

세르멕은 토라를 시켜 또 한 가지 새로운 무기를 양산하도록 했다. 토라가 달땅에 있던 시절 만들고는 했던 단각궁(檀角弓)이었다.

토라는 병사들을 시켜 박달나무를 베어들이고 예하의 상단을 통해 융국 남쪽 지방에서 나는 물소 뿔을 구입했다. 단각궁에는 황어(鰉魚)라는 물고기의 부레로 만드는 특별한 접착제도 필요했다. 큰 강에 서식하는 황어는 어른 키의 두 배 크기여서 잡기가 보통 어려운 게 아니었다. 얄렌강의 어부들도 간혹 황어를 목격하기는 했지만 좀처럼 잡을 수가 없었다고 했다. 하지만 토라의 활을 만들기 위해서는 꼭 그 물고기의 부레가 필요했다. 토라가 병사들에게 말했다.

"방법이 없는 것은 아니다. 쾌선을 타고 강 중심으로 나아가서 썩은 짐승 고기를 띄워놓으면 놈은 수면에 나타나지. 천적이 없어서 놈은 움직임이 느리고 조심성이 없는 게 특징이다. 그렇기에 귀퉁이에 돌멩이를 매단 검은 천을 던져 놈의 머리에 씌워도 별로 놀라지 않고 잠깐 동안은 움직이지도 않는다. 그때 놈에게 달려들어 한 사람은 아가미에 창을 박아 넣고 한 사람은 쇠도리깨로 머리를 내려치는 거다."

토라의 말을 듣고 병사들은 얄렌강에 나가서 마차 가득 황어를 잡아왔다. 토라는 황어에서 떼어낸 부레를 말린 뒤 다시 끓여 접착제를 만드는 방법을 병사들에게 알려주었다.

정교하게 깎은 박달나무를 세 겹으로 겹치고 세밀하게 휘어서 안쪽에 물소 뿔을 붙여 탄성을 높인 단각궁이 마침내 완성되었다. 단각궁으로 쏜 화살은 청동 방패를 그대로 관통해버렸다. 그 위력을 지켜본 늑대족 군사들은 벌린 입을 다물지 못했다.

양푸와 토라는 전차부대도 원했지만 세르멕은 머리를 저었다. 늑대족 군사들의 과도한 무장은 자칫 오해를 불러올 수 있기 때문이었다.

불 속의 끓는 불

도성으로 올라온 스기요메는 부카르를 참수하여 저잣거리에 효수했다. 그의 죄목은 태자 독살과 역모였다. 스카루국 백성들은 부카르에 대한 분노로 들끓었다. 분노는 그대로 스기요메에 대한 칭송으로 이어졌다.

"태자의 장인이라는 자가 역모를 꾸미다니 금수만도 못한 놈일세."

"스기요메 장군이 아니었으면 우리나라에 또 파란이 올 뻔했어."

"그러게 말이야. 그분이 우리나라를 또 구해내셨네."

"스기요메 장군이 보위에 오르셔야 돼. 어차피 왕자들도 없잖아."

"그렇게만 되면 오죽 좋겠나."

백성들은 누구 하나 태자의 죽음을 안타까워하지 않았다. 그는 백성에게 신망을 잃은 지 오래였다.

궁궐로 들어간 스기요메가 왕에게 말했다.

"대왕마마, 아직 부카르의 영지를 수복하지 못했습니다. 조금만 시간을 주시면 준비가 끝나는 대로 쿤둘을 치겠습니다."

스기요메의 말에 왕이 눈을 감았다. 부카르는 도성과 옥좌를 훔치기 위해 비옥하기 그지없는 자기 영지를 적에게 내주었다. 늙은 왕은 상심이 컸다. 무엇보다도 왕자에 이어 태자까지 죽은 것은 그에게 신체 일부를 잘라내는 고통과도 같았다. 보위에 앉아 있는 세월 동안 수많은 어려움이 닥쳤어도 이토록 충격이 컸던 일은 없었다. 힘없이 앉아 있는 옥좌에 회한이 들었지만, 나라는 여전히 그의 늙고 앙상한 어깨 위에 얹혀 있었다.

왕이 무거운 목소리로 스기요메에게 말했다.

"자네도 알다시피 나는 부왕의 다섯째 아들일세. 형님 둘은 전쟁터에서 전사했고, 나머지 둘을 차례로 태자에 책봉했으나 부왕은 모두 폐위시키셨네. 결국 내게 보좌를 물려주셨지. 부왕께서 내게 한 말이 있네. 왕의 재목이 되지 못하는 자를 옥좌에 앉히는 것은 칼로 백성을 후려치는 짓에 다름 아니라고 말일세. 부왕께서는 당신의 칼로 백성을 벨까 봐 고심했던 걸세⋯⋯."

왕은 잠시 말을 멈추었다가 다시 이었다.

"나도 두 아들이 있었네. 하지만 나는 처음부터 둘 다 군주의 재목이 되지 못한다는 걸 알았지. 고민이 많았네. 내 칼로 백성을 벨까 봐 두려웠어. 천제를 지낼 때마다 신께 빌었네. 제발 그런 일이 없게 해달라고⋯⋯. 신께서 두 아들을 데려간 것이 내 기도에 응답하신 것인지는 모르겠네. 그래도 자식의 죽음은 아비를 고통스럽게 하네. 그래도 아들 아닌가⋯⋯."

왕의 목소리가 젖어들었다.

"스기요메, 나는 전부터 자네를 눈여겨봤네. 자네는 나를 실망시킨 적이 없었지. 이제 나는 늙었고 남은 시간이 얼마 없네. 죽기 전에 자네를 후계자로 삼아야겠네. 그래야 보위의 정통성이 제대로 옮겨지지 않겠나. 물론 부카르의 영지도 중요하네. 하지만 자네가 즉위한 후에 그곳을 수복하게. 더 시급하고 중요한 것은 자네가 태자에 올라 내 뒤를 준비하는 일이네."

스카루국의 길고 길었던 암투의 세월이었다. 태자와 왕자, 그리고 부카르가 벌이던 보이지 않는 전쟁을 바라보며 스기요메는 스카루국의 앞날을 홀로 계획해왔다.

마침내 스기요메가 왕 앞에 머리를 숙였다.

스기요메를 후계자로 삼는다는 왕의 발표에 대신과 왕실 누구도 반대하는 사람이 없었다. 스기요메가 스카루국 태자로 책봉되던 날, 스카루국 백성들은 자기 일처럼 기뻐했다.

16

공주와 훈추는 파이한의 저택에서 혼인을 치렀다. 오랜 사랑의 결실이 맺어지는 순간이었다. 험난한 여정을 통해 여기까지 왔기에 훈추는 공주에 대한 사랑이 더욱 깊었다. 그녀만이 자신에게 살아 있는 의미를 줄 수 있는 사람이었다.

신방에서 훈추는 신부 차림을 한 아름다운 공주를 마주 보았다. 두 사람은 서로의 눈에서 자기 자신을 확인했다. 너무도 사랑하는 두 마음이 하나가 된 것이다. 공주가 잔잔한 목소리로 말했다.

"포기하지 않은 사랑의 힘이 우리를 맺어지게 해주었군요. 당신이 진짜 내 사람이 되다니, 이루 말할 수 없이 행복하면서도 신께서 또 우리 사랑을 질투할까 봐 두렵습니다. 그렇지만 당신을 믿어요. 지금까지 그래왔듯 당신이 우리 사랑을 지켜내리라 믿어요. 끝까지."

훈추의 눈에서 한 방울 눈물이 떨어졌다.

"그렇게 할 거요."

훈추가 공주를 끌어안았다.

융족의 풍습에 따라 공주의 직계혈족인 태자가 혼인 기간 동안 파이한의 집에 거처하게 되었다. 파이한의 저택 한적한 곳에 마련

된 태자의 방은 호화로운 실내장식과 가구로 치장되었다. 이중벽으로 둘러쳐진 방 내부는 바깥의 소음을 차단하여 조용하고 아늑했다. 태자의 방은 누구도 함부로 가까이 갈 수 없도록 호위병들이 철통같이 지켰다. 그 방에서 태자는 세르멕과 단둘이 밤이 이슥하도록 이야기를 나누었다.

풍성한 융국 요리를 마주하고 앉은 두 사람은 감회가 새로웠다. 태자가 손수 세르멕의 잔에 술을 따르며 말했다.

"세르멕, 모두 그대의 보살핌 덕이었어요. 그대가 아니었다면 다시 이렇게 융국의 음식을 맛보지도 못하고 타국에서 목숨을 이어가기도 어려웠을 겁니다. 그대의 은공은 죽어도 잊지 못할 거예요."

"저는 해야 할 일을 했을 뿐이지요. 훈추 공과 공주님이 혼인하시니 태자님도 든든하실 겁니다. 앞으로 태자께서 나라를 다스리는 데 흔들림이 없을 줄 압니다. 그게 다 파이한 장군의 공이지요. 거기에 비하면 저는 아무것도 아닙니다."

세르멕이 이어서 말했다.

"오늘 태자님의 평안하신 얼굴을 마주하오니 참으로 다행스럽습니다. 돌아가신 선대왕께서도 지하에서 기뻐하실 겁니다. 즉위하시면 그동안의 고초를 거울삼아 지혜롭게 선정을 베풀어주십시오."

왕궁을 떠날 때, 그토록 죄스러웠던 부왕의 혼령 앞에 이제 가슴을 펴고 마주할 수 있게 된 태자였다. 그가 웃었다. 그는 기뻤다.

붉은수염은 부장들과 함께 저택의 방 하나를 차지했다. 평생 맛보지 못했던 진미로 가득한 요리들이 나올 때마다 부장들은 탄성을 질렀다. 고기와 채소, 물고기와 날짐승 등 각각의 요리마다 빼어난 맛과 향이 그들의 입을 황홀한 세계로 이끌었다.

"자네 부인이 요리를 감독한다더니 이게 다 자네 부인 솜씨 아닌가. 어쩌면 이렇게 맛을 낼 수가 있지? 이런 부인을 둔 자넨 참 복도 많네그려."

부장들이 붉은수염을 부러워하자 그는 얼른 손을 내저었다.

"아닐세. 요리 감독은 내 아내가 아니라 다른 사람이 하고 있다네. 토라라고, 세르멕 장군의 부장인 그 우락부락한 친구 있지 않나. 그 사람의 부인이라네."

"그래? 그 친구 수지맞았군. 굉장한 행운아일세."

붉은수염이 침을 튀기며 설명했다.

"말도 말게. 그 안사람이 원래 우리 집에 있었네. 한 식구처럼 살았지만 늘 자기 남자를 그리워했네. 그러다가 갑자기 집을 나갔지 뭔가. 우리 부부는 걱정이 많았어. 사정을 알 수 없었으니까. 알고 봤더니 예하 대인을 체포했던 날 내 입에서 나온 이야기를 듣고 스카루국까지 자기 남자를 찾아갔더라고. 이 얼마나 감동적인 사랑 이야기인가. 자네들 그런 사랑을 해본 적이나 있나?"

"거 참 알 수 없군. 그 토라라는 친구 생긴 거 봐서는 세상 여자들이 슬슬 피하게 생겼던데, 어찌 여자 마음을 그렇게 사로잡았을까. 생긴 것하고는 영 딴판이군그래."

그들은 토라를 부러워하며 술과 음식에 빠져들었다.

파룬과 예하 그리고 테레아 제후를 비롯한 귀족과 대신들이 함께한 자리에서 담소하던 파이한은 이윽고 방을 나와 태자의 거처로 향했다. 그가 오는 것을 보고 태자의 거처를 지키고 있던 호위병들이 경례 자세를 취했다.

"수고들 하는구나. 밥은 먹었느냐?"

"교대하고 먹을 겁니다."

그들 중 하나가 큰 소리로 대답했다. 파이한이 말했다.

"너희들도 우선 좀 먹어야지. 저 안쪽에 따로 상을 봐놨으니 모두 나를 따라오너라."

병사들이 주춤거리며 움직이지 않자 파이한이 재촉했다.

"뭣들 하느냐. 어서 오지 않고."

"저어……, 저희가 밥을 먹으러 가면 여긴 어떻게 하지요?"

"걱정 말거라. 내가 조치를 해놨느니라."

그제야 병사들은 입이 헤 벌어져 파이한을 따랐다. 파이한은 호위병들을 요리 가득한 상으로 안내한 뒤 손수 술 항아리를 들고 와서 말했다.

"편안하게 천천히 들거라."

"넵."

병사들이 감격한 목소리로 대답했다.

조금 후에 파이한은 대문을 나와 어둠 속으로 들어갔다. 파이한이 어둠 속을 향해 말했다.

"준비는 되었느냐?"

어둠 속에서 목소리가 들려왔다.

"명령만 기다리고 있습니다."

"신호가 떨어지면 최대한 신속하게 행동해야 한다. 알겠느냐?"

"잘 알고 있습니다."

파이한이 텅 빈 마당을 가로질러 태자의 거처 안으로 들어갔다.

파이한 장군의 저택 요릿간에서 여자 노예들이 음식을 굽고 찌고 튀기고 볶았다. 귀빈들을 위한 요리는 아루미와 붉은수염의 아내가 직접 감독했다. 아루미는 요리 과정마다 맛을 보며 노예들에게 지시를 했다. 오랜 세월 음식을 조리해온 노예들마저 맛을 내는 아루미의 솜씨에 감탄했다. 요리들은 화덕에서 나오자마자 손님들의 방으로 들어갔다.

붉은수염의 아내가 아루미에게 말했다.

"신방엔 후식을 들여갔나?"

"들여갔어요. 그런데 음식들이 그대로 있더래요. 두 분은 시장하시지도 않은지."

"에이그, 왜 아니겠어. 아마 잡수실 시간도 아까울 거야."

요리를 하던 노예들까지 모두 까르르 웃었다. 붉은수염의 아내가 또 물었다.

"이쪽 대신들 방엔 생선찜 들여보냈지?"

"네, 지금 야채 요리하고 꿩 요리를 준비하고 있으니 조금 후에 그것도 들여갈 거예요."

"부장들 방엔 아마 한상 다시 차려야 될 거야. 그 사람들 어찌나 먹어대는지. 다들 굶다가 왔나, 원."

아루미가 즐거운 미소로 말했다.

불 속의 끓는 불

"네, 얼른 준비할게요."

"술은?"

"두 동이 들여갔어요. 지금 사람이 갔으니까 더 주문을 받아 올 거예요."

붉은수염의 아내가 한숨을 내쉬었다. 그녀가 다시 물었다.

"아 참, 태자님 방에 들어가려고 재놓았던 갈비는 지금 굽고 있나? 미리 한번 확인해야 할 텐데. 태자님은 식성이 까다로우셔서 꿀이 꼭 들어가야 한다고 궁궐 나인들이 말했거든."

아루미가 웃었다.

"태자님 식성은 제가 잘 알죠. 스카루국에서 태자님께 요리를 해 드린 사람이 저였는걸요. 꿀은 확실히 넣었고, 지금쯤이면 거의 다 구워졌을 거예요. 지금 사람을 부르면 시간이 알맞을 거예요."

붉은수염의 아내가 태자의 거처를 지키는 호위병을 부르러 갔다. 그러나 잠시 뒤 그녀는 혼자 돌아왔다.

"이상하네. 병사들이 한 사람도 안 보여. 아까는 호위병들이 북적였는데."

"식사들 하나 보네요. 그 사람들도 먹어야죠. 잔치집인데."

"그렇긴 한데, 어쩌나."

그녀가 잠깐 생각하더니 다시 말했다.

"안 되겠어. 갈비가 식기 전에 아루미가 갖다드려야겠어. 태자님은 아루미를 잘 아시니까 별 탈 없을 거야."

"그래야겠네요. 제가 갖다드리고 올게요."

노예가 마침 다 구워진 갈비를 쟁반에 담아왔다. 아루미는 쟁반을 들고 태자의 거처로 향했다.

아루미는 오늘 같은 날 토라도 함께 있으면 얼마나 좋을까 생각했다. 하지만 토라는 도성 밖의 병영에서 오지 못했다.

'병사들은 병영에 있는데 어찌 나만 가서 맛난 음식을 먹겠소. 세르멕 님도 태자님만 뵈면 돌아오신다고 하셨소.'

그동안 아루미는 예하의 집에서 지냈다. 토라와 세르멕 모두 도성 밖 병영에서 생활하기 때문이었다.

'태자님이 즉위하시면 늑대족 문제가 해결될 거요. 그럼 거처도 결정되겠지. 그때까지만 참아요, 아루미.'

아루미는 토라와 나눈 말을 떠올리며 빙그레 웃음을 지었다. 그를 떠올리는 것만으로도 행복감이 저절로 밀려왔다.

아루미가 어둑한 안뜰을 지나 바깥채로 통하는 문을 열려는데 난데없이 수많은 발자국 소리가 들려왔다. 문틈으로 바깥채 뜰을 보니 군사들이 뛰어가고 있었다. 햇불에 비친 그들은 도성 호위병들이 아니었다. 그제야 보니 태자가 거처하는 건물 앞엔 아무도 없었다. 아루미가 서 있는 문으로도 병사 몇이 다가오고 있었다. 아루미는 얼른 문에서 떨어져 벽 뒤로 숨었다. 그들이 당장 문을 벌컥 열고 들어올 것만 같았다. 그러나 그들은 안채 문을 열지 않고 다만 그 앞을 지켰다. 뒤이어 다가온 한 사람이 목소리를 죽이며 말했다.

"이 문을 잘 감시해라. 태자와 세르멕을 끌어낼 때까지 이 문은 절대로 열려서는 안 된다. 알겠느냐."

"넵."

"다시 한번 말하지만, 만에 하나라도 이 문을 열고 나오는 자가 있으면 여하를 막론하고 무조건 죽여라. 그리고 시체는 꼭 치우도록."

아루미는 그 자리에 얼어붙었다. 쟁반을 떨어뜨리지 않으려 안간힘을 써야 했다.

파이한이 방으로 들어오자 태자의 표정이 더욱 밝아졌다. 세르멕이 파이한에게 말했다.

"공주님과 훈추 공의 혼인을 기어이 치르게 되었군요. 그동안 두 사람의 마음고생이 심했을 겁니다."

태자도 말했다.

"대장군께서도 나라를 위해 궂은일을 처리하느라 얼마나 힘드셨습니까. 이제라도 경사를 즐길 수 있으니 다행입니다."

파이한이 말했다.

"태자님께서 무사히 귀환하신 것이 더욱 경사지요. 제겐 그보다 다행한 일이 없습니다."

파이한이 웃음을 지었다. 그런데 세르멕은 문득 이질감을 느꼈다. 파이한의 말은 따뜻했으나 그 표정은 더없이 차가웠다. 그때 문간에서 인기척이 들렸다. 그러자 파이한이 소리쳤다.

"안으로 들라!"

문이 홱 열리며 병사들이 우르르 쏟아져 들어왔다. 태자가 얼른 뒤로 물러앉았다. 그의 얼굴이 파랗게 질렸다. 세르멕이 몸을 일으키려 했으나 파이한의 비수가 순식간에 목에 와 닿았다. 그 서슬에 세르멕의 목걸이가 끊어져버렸다. 태자가 소리쳤다.

"대장군! 이게 무슨 짓이오!"

파이한이 말했다.

"손님을 이렇게 대접해서 송구하게 됐습니다. 하지만 오늘이 아니면 불가능한 일이기에 어쩔 수 없었습니다."

세르멕이 낮은 목소리로 물었다.

"파이한, 결국 당신의 뜻이 이거였소?"

파이한이 소리 없이 웃으며 말했다.

"여기까지 오느라 얼마나 어려웠는지 아는가."

그가 고개를 돌려 병사들에게 눈짓을 하고는 세르멕에게 말했다.

"여기서는 긴 말을 할 수 없네. 이 사람들이 내 관청으로 안내할 걸세. 나는 손님들을 배웅하고 나서 가겠네. 거기서 보세."

병사들이 세르멕과 태자를 묶고 입을 막았다. 태자가 몸부림을 쳤지만 그들은 아랑곳하지 않았다.

아루미가 벽 뒤에서 떨고 있자니 군사들의 발소리가 다시 부산해졌다. 아루미는 용기를 내서 문틈으로 다가가 바깥쪽을 내다보았다. 놀랍게도 병사들이 오라에 묶인 세르멕과 태자를 마차 안으로 떠밀고 있었다. 파이한은 병사들 뒤에 있었다. 낮은 목소리로 병사들에게 무언가 지시하는 모습이었다. 조금 후에 병사들은 모두 어둠 속으로 사라졌다.

그제야 아루미는 쟁반을 떨어뜨렸다. 다리가 너무 떨려 서 있기조차 힘들었다. 아루미는 입술을 깨물었다. 눈물이 흘러나왔다. 머릿속이 하얗게 비워지는 기분이었다.

'어떡해, 어떡해.'

아무 생각도 들지 않았다. 오로지 토라만이 눈앞에 아른거렸다. 하지만 지금은 토라에게 뛰어갈 수 없었다. 도성 문이 닫혀 있을 시간이었다.

'어떻게 해야 하지.'

생각다 못한 아루미는 요릿간으로 뛰어갔다.

붉은수염의 아내는 아루미의 얼굴을 보고 소스라치게 놀랐다.

"왜 그래? 아루미, 갑자기 왜 울어?"

아루미가 말없이 그녀의 팔을 잡아끌었다. 그녀는 아루미에 이끌려 요릿간 밖으로 나왔다.

"무슨 일이야, 아루미. 말 좀 해봐."

아루미는 주위를 살피면서 손가락을 입에 가져갔다. 사태가 심상치 않음을 눈치챈 붉은수염의 아내는 아루미를 어두운 안채 밑으로 끌어갔다. 그녀가 작은 목소리로 다그쳤다.

"아루미, 왜 그래. 왜 그러는 거야. 말 좀 해봐."

아루미가 간신히 말했다.

"크, 큰일 났어요. 세, 세, 세르멕 님을 잡아갔어요. 태자님두요."

붉은수염의 아내가 눈을 동그랗게 뜨고 물었다.

"갑자기 그게 무슨 소리야? 대체 누가?"

그녀가 아루미의 어깨를 흔들었다. 아루미가 말했다.

"병사들이요. 파이한 장군의 병사들이……."

붉은수염의 아내는 깜짝 놀라 한동안 말을 꺼내지 못했다. 그녀가 정말이냐는 듯 아루미의 눈을 쳐다보았다. 아루미는 눈물로 범벅이 된 얼굴로 마주 보았다. 잠시 뒤 붉은수염의 아내가 마음을 다잡고는 말했다.

"아루미, 우리 집 양반한테 알려야겠어."

아루미가 필사적으로 그녀의 팔을 잡았다.

"안 돼요. 그분도 파이한 장군의 부하잖아요. 물론 좋은 분이시지만……."

붉은수염의 아내가 아루미의 등을 두드리며 말했다.

"아루미, 우리 집 양반은 내가 잘 알아. 그 사람은 아무리 파이한 장군의 명이라 해도 태자님을 잡아가는 그런 짓을 할 사람이 아니야. 그 사람한테 빨리 알려야 돼. 아루미는 어서 예하 대인 댁으로 가 있어. 여기 있으면 어떤 봉변을 당할지 몰라."

잠깐 망설이던 아루미는 그녀를 돌아보며 어둠 속으로 달려갔다.

17

붉은수염은 술자리의 여흥 속에서 밖으로 불려나왔다. 그런데 아내가 전에 없이 얼어붙은 얼굴을 하고 서 있었다.

"무슨 일이 있소? 당신 표정이 왜 그러오?"

"당신 지금 이러고 있을 때가 아니에요. 태자님하고 세르멕 님이 잡혀갔대요."

붉은수염이 피식 웃었다.

"지금 무슨 말을 하는 거요. 어떤 놈이 그런 말도 안 되는……."

아내가 그의 팔을 잡고 흔들었다.

"제 말 잘 들어요. 지금 빨리 바깥채로 나가서 태자님 거처로 가 보세요. 태자님이 거기 안 계신 걸 보면 당신도 사태를 알게 될 거예요."

붉은수염은 아내의 싸늘한 말을 듣고는 웃음을 그쳤다.

"정말이오? 누가 그런 짓을 했다는 거요?"

"파이한 장군이에요."

붉은수염의 눈동자가 한동안 움직이지 않았다. 조금 후에 그가 다시 물었다.

"확실하오? 장군께서 이 혼인 잔치 중에, 왜?"

"그건 나도 모르죠. 어쨌든 태자님의 목숨은 당신한테 달려 있어요. 뭐해요. 어서 빨리……."

붉은수염이 안채 벽을 따라 어둠 속을 뛰어갔다. 경황 중에 발목을 감싼 각반(脚絆) 끈이 끊어졌지만 고쳐 맬 여유가 없었다. 마음이 급했다.

그가 안채 문에 다다라 태자의 거처 쪽을 바라보니 불이 훤하게 밝혀지고 호위병들이 지키고 있었다. 붉은수염은 맥이 풀려 실소했다.

'그럼 그렇지.'

붉은수염은 발길을 돌렸다. 그런데 아내의 싸늘한 표정이 다시금 떠올랐다. 함께 오랜 세월을 살았지만 처음 보는 얼굴이었다. 붉은수염은 고개를 돌려 태자의 거처 쪽을 바라보았다.

'태자님이 거기 안 계신 걸 보면 당신도 사태를 알게 될 거예요.'

붉은수염은 마음을 가다듬고 호위병들에게 다가갔다.

"여어, 수고들 많네. 태자님은 안에 계신가?"

병사들 중에 하나가 말했다.

"그야 물론이지요. 그런데 부장님께서 웬일이십니까?"

멀뚱하게 바라보는 호위병에게 붉은수염이 다시 물었다.

"태자님은 누구하고 계시는가?"

"세르멕 님과 함께 계십니다. 벌써 한참 됐는데 두 분이 나눌 말씀이 많은 모양입니다. 그런데 무슨 일 때문에 그러십니까?"

붉은수염이 뒷짐을 지고 거드름을 피우며 말했다.

"대장군께서는 이런 심부름을 꼭 나한테 시키신단 말이야. 태자님께 혹시 필요한 음식이 있는지 여쭈어보고, 요릿간에 일러주라는 분부시네."

"그러셨군요. 하긴 지금쯤 필요한 음식이 있을 수도 있겠네요. 제가 들어가서 태자님께 여쭈어보겠습니다."

뒤돌아서려는 병사의 팔을 붉은수염이 잡아챘다.

"아닐세. 내가 직접 들어가서 여쭙겠네."

"그럼 어서 들어가보시지요."

붉은수염이 태자 거처의 바깥문을 열고 들어가 방문에 귀를 대보았다. 불 밝혀진 방은 조용했다. 잠시 동안 기다려보았으나 아무런 소리가 들리지 않았다. 붉은수염은 조심스럽게 방문을 열었다. 아니나 다를까 탁자와 의자가 엎어져 나뒹굴고 방 안엔 아무도 없었다. 붉은수염의 가슴이 덜컥 내려앉았다.

'어찌 해야 될까. 도대체 어찌 해야……'

붉은수염은 방 안을 서성거리며 머리를 쥐어짰다. 그러던 그의 발에 무언가 걸리는 것이 있었다. 내려다보니 장신구가 매달린 가죽 끈이었다. 마침 각반 끈이 끊어져 얽어맬 다른 끈이 필요하던 참이었다. 붉은수염은 그 끈으로 풀린 각반을 묶으며 생각했다.

'침착하자. 침착해야 된다.'

붉은수염은 아무렇지 않은 표정으로 바깥으로 나와 병사들에게 물었다.

"자네들은 계속 여길 지키고 있었나?"

"예. 그래서 배가 고프던 참이었는데 아까 대장군께서 직접 저희에게 한상 푸짐하게 대접하셨습니다. 이거야 원, 황송해서."

"그사이 여긴 누가 지키고 있었지?"

"대장군께서 알아서 조치한다고 하셨습니다. 아무튼 우리한테까지 신경 써주시는 대장군님이 얼마나 감사한지. 덕분에 맛있는 음식을 푸짐하게 먹었지 뭡니까."

"아, 그랬군. 대장군님은 참 인정이 많은 분이시지. 그럼 수고들하게."

붉은수염은 그들을 뒤로하고 안채로 들어왔다. 그는 안채 건물들 사이의 뜰을 서성이며 생각했다. 상대는 대장군 파이한이었다. 섣부르게 대응하다가는 당할 것이 뻔했다. 부장들이 모두 이곳에 와 있긴 하지만 그들은 모두 술에 취해버렸다. 부장들 없이 병사들을 설득할 자신이 없었다. 도성 문도 닫힌 시각이었다. 생각에 생각을 거듭해도 뾰족한 방법이 떠오르지 않았다.

문득 인기척을 느껴 뒤를 돌아보니 훈추가 서 있었다. 붉은수염은 섬뜩함을 느꼈다.

"자네, 음식은 많이 들었나?"

훈추가 미소를 지으며 물었다.

"……그럼요. 그나저나 혼인을 하시니 얼마나 좋습니까. 축하드립니다, 장군님."

"고맙네. 모두 자네 덕분일세."

"그런데 신부를 홀로 남겨두고 어디 가시는 길이십니까?"

"잠시 뒷간에 가네. 얼른 다시 돌아가 봐야지."

훈추는 새신랑다운 해맑은 미소를 지었다. 붉은수염은 안도했다. 그때 문득 한 가지 생각이 그의 머리를 스쳤다. 붉은수염은 잠시 망설였다. 그러나 다른 방법이 없었다.

"장군, 긴히 드릴 말씀이 있습니다."

훈추가 걸음을 멈추고 붉은수염을 쳐다보았다.

"뭔데 그러나? 음식이 더 필요한가? 아니면 술이? 그렇다면 내 요 릿간에 기별을 해놓겠네. 얼마든지 들게나."

"그게 아니고…… 한 가지 여쭐 게 있습니다."

붉은수염의 굳은 표정을 보고 훈추도 웃음을 거두었다.

"뭘 말인가?"

"지난번, 케팔과 그 수하들의 역모를 장군과 도성 호위대가 진압 했질 않습니까."

"그랬지."

훈추가 멍한 눈으로 대답했다. 갑자기 그 이야기는 왜 꺼내는지 알 수 없다는 표정이었다.

"그런데, 또 다른 역모가 있다면 장군께서는 어떻게 하시겠습니 까."

"그게 무슨 말인가? 또 누가 역모를 모의한단 말인가?"

"모의가 아닙니다. 지금 태자님이 끌려가셨습니다."

"뭐라? 그게 대체 무슨……?"

붉은수염이 훈추에게 다가섰다.

"함께 태자님의 거처로 가시겠습니까. 거기서 말씀드리겠습니다."

"……가보세."

훈추와 붉은수염이 뛰어오자 호위병들은 그 자리에 얼어붙었 다. 두 사람이 그들을 헤치고 태자의 거처로 뛰어들었다. 난장판 이 된 빈 방을 보고 훈추는 석상처럼 굳었다. 훈추가 붉은수염에게 물었다.

"누구 짓인가."

붉은수염이 훈추의 눈을 똑바로 쳐다보며 대답했다.

"대장군님입니다. 대장군님이 태자님을 죽이려는 것 같습니다."

"······아버지가?"

"그렇습니다."

'아버지께서 왜······.'

순간 훈추의 머릿속에 흩어져 있던 몇 가지 기억이 스쳐갔다. 아버지는 스카루국과의 맹약이 될 혼사를 주선한 뒤 자신에게 왕자를 독살하도록 사주했고, 결국 공주를 키안국의 볼모가 되게끔 만들었다. 왕의 장례 기간 중엔 왕후 일파를 모조리 제거했고, 자신에게 반발하는 제후들을 스카루국과의 전쟁으로 이끌어 휘어잡았다. 그리고 이제 태자를 죽이려 하고 있었다.

망연자실 서 있던 훈추는 눈을 감았다. 감은 눈 속에서 아버지의 얼굴이 떠올랐다. 아버지의 눈은 언제나 서늘했다. 어머니가 돌아가신 뒤로 아버지는 웃음을 지어준 적이 없었다. 그러나 훈추는 서릿발처럼 얼어붙은 가슴 한쪽이 문득 따뜻해져옴을 느꼈다. 아버지의 눈길에 이어 공주의 간절한 눈빛이 선명하게 떠올랐다.

'당신이 우리 사랑을 지켜내리라 믿어요. 끝까지.'

훈추는 진심으로 대답했다.

'그렇게 할 거요.'

훈추가 눈을 떴다. 그는 단호한 목소리로 붉은수염에게 말했다.

"따라오게."

훈추가 앞장서서 성큼성큼 걸어갔다. 훈추는 저택의 바깥담장을 따라 멀리 있는 대문으로 향했다. 붉은수염은 말없이 그를 따랐다.

대문에서는 파이한이 테레아와 예하, 파룬 등 귀빈들을 배웅하고 있었다. 파룬이 다가오는 훈추에게 말했다.

"손님들을 배웅하러 신랑이 일부러 나오셨군. 훈추야, 네가 공주님께 장가를 드니 이 큰애비가 더 기쁘구나."

테레아 제후와 예하까지 훈추의 어깨를 두드리며 축하 인사를 한마디씩 했다. 훈추가 고개를 숙여 답례했다. 파이한은 옆에서 희미한 웃음을 지었다.

그들의 마차가 떠나가고, 파이한이 대문 옆 마구간에서 말을 끌고 나오며 훈추에게 말했다.

"관청에 다녀올 일이 좀 있구나. 너는 피로할 테니 들어가 쉬거라."

"이 밤에 관청은 어인 일로 가시는지요."

"두고 온 물건이 있어서 그런다. 자물쇠를 채워놔서 다른 사람을 시킬 수도 없구나. 내 잠시 다녀오마."

돌아서려다 말고 그가 붉은수염에게 말했다.

"자네는 천천히 즐기다가 가게. 오랜만에 마시는 술이니 편하게 들게."

붉은수염이 얼른 고개를 숙였다.

"감사합니다, 장군."

파이한이 떠나가자 훈추와 붉은수염도 마구간으로 향했다. 두 사람은 말을 꺼내 타고 어둠 속을 달렸다. 훈추가 물었다.

"늑대족 부장들이 오늘 잔치에 왔더냐."

"아무도 안 왔습니다."

훈추가 달리는 말에 채찍을 가했다. 그가 도성 동문 쪽으로 방향을 잡는 것을 보면서 붉은수염이 외쳤다.

"도성 호위대로 가야 하지 않습니까?"

"호위대는 아버지가 장악했을 것이다. 늑대족 병영으로 간다."

한참을 달리니 동문이 나왔다. 훈추가 말에서 내리자 수문장이 문루에서 뛰어내려왔다. 문지기 병사들도 모여들었다. 수문장이 웃으면서 물었다.

"오늘 혼인을 치른 장군께서 이 시간에 웬일이십니까?"

"네게 지시할 것이 있으니 따라오거라."

훈추가 그를 데리고 어둠 속으로 들어가자 문지기들이 고개를 갸웃거리며 서로 바라보았다. 잠시 후에 훈추가 돌아왔다. 함께 돌아온 수문장은 굳은 얼굴로 도성 문을 열었다. 두 사람이 문 밖으로 사라지자 수문장이 급한 걸음으로 문루 계단을 뛰어올랐다. 영문을 모르는 문지기들도 그의 뒤를 따랐다.

18

파이한의 병사들은 세르멕과 태자를 대장군 관청 지하로 끌고 갔다. 횃불을 켰지만 어둑했고 퀴퀴한 냄새가 진동했다. 그들이 두 사람의 입마개를 벗기자 태자가 외쳤다.

"네 이놈들! 이게 무슨 짓이냐. 도성 호위대가 네놈들을 가만두지 않을 것이다!"

병사 하나가 태자에게 다가와 느긋하게 말했다.

"이제 사태를 깨달으실 때가 됐을 텐데요? 호위대 장군이 누굽니까. 대장군의 아드님 되시는 분이 아닙니까. 아무리 나이가 어리지만 그렇게 눈치가 없습니까? 한심하군요."

옆에서 다른 병사가 말했다.

"그러니 대장군께서 거사를 일으키지 않으셨겠나."

병사들이 킬킬 웃었다. 태자가 바닥에 주저앉으며 소리 없이 분루를 삼켰다.

한참 후에 문이 열리고 파이한이 계단을 내려왔다. 태자가 일어섰다.

"대장군! 어서 이 오라를 푸시오. 이번에도 국가의 환난을 피하기 위해 어쩔 수 없었다고 말해주시오."

파이한이 웃었다.

"미안하오만, 이번엔 그런 말을 할 수 없게 되었소이다."

그가 태자를 물끄러미 바라보더니 다시 말했다.

"태자, 그대가 조금만 더 일찍 태어났어도 이렇게 되진 않았을 거요. 생각해보시오. 태자가 왕으로 등극한들 무엇을 할 것이오? 그대가 이 나라를 이끌어 갈 힘이나 있소? 돌아가신 선왕처럼 눈빛 하나만으로도 모두의 머리를 숙이게 할 수 있소이까? 어림도 없는 소리요. 나약한 왕이 옥좌에 앉아 있으면 온갖 거머리들이 달라붙어 나라를 진흙탕으로 이끌기 마련이지. 이 융국을 그렇게 내버려 두기에는 젊은 시절부터 흘려온 내 피와 땀이 아깝소이다."

"대장군이 나를 도와 나라를 이끌면 될 것입니다. 선왕께 충성을 다한 대장군이 어찌 사직을 폐하려 합니까!"

파이한의 음성이 낮아졌다.

"태자, 잘 들으시오. 나는 그동안 사직을 위해 애쓴 것이 아니오. 내겐 국가밖에 없소. 선왕께 충성했던 것도 그분이 국가를 부강하게 이끌었기 때문이오. 국가가 강력해질 수 있다면 사직 따윈 내게 중요한 게 아니오. 아시겠소?"

태자가 눈을 부릅뜨고 파이한을 노려보았다. 그의 얼굴에 처절한 분노가 서렸다. 파이한이 병사들에게 명했다.

"태자를 데리고 나가라."

병사들이 다가오자 태자가 소리쳤다.

"죽이려면 여기서 죽여라! 어디로 끌고 가려는 것이냐!"

군사들이 버둥대는 태자를 끌고 계단을 올라갔다. 그들이 나가자 파이한이 세르멕 앞으로 걸어왔다. 파이한은 낮은 음성으로 말했다.

"자넨 그저 장사나 할 것이지, 어쩌다가 군대를 이끌었나. 그랬으면 내 칼을 받지 않았을 터인데."

"간악한 네놈을 없애고 태자님을 즉위시키기 위해서는 어쩔 수 없었다. 네놈의 마지막 잔꾀에 넘어간 것이 한스럽구나."

파이한이 껄껄 웃었다.

"자네를 살려둘 수 없는 내 입장을 이해하게. 내일 아침 자네는 늑대족 군사를 이끌고 반역을 일으키려 한 죄로 참수될 걸세."

"어리석은 놈이로구나. 네가 태자님을 죽이고 왕이 된다고 해서 백성과 제후들이 너를 따를 것 같으냐?"

파이한이 머리를 흔들었다.

"나는 선왕께서 병들었을 때부터 국가의 앞날을 걱정했네. 나이 어린 태자와, 반대쪽의 왕후에게 각각 들러붙어 자기 이익이나 챙기려는 자들을 보면서 말일세. 그러면서도 사직이 뭔지, 사람들은 사직을 따지고 드네. 자네 말이 맞네. 내가 태자를 죽이고 즉위하면 제후들이 반기를 들 걸세. 그걸 내가 왜 모르겠는가. 그러니 태자는 왕궁에 유폐될 걸세. 내게 선양을 공표할 때까지 말일세."

파이한의 음성은 차분했다. 세르멕이 물었다.

"차라리 태자께서 망명하기 전에 보좌를 빼앗을 것이지 이제 와서 네 간악한 흉계를 드러내는 이유가 무엇이냐?"

"이미 말했다시피 케팔 때문이었네."

파이한이 뒷짐을 지고 어두운 허공을 주시했다. 오래도록 끈질기게 바라던 순간을 기어이 갖게 된 그였지만 목소리는 차분했다.

"케팔은 반드시 모반을 일으킬 자였네. 난 그걸 알고 있었지. 그 자가 행동에 나서기 전에 내가 즉위하면 오히려 그자에게 기회를 주는 격이 되는 걸세. 당장 제후들을 규합할 것이 아닌가. 그래서 미리 그자를 제거할 필요가 있었지. 그러기 위해서는 전쟁터로 끌어내는 방법밖에 없었네. 그자에게도 가장 걸림돌은 나였을 테고, 나를 죽이기 쉬운 곳은 전쟁터가 아니었겠는가. 그래서 스카루국 왕자의 죽음을 계기로 기회를 만들려 했지만 자네도 알다시피 내 계획은 실패했지. 스카루국 도성에 역병이 들 줄을 짐작이나 했겠나. 다시 기회를 봐야 했네. 그러던 차에 마침 태자가 망명하려는 움직임을 알게 되었네. 군부대신과 파룬 형님이 나를 도와준 꼴이었지. 태자를 돌려보내라는 내 요구를 스카루국은 역시나 거부했네. 내가 군사를 이끌고 국경을 넘을 수 있게 된 게지. 그 전장에서 케팔은 주저 없이 나에게 반기를 들었네. 드디어 나는 케팔의 죄를 만천하에 밝히면서 처단할 수 있었지."

파이한은 잠시 말을 중단했다. 안에서 치솟는 격정을 스스로 자제하는 것 같았다. 그가 세르멕을 바라보며 다시 말했다.

"사실 난 처음엔 스카루국의 내분을 이용해 태자가 돌아오도록 하려 했네. 실제로 그렇게 손을 써 놨었지. 하지만 그렇게 할 수 없었네. 자네가 전투를 펼치는 것을 지켜보니 전쟁터에서 잔뼈가 굵은 케팔을 아주 능숙하게 다루더군. 아무래도 스기요메가 자네를 두고 자신은 몸을 빼쳐 스카루국의 내분을 손쉽게 처리할 수 있겠다는 생각이 들었네. 게다가 늑대족 군사들이 자네에게 귀순하지 않았나. 늑대족을 철기로 무장시킬 자네를 생각하면서 계획을 바꾸기로 결심한 걸세."

세르멕이 깜짝 놀란 얼굴로 파이한을 쳐다보며 물었다.

"내가 늑대족 군사들을 철기로 무장시킬 것을 어떻게 알았다는 말이냐?"

파이한의 얼굴에 희미한 웃음이 스쳐갔다.

"자네는 나를 잘 모르네. 어떻게 알 수 있겠는가."

그가 얼굴을 들어 다시 어두운 허공을 바라보았다. 그의 표정에 웃음기가 사라졌다.

"나는 자네가 스카루국에서 철 병장기를 주조하는 것을 알고 있었네. 태자가 망명할 때 그 뒤에 내 간자들을 딸려 보냈지. 그들이 여태껏 내게 소식을 보내온 덕분에 자네가 스기요메와 함께 전선에 나온 것도 미리 알 수 있었네."

세르멕은 머릿속이 혼미해졌다. 파이한이 계속 말했다.

"사실 난 처음부터 자넬 알아봤네. 그런데 자넨 내 생각보다 더 위험한 인물이 돼버렸더군. 여보게, 세르멕. 나는 평생 무력을 사용한 사람일세. 하지만 그것만으론 자네를 굴복시킬 수 없다는 걸 알았네. 그렇기에 예하를 도성에서 불러 자네를 설득한 걸세. 예상대로 자네는 예하의 말을 잘 듣더군. 물론 그 역시 우리 형님처럼 자기도 모르게 나를 도와준 꼴이 됐지만."

파이한은 아무것도 숨기지 않았다. 자신의 장대한 계략을 자랑하듯 말하지도 않았다. 그는 모든 것을 담담하게 이야기했다.

세르멕은 정신을 가다듬고 말했다.

"그럼 네놈은 이제 너를 거역한 네 형님 파룬 의원과 쓸모가 없어진 예하 대인도 죽이겠구나."

"천만에. 말했다시피 나는 강력한 국가를 원하네. 그러려면 군사만 필요한 것이 아닐세. 파룬 형님은 의술로 백성의 건강을 받쳐주어 강한 국가의 한 몫을 해내는 사람일세. 예하는 국가에 부를 가져다주고 곳곳에 재물이 돌게 해주는 사람이지. 게다가 자네와 달리 그들에겐 내게 도전할 수 있는 힘이 없네. 죽일 이유가 없지 않은가."

파이한이 돌아섰다. 어둠 속으로 뚜벅뚜벅 그의 발자국 소리가 멀어져갔다. 파이한은 문을 나서며 나지막이 말했다.

"자네도 죽이기엔 아까운 인물이지만, 어쩔 수 없게 되었네. 잘가게, 세르멕."

육중한 문이 닫혔다. 세르멕은 탄식했다. 파이한이 친 그물을 뚫고 나갈 방법이 없어 보였다.

'음모 속에서 죽을 뻔한 고향을 탈출했건만, 이제 또 다른 음모 속에 죽게 되었구나.'

어머니 베키라의 얼굴이 떠올랐다. 엄하게 쏘아보는 그 얼굴이 선명했다.

'강해져야 한다. 어떤 순간이라도 포기하지 말아야 하느니라.'

포근한 미소로 바라보는 메이의 얼굴도 보였다.

'힘내세요, 내 사랑.'

아루미가 전한 말도 떠올랐다.

'아기씨께서 아드님을 낳으셨어요. 건강한 아기였어요.'

얼굴도 보지 못한 아들이 저 멀리 희미했다. 아들에게 들려줄 이야기가 많았다. 사랑과 기쁨, 아련한 그리움, 시련 속에서도 피어나는 세상의 밝고 맑고 따뜻한 이야기들이었다. 이제 그 모든 것이 물거품이 되었다. 삶은 이것으로 끝이다. 어머니도, 아들도, 고향도, 달족도, 늑대족도, 상단도, 태자의 즉위도, 모든 것이 끝이었다.

'신이여!'

세르멕은 자신도 모르게 신을 부르짖었다.

19

토라와 양푸는 붉은수염의 이야기를 듣고 경악했다. 양푸가 물었다.

"훈추 장군, 이 사람 말이 사실입니까?"

"사실이다. 어서 병사들을 소집해라. 서두르지 않으면 태자님은 물론이고 너희들의 족장인 세르멕 장군도 위험하다."

"그렇더라도 어찌 아들 되는 사람이 아비에게 반기를 드십니까? 그게 말이 됩니까?"

토라도 눈을 부릅뜨고 말했다.

"태자님의 구출이 급하다면 가까운 도성 호위대가 있질 않습니까."

붉은수염이 끼어들었다.

"도성 호위대는 이미 대장군이 장악해버렸네. 우리 융족 부장들도 모두 잔치 자리에서 술에 취해 뻗어버렸어. 그래서 자네들에게 달려온 것일세. 빨리 군사를 이끌고 가세. 이럴 시간이 없다니까!"

그래도 토라는 의심을 풀지 않았다.

"우리를 도성으로 끌어들여 누명을 씌우려는 것이 아니라는 증거를 보여줄 수 있겠소? 그러지 않으면 우리는 두 사람 말을 믿을 수가 없소."

국가의 환난이 아니면 병사들이 무리를 지어 도성으로 들어가는 것은 금지되어 있었다. 만약 그들이 함부로 도성에 들어갔다가 누명을 쓰면 모두 참살될 수도 있었다. 그러나 붉은수염에게는 자신의 말을 증명할 근거가 없었다. 결국 붉은수염은 다만 간절하게 말했다.

"이보게. 아루미가 자네의 부인이라는 걸 아네. 아루미는 자네를 찾기 전에 우리 집에서 함께 생활했어. 우리 부부와는 혈육처럼 지냈네. 오늘 일도 아루미가 처음 알게 된 것일세. 태자님 거처에 요리를 가져가다가 병사들이 두 분을 끌고 가는 것을 봤다는 거야. 제발 내 말을 믿어주게!"

토라 역시 아루미에게 붉은수염 부부와 가까이 지냈다는 이야기를 들었다. 두 사람의 부탁으로 아루미가 혼인 잔치에 요리를 감독하러 간다는 이야기도 들었다. 하지만 토라는 섣불리 결정을 내릴 수 없었다. 잘못된 결정으로 늑대족 군사들을 위험에 빠뜨릴 수는 없었다.

'세르멕 님께 정말 변고가 생긴 걸까.'

토라는 괴로웠다. 결정을 내리지 못하는 자신이 답답했다. 그때 양푸가 소리쳤다.

"앗! 이게 뭔가?"

양푸의 눈이 붉은수염의 다리에 가 있었다. 가죽 끈으로 엉성하게 묶은 각반에 청동 장신구가 매달려 있었다. 그제야 생각났다는 듯 붉은수염이 그것을 떼어내려 손을 뻗었다.

"각반 끈이 끊어졌기에 대충 얽어 맨 것일세. 어쨌든 내 말을 좀 믿어주게. 지금 이럴 시간이……."

토라가 붉은수염을 제지하고 직접 장신구를 떼어냈다. 토라가 그것을 들어 올리며 붉은수염에게 물었다.

"이것이 어디에 있었소?"

붉은수염이 영문을 모르겠다는 얼굴로 토라를 쳐다보았다.

"대장군 댁의 태자님 거처에…… 거기 방바닥에 떨어져 있었네. 왜 그러나?"

"이건 세르멕 님의 목걸이오. 양푸, 정말 그분께 무슨 일이 생긴 게야!"

사색이 된 두 사람에게 훈추가 말했다.

"알았다면 어서 군사들을 소집하게."

토라와 양푸가 병영으로 뛰어갔다. 두 사람은 잠들었던 늑대족 군사들을 깨워 신속하게 집결시켰다. 토라가 병사들에게 외쳤다.

"대장군 파이한이 모반을 일으켰다! 그자가 세르멕 님과 태자님을 잡아 가두었다고 한다. 내가 먼저 가서 두 분을 구출할 것이다. 너희들은 얼른 무장을 갖추고 양푸 부장의 명령에 따라라!"

이어진 양푸의 외침에 따라 그들은 일사불란하게 전투 준비를 하기 시작했다.

토라는 따로 수십 기의 병사를 이끌고 훈추와 붉은수염의 뒤를 따랐다. 그들이 도성 문에 다다르자 훈추가 문루를 향해 소리쳤다.

"문을 열어라!"

도성 문이 다시 열렸다. 늑대족 병사들이 열린 문을 통해 도성 안으로 쏟아져 들어갔다. 훈추는 토라와 군사들을 대장군 관청으로 이끌었다. 토라는 대뜸 대장군 관청으로 뛰어들었다. 그러자 놀란 파이한의 군사들이 막아섰다.

"웬 놈이냐! 여기는 대장군 관청이다! 죽고 싶어 환장했느냐!"

토라가 소리쳤다.

"앞을 막지 마라! 가로막는 자는 모두 베어버리겠다!"

파이한의 병사들은 칼을 고쳐 쥐며 토라를 막아섰다. 토라가 성큼 성큼 다가가 창을 휘두르자 두 사람이 동시에 나동그라졌다. 곧 토라의 등 뒤에 늑대족 병사들이 하나둘씩 도착해 무기를 빼들었다. 파이한의 병사들은 결국 칼을 버리고 무릎을 꿇었다.

"살려주십시오. 저희들은 대장군의 명령에 따랐을 뿐입니다."

토라가 그들에게 말했다.

"어서 세르멕 장군이 계신 곳으로 안내해라."

병사들은 그들을 지하 창고로 안내했다. 창고 문을 열어젖히자 불도 없는 암흑이었다. 토라가 횃불을 들고 계단을 뛰어 내려가며 외쳤다.

"세르멕 님! 토라가 왔습니다. 어디 계십니까!"

어둠 속에서 세르멕이 걸어 나왔다. 그가 토라의 손을 덥석 잡았다.

"자네가 또다시 나를 구했구나! 대체 어떻게 알고 왔느냐."

"붉은수염과 훈추 장군이 알려주었습니다. 아루미가 세르멕 님과 태자님이 잡혀가는 것을 보고 연락을 했답니다."

붉은수염은 파이한의 심복이고 훈추는 다름 아닌 파이한의 아들이었다. 어떻게 그 두 사람이 파이한에게 반기를 들었는지 세르멕으로서는 영문을 알 수 없었다.

파이한의 병사들을 지하에 가두고 밖으로 나오니 훈추와 붉은 수염이 기다리고 있었다. 세르멕이 훈추에게 물었다.

"훈추 공, 어찌 아버지에게 반기를 드십니까."

그러자 훈추가 단호하게 말했다.

"내 아버지라도 모반은 용납할 수 없소. 태자님은 어떻게 되셨소?"

"왕궁으로 끌려가셨습니다."

세르멕은 당장 왕궁으로 달려가 태자를 구하고 싶었다. 하지만 세르멕 자신은 파이한의 병사들이 철통같이 지키고 있을 왕궁 문 안으로 들어가는 것이 불가능했다. 세르멕은 훈추에게 말했다.

"왕궁의 병사들은 아직 훈추 장군과 붉은수염을 의심하지 않을 테니 두 사람이 태자님을 보호하십시오. 저는 늑대족 군사들을 이끌고 파이한을 대적할 준비를 하겠습니다."

"하지만 내가 없으면 수문장이 도성 문을 열어주지 않을 것이오. 함께 가서 당신들을 내보내고 왕궁으로 가겠소."

"수문장이 정 말을 듣지 않으면 베어버릴 밖에요. 태자님을 보호하는 일이 더 시급합니다. 어서 왕궁으로 가십시오."

훈추는 멀리 요새나 다름없는 왕궁의 담벼락을 바라보았다. 안에서 문을 열지 않는다면 대병이 와도 함락시키지 못할 견고한 성이었다.

"알겠소. 아버지는 금방 당신의 탈출을 알게 될 거요. 그러면 즉시 군사를 동원할 것이오. 서둘러 늑대족 군사들을 이끌고 전투 준비를 하시오. 아버지를 막으려면 그분을 이기는 수밖에 없소."

붉은수염이 앞으로 나서며 훈추에게 말했다.

"장군, 전투가 발발하면 양쪽 모두 희생이 클 것입니다. 지금이라도 제가 군사들에게 달려가서 사실을 알리겠습니다."

"안타깝지만 소용없네. 그들은 자네보다 아버지 말을 믿을 것이야. 자칫 자네 목숨도 위험하네."

훈추의 말이 옳았다. 도성의 융족 군사들은 이미 파이한의 사병과도 같은 존재였다. 파이한과의 일전은 피할 수 없었다. 세르멕은 마음이 조급해지는 것을 느꼈다. 파이한에 대적하려면 그보다 한 발 앞서 움직여야 했다.

세르멕과 토라는 두 사람을 왕궁으로 보내고 서둘러 군사들과 함께 도성 동문으로 향했다. 어둠이 깔린 도성 거리에 말발굽 소리가 울려댔다. 이윽고 동문에 도착한 세르멕은 수문장더러 문을 열라고 소리쳤다. 그러나 수문장은 세르멕의 명령에도 아랑곳하지 않았다.

"대장군이나 도성 호위대장인 훈추 장군의 명이 없다면 도성 문을 열 수 없습니다."

토라가 말했다.

"우리가 들어올 땐 문을 열어주지 않았는가!"

"그땐 훈추 장군의 명에 따른 것이지요. 그분이 없는 지금은 문을 열어줄 수 없습니다."

수문장은 완강했다. 결국 세르멕은 칼을 빼 들었다.

"이 칼을 써야 하겠느냐! 어서 문을 열어라!"

수문장이 눈을 부라리며 말했다.

"한밤에 함부로 도성 문을 여는 것은 중죄입니다. 아무리 장군이라도 법을 어기면 예외를 두지 않습니다."

수문장도 칼을 빼들었다. 그러자 문지기 병사들도 창을 겨누면서 늑대족 병사들을 에워쌌다.

세르멕은 그들과 실랑이를 벌일 새가 없었다. 사태가 급박했다. 세르멕의 칼이 허공을 가르니 수문장의 목이 순식간에 떨어져 나갔다. 이내 나머지 문지기들도 늑대족 병사들의 칼에 차례로 쓰러졌다. 그들의 시체를 뒤로하고 세르멕과 병사들은 말을 재촉해 도성 문을 빠져나갔다.

파이한은 미세한 소음과 진동에 잠에서 깨어났다. 오랜 경험으로 말들이 뛰는 울림이라는 것을 직감했다. 파이한은 침상을 박차고 일어나 벽에 걸려 있는 검을 꺼내들고 밖으로 뛰쳐나왔다. 어둠 속에서 저택을 호위하는 병사들을 외쳐 불러들였다.

"동문으로 가서 혹시 출입을 한 자가 있는지 알아보고 오거라! 어서!"

병사 하나가 말을 달려갔다. 파이한의 머릿속이 빠르게 움직였다. 그를 깨운 것은 분명 말들이 뛰는 진동이었다.

'이 시간에 한 무리의 말들이 도성 거리를 질주했다면……'

파이한의 날카로운 육감은 이미 정확한 사태를 향해 근접해가고 있었다.

얼마 뒤 동문에 갔던 병사가 숨이 턱에 차서 돌아왔다. 그의 얼굴이 사색이 되어 있었다.

"대장군, 문지기들이 모두 죽어 있었습니다. 문도 활짝 열려 있습니다."

파이한의 눈이 가늘게 떨렸다. 그가 병사에게 말했다.

"너는 지금 도성 밖의 병영으로 가거라. 붉은수염을 찾아 신속하게 전투 준비를 하고 나를 기다리도록 일러라. 그리고 늑대족 군사들의 동정을 살피라고 해라."

그리고 그는 남아 있는 병사들에게 말했다.

"너희들은 경거망동하지 말고 이곳을 잘 지켜라."

"옙!"

파이한이 훈추의 처소를 쳐다보았다. 불이 켜져 있었다. 잠시 그곳을 바라보던 파이한은 홀로 말을 끌어내 자신의 관청으로 달려갔다. 관청 안엔 횃불만 밝혀져 있을 뿐 병사들은 보이지 않았다. 파이한은 창고 문을 열고 어둠 속을 향해 소리쳤다.

"안에 누구 있는가?"

그러자 지하에 갇혔던 병사들이 뛰어나와 파이한 앞에 부복했다.

"장군, 세르멕이 도망쳤습니다."

"어떻게 도망쳤다는 말이냐!"

"갑자기 늑대족 병사들이 들이닥쳐 세르멕을 구출해갔습니다. 아직 멀리 가지는 못했을 겁니다."

파이한은 의문이 들었다.

'늑대족 병사들이 어떻게 알고……. 더구나 성문이 닫힌 이 밤에 어떻게 도성 안으로 들어왔을까?'

파이한은 왕궁 쪽을 쳐다보았다. 당장 태자의 거취를 확인하고 싶은 충동이 일었지만 그는 자신을 억눌렀다. 병사들이 지키고 있는 이상 세르멕은 왕궁에 들어갈 수 없다. 하면 늑대족 군사들의 병영으로 갔을 것이다. 그런 후에 전투 준비를 할 것이다. 파이한의 입가에 차가운 웃음이 스쳐갔다. 그가 병사들에게 명령했다.

"너희들은 가서 왕궁의 동태를 잘 살피고 있거라."

파이한은 말에 올라 성문을 향해 달렸다. 도성 거리를 지나자니 불 밝혀진 집들이 많았다. 갑작스러운 소란에 자다가 깬 도성 백성들이었다. 그들은 머지않아 경천동지할 소식과 함께 새로운 세상을 맞을 터였다. 늑대족을 이끄는 세르멕이 간교하게도 모반을 일으켰다가 대장군에게 진압되었다는 소식을 듣게 될 것이다. 불행하게도 태자는 이미 세르멕의 칼에 목숨을 잃은 후였다는 소식도 들을 것이다. 이제 태자가 즉위한 뒤 선양을 받기 위해 기다릴 필요도 없게 되었다. 내일이면 자신의 모든 계획이 확실하게 이루어지리라. 파이한의 눈이 가늘게 빛났다.

도성 문 앞에는 피가 낭자하고 문지기들의 시체가 널려 있었다. 파이한은 거들떠보지도 않고 그대로 말을 몰아 융족 군사들이 주둔하는 병영으로 달렸다.

파이한이 병영에 들어서니 이미 군사들이 집결해 있었다. 대장군을 보자 병사들 사이에 긴장감이 고조되었다. 말에서 내린 파이한은 앞에 선 부장에게 물었다.

"늑대족 군사들의 동태를 살폈느냐?"

"그들은 급히 병영을 빠져나갔습니다. 지금 도성 동쪽의 초원으로 나아가고 있습니다.”

“붉은수염은 어디 있느냐.”

“보이지 않습니다. 지난 저녁에 취해서 집으로 간 것 같습니다. 병영엔 없었습니다.”

파이한은 의아한 눈으로 그를 쳐다보았다. 지금까지 붉은수염은 자신의 허락 없이 병영을 비운 일이 없었다. 그러나 당장 그의 집으로 사람을 보낼 시간이 없었다. 파이한은 집결한 군사들 앞으로 나아갔다.

“세르멕이 늑대족 군사들과 함께 모반을 일으켰다! 우리는 지금부터 역적을 처치하러 간다!”

한밤중에 영문도 모르고 전투 준비를 마친 병사들은 어리둥절해했다. 세르멕은 망명했던 태자를 모시고 무사히 귀국하도록 애쓴 사람이었다. 웅성이는 병사들에게 파이한이 다시 외쳤다.

“그들은 우리 융국을 탐내는 자들이다! 그들에게 피땀으로 일궈낸 우리 나라를 내주겠는가!”

파이한의 외침은 융족 군사들의 웅성임을 잠재웠다. 국가의 어려움이 있을 때마다 앞장서 막아왔던 대장군이었다. 그런 파이한은 병사들에게 절대적인 존재였다. 파이한이 칼을 빼들고 소리쳤다.

“모반을 저지하고 태자님을 구해야 한다! 나를 따르라!”

융족 군사들이 함성을 질러댔다. 파이한은 군대를 이끌고 세르멕을 쫓아 도성의 동쪽으로 향했다.

20

세르멕은 늑대족 군사들을 이끌고 저 멀리 얄렌강이 길게 이어진 평원에 자리했다.

파이한의 융족 군사는 보병과 기병은 물론이고 전차부대도 갖추어져 있었다. 거기에 병력도 늑대족 군사보다 세 배가 많은 대군이었다. 파이한은 지금쯤 자신의 군사를 움직였을 것이다. 세르멕은 마음을 다잡고 파이한을 기다렸다.

날이 밝자 파이한의 군사가 다가온다는 보고가 들어왔다. 세르멕은 늑대족 군사들을 도열시켰다. 여기저기에서 늑대의 형상을 새긴 커다란 붉은 깃발들이 높이 나부꼈다. 세르멕은 깃발을 바라보다가 눈을 아래로 내려 군사들을 향해 외쳤다.

"모두 잘 들어라! 파이한이 온다! 그자는 융국의 보좌를 빼앗기 위해 지난밤 융족 태자와 나를 죽이려 했다! 이제 나는 그 반역자를 잡아 단죄하려 한다!"

늑대족 사이에 웅성거림이 일었다. 세르멕은 이어 외쳤다.

"늑대족이여! 너희가 융족에게 깊은 원한이 있다는 것을 나는 안다! 하지만 우리는 오늘 그것을 잊어버리자! 우리는 오늘 융족을 위해서도 아니고, 늑대족도 아닌, 대의를 따르고 불의에 맞서는 하나의 인간으로서 싸우자! 오늘로 우리는 다시 태어난다! 이 자리에서 흘린 피가 우리의 이름을 이 땅에 새기고 우리의 각오를 영원히 증명해줄 것이다!"

늑대족 군사들의 머릿속에 울분을 인내하던 수많은 세월들이 스쳐갔다. 지금껏 그들은 융족의 압제 속에서 살아왔다. 혹독한 훈련을 통해 정예병으로 키워졌어도 그들 사이엔 융족의 꼭두각시나 방패막이에 불과하다는 자조적인 회의감이 팽배했다. 그러나 그들에게 이번 전투는 개인과 부족의 운명을 넘어, 진정한 인간의 자격을 건 한판 승부였다. 게다가 지금 그들은 세르멕에 의해 세상 가장 강력한 무기로 무장했다. 두려울 것이 없었다. 이제 자신의 능력을 적 앞에 나타내 보일 때였다.

"나를 따르겠는가!"

"네엡!"

마침내 군사들이 우렁차게 대답했다. 세르멕이 다시 말했다.

"모두 자신의 이름을 외쳐라! 우리는 기필코 승리할 것이다!"

늑대족 군사들은 각자 손에 든 무기를 흔들며 이름을 외쳐댔다.

파이한이 대군을 이끌고 당도했다. 전차부대가 당당한 위용을 뽐내며 앞에 섰고, 보병들은 그 뒤로 열 지어 섰으며, 그 양 옆으로 기병들이 도열했다. 늑대족 군사들은 투구를 고쳐 쓰고 창을 바로 잡았다. 양쪽 진영 사이에 긴장이 흘렀다. 그 순간 세르멕이 홀로 말을 몰아 융족 군사들 쪽으로 나아가서 외쳤다.

"파이한! 네가 태자님을 가두고 보좌를 빼앗으려는 행위는 하늘도 알고 있다! 그동안 융국의 봉록을 먹은 자로서 부끄럽지도 않느냐!"

세르멕은 좀더 가까이 말을 몰아가 다시 한번 외쳤다.

"융족 군사들이여! 그대들은 역적을 위해 피를 흘리겠는가! 보좌를 찬탈했다는 오명을 쓰겠는가!"

파이한이 소리 높여 껄껄 웃으며 외쳤다.

"세르멕! 참으로 어리석구나! 네 가소로운 말이 내 병사들에게 통할 줄 알았느냐!"

파이한이 자기 군사들에게 외쳤다.

"병사들이여! 역적 세르멕과 그 잔당들을 없애버려라! 우리 융국의 크나큰 은혜를 원수로 갚으려는 저자들을 용서치 말라!"

파이한의 외침에 융족 군사들은 큰 함성으로 답했다. 세르멕은 말을 돌렸다. 훈추의 말이 옳았다. 그들이 파이한을 거역할 리 없었다. 희미하게나마 기대를 걸어보았지만 끝내 전투를 피할 수 없게 되었다.

세르멕은 늑대족 군사들 앞에서 칼을 높이 들고 외쳤다.

"공격하라! 방산진(方散陣)으로 나아가라!"

앞에 섰던 보병 대열이 여러 무리의 방진을 이루어 착착 앞으로 나아갔다. 토라와 양푸는 각각 기병들을 이끌고 보병의 양편에서 그들을 감싸며 전진했다. 적의 전차나 기병 공격에 대비하기 위한 대형이었다.

다가오는 늑대족 군사들을 보며 파이한은 입가에 웃음을 흘렸다. 그들이 좀더 가까이 다가왔을 때 파이한이 외쳤다.

"전차부대 제일진! 출격하라!"

파이한의 명령이 떨어지자 맨 앞 열의 전차들이 맹렬하게 출발했다. 앞뒤로 둘씩 나란히 한 멍에를 쓴 네 마리 말이 끄는 전차에 세 명의 병사가 올라탔다. 가운데 병사가 고삐를 잡고 양 옆의 병사는 창을 휘두르거나 활을 쏘며 공격하는 가공할 전투 장비였다.

세르멕이 외쳤다.

"토라! 저들을 막아라!"

토라가 자신의 기병을 이끌고 앞으로 달려 나갔다. 그들 앞으로 전차부대가 달려오면서 부채꼴로 벌어졌다. 산열진(傘列陣)이었다. 넓게 퍼진 전차들에서 쏜 화살이 토라의 기병에게 무더기로 날아왔다. 토라의 기병들이 방패를 들어 화살을 막고 나자 전속력으로 달리던 양군이 마주쳐 뒤섞이기 시작했다. 무기가 부딪치고 피가 솟구쳤다. 말이 넘어지면서 뒹구는 전차도 속출했다. 토라의 기병들이 기를 쓰고 전차를 막고 있는 사이 파이한이 다시 외쳤다.

"제이진. 출격하라!"

또다시 전차가 몰려나왔다. 이번에 나오는 전차들은 전투가 벌어지는 가운데를 피해 양쪽으로 흩어지는 평열진(平列陣)으로 달려왔다. 늑대족 보병의 측면을 공격하려는 움직임이었다. 양푸가 이끄는 기병들이 창을 잡은 손에 침을 뱉으며 명령이 떨어지기를 기다렸다. 그들이 좀더 가까이 다가오자 늑대족 군사들이 화살을 퍼부었다. 그러나 방패로 몸을 가린 전차병들에게 큰 피해를 입히지는 못했다. 세르멕이 다급한 목소리로 소리쳤다.

"양푸! 저들을 격멸하라!"

양푸의 기병들이 땅을 박차고 앞으로 달려 나갔다. 또다시 혼전이 벌어졌다. 양푸의 기병들은 전차병에게 달려들어 창을 휘두르고 말에게도 공격을 퍼부었다. 전차를 끄는 말들이 흥분하여 늑대족 기병을 향해 저돌적으로 달려들었다. 행동이 빠른 기병들이지만 창을 휘두르다가 육중한 전차바퀴에 깔리는 자도 많았다. 창이 춤을 추고 화살이 날아들고 자욱한 먼지 속에서 고함 소리가 난무했다. 그때 파이한이 또다시 외쳤다.

"제삼진! 출격하라!"

숨 쉴 틈 없는 파상 공격이었다. 토라와 양푸의 기병은 눈앞에 있는 적들을 막아내기에도 벅찼다. 그들이 또다시 달려오는 전차를 막아내기에는 역부족이었다. 그것을 눈치챈 제삼진의 전차병들은 늑대족 기병들을 놔두고 곧바로 세르멕의 본진으로 달려들었다. 늑대족 군사들이 퍼붓는 화살에 말과 병사들이 쓰러지면서도 전차들은 계속 달려왔다. 세르멕이 외쳤다.

"배갑진(背甲陣)으로 전차를 막아라! 뒷열은 창을 세워라!"

앞열의 보병들이 방패를 맞대고 일시에 웅크렸다. 그러자 맨앞에서 달려오던 전차들이 그것을 타고 넘어 옆으로 나동그라졌다. 이어서 뒷열의 보병들이 창을 던져 말과 전차병들을 살상했다. 그러나 뒤이어 달려오는 전차들은 그대로 늑대족 보병에게 달려들었다. 늑대족 보병들의 대오가 산산이 부서졌다. 때를 놓치지 않고 파이한이 외쳤다.

"모든 기병은 출격하라! 적을 도륙 내라!"

토라와 양푸는 아직도 전차부대를 막아내느라 발이 묶여 있었다. 파이한의 기병들까지 세르멕의 본진으로 달려오면 위험했다.

아직도 파이한은 보병을 아끼고 있었다. 그러나 세르멕의 진영은 이미 적의 전차부대와 기병의 공격만으로도 당해낼 수 없는 지경이었다. 세르멕이 병사들을 급히 불러들였다.

"전군은 후퇴하라! 후퇴하라!"

세르멕의 명이 떨어지자 이미 대오가 흩어진 세르멕의 보병들이 제각기 뒤돌아 달아나고 토라와 양푸의 기병들도 말 머리를 급히 돌렸다. 그들의 뒤를 전차가 전속력으로 쫓으며 화살을 날렸다. 말에서 떨어지는 기병들이 속출했다. 토라가 기병들에게 외쳤다.

"화살을 날려라! 쫓아오는 전차를 막아라!"

그들이 달리는 말 위에서 몸을 돌려 적을 향해 화살을 날렸다. 강력한 단각궁이 위력을 발휘하면서 말과 전차가 나뒹굴었다. 필사적으로 쏴대는 화살에 쫓아오던 전차들의 속도가 늦춰졌다.

파이한은 무리하지 않고 자신의 병사들을 불러들였다. 늑대족 군사들의 피해는 컸다. 파이한에겐 이미 이 전쟁의 결말이 보이는 듯했다.

해가 어느새 머리 위로 훌쩍 떠올랐다. 세르멕과 병사들이 퇴각을 멈춘 곳은 얄렌강 인근의 몸을 숨길 곳도 없는 평원이었다.

피해 상황을 파악한 세르멕의 얼굴이 굳어졌다. 철갑을 갖추었음에도 적지 않은 늑대족 군사들이 전투에서 목숨을 잃었다. 전차부대의 저돌적인 파상 공격을 효과적으로 막아내지 못한 것이 패인이었다.

세르멕은 목이 탔다. 이번 전투의 승패에 따라 세르멕 자신은 물론 늑대족의 운명이 결정될 터였다. 고향에서의 비통했던 기억이 떠올랐다. 콴족의 족장 히몰테에게 여지없이 풍비박산 나던 달땅의 산하가 밀려왔다. 바로초의 어리석음으로 비롯된 일이었지만, 그것은 자신의 어리석음 때문이었는지도 모른다. 지혜로운 지도자는 시선이 닿는 모든 곳을 통찰해야 한다. 마카부 대족장은 달족뿐만 아니라 동쪽의 땅 전부를 통찰하는 지혜를 발휘했다. 그러나 자신은 끝내 아버지의 통찰력을 이어받지 못했는지도 모른다. 그렇더라도 지금에 이르러 지난날의 과오를 다시 저지를 수 없었다. 세르멕은 입술을 질끈 깨물었다.

파이한은 곧 군사들을 휘몰아 올 것이다. 그는 전차에 취약한 세르멕을 확인했다. 그렇기에 파이한은 전차를 앞세운 총공세를 가해 전투를 끝내려 할 것이다. 세르멕이 양푸와 토라에게 말했다.

"파이한의 전차를 막지 못한다면 우리에게 승리는 없을 것이다. 전차를 막을 방법을 찾아야 한다."

토라와 양푸가 이끄는 기병들은 파이한의 전차들과 한바탕 전투를 치르면서 많은 피해를 입었다. 그런데 토라가 눈에 힘을 주고 말했다.

"저에게 한 가지 생각이 있습니다."

"그게 무언가?"

"전차는 저돌적이고 파괴력이 강합니다만, 기병에 비해 움직임이 단조롭고 방향을 전환하기가 어렵다는 약점이 있습니다."

양푸가 토라에게 물었다.

"그 약점을 파고들 묘책이 있다는 말인가?"

"양푸, 우리가 얄렌강에서 잡던 황어를 생각해보게. 그 크고 힘이 센 물고기의 눈을 가려 우리는 쉽게 잡았네. 멍에에 묶인 말도 행동이 민첩할 수는 없네. 게다가 말은 본래 겁이 많은 동물이지 않은가."

그 말을 듣자 세르멕과 양푸의 눈이 커졌다. 세르멕은 당장 부장들을 모아 지시를 내렸다. 곧 늑대족 병사들이 얄렌강가 이곳저곳으로 흩어졌다.

결전의 시간이 다가오고 있었다. 초원의 긴장감도 아랑곳없이 얄렌강은 도도하게 흘렀다.

파이한이 군사를 이끌고 세르멕에게 다가왔을 때 해는 제법 서쪽으로 기울어 있었다. 오늘이 가기 전에 전투를 끝낼 셈이었지만 파이한은 서두르지 않았다.

파이한은 세르멕이 얄렌강을 등지고 진을 친 것을 확인했다.

'저자는 배수진의 의미조차 이해하지 못하는 것인가.'

배수진이란 고육책이긴 해도, 현저하게 차이 나는 전력으로는 피해야 하는 전술이었다. 그러나 궁지에 몰린 세르멕은 배수진을 택했다. 파이한은 세르멕의 어리석음에 혀를 찼다. 이제 세르멕은 어떤 방법을 써도 자신의 승리를 막을 수 없었다. 세르멕이 제아무리 병술을 연마했다 해도 실질적인 전투 경험은 자신과 비교할 수도 없었다. 게다가 경험과 병력의 차이를 떠나 세르멕에게는 치명적인 약점이 있었다. 그에겐 전차부대가 없는 것이다. 세르멕의 능력을 시험해보기 위해 파이한은 전차부대와 기병들만으로 순차적인 공격을 시도했지만 그는 막지 못했다. 거기서부터 이 전투의 승패는 이미 갈린 것이나 다름없었다.

파이한은 모든 공세를 퍼부어 단번에 세르멕을 제압하기로 했다. 그가 군사들에게 외쳤다.

"모든 전차부대! 공격하라!"

파이한의 전차부대가 일시에 달려 나왔다. 횡열과 종열이 온 평원에 쫙 펴져 확열진(擴列陣) 대형을 이루었다.

늑대족 기병들은 평원 가득 먼지를 일으키며 달려오는 전차부대를 바라보며 마른 침을 삼켰다. 그들은 말고삐를 단단히 쥐고 명령을 기다렸다. 그때 파이한이 또다시 외쳤다.

"기병들이여! 나아가라!"

파이한의 기병들이 함성을 지르며 전차부대의 뒤를 따랐다. 전차부대와 기병들의 말발굽 소리가 요란하게 진동했다. 기병들은 전차 뒤로 뚝 떨어진 간격을 유지하며 달려왔다. 전차들이 세르멕의 기병과 맞붙을 때 우회해서 보병을 공격하려는 움직임이었다. 하지만 세르멕은 움직이지 않고 그들을 기다렸다. 늑대족 군사들도 긴장감 속에서 세르멕의 명령이 떨어지기를 기다렸다.

파이한의 전차부대가 점점 다가오고 있었다. 기운 센 말들이 육중한 전차를 힘차게 끌었다. 이윽고 세르멕의 목소리가 메아리쳤다.

"기병은 공격하라!"

늑대족 기병들이 땅을 박차고 달려나갔다. 그들은 분진(分陣)으로 나뉘어 전차부대의 양 측면을 향해 마주쳐 달려갔다. 그러자 가운데 있던 늑대족 보병들이 그대로 노출되었다. 세르멕의 기병들이 양 측면의 전차부대와 맞붙을 때 중앙의 전차부대는 세르멕의 보병에게 달려들 수 있게 된 것이다. 보병들이 기병의 보호를 받지 못한 채 전차의 공격에 노출되면 치명적인 피해를 입을 것이었다. 더구나 전차부대의 뒤에서는 파이한의 기병도 달려오고 있었다. 하지만 세르멕의 모든 기병들은 양 측면의 전차를 향해 뛰어갈 뿐 보병을 보호하기 위한 움직임을 보이지 않았다. 전차병들은 세르멕의 작전을 비웃었다.

'보병을 전투의 희생양으로 삼다니 실로 어리석은 자로구나.'

전차병들이 창을 들었다. 하지만 강을 등진 늑대족 보병은 미동도 하지 않았다.

드디어 양 측면의 늑대족 기병들이 마주쳐 오는 전차부대로 뛰어들었다. 한쪽의 선두에서 토라가 창을 휘두르며 앞으로 나아가고 반대쪽 측면에서도 양푸가 전차부대를 헤치고 나아갔다. 그러나 늑대족 기병은 전차병들에게 무리한 공격을 하지 않았다. 기병들은 산개하여 전차 대열 사이를 빠르게 지나갔다. 늑대족 기병들이 전차부대 깊숙이 파고들었을 때, 토라와 양푸가 동시에 외쳤다.

"그물을 던져라!"

늑대족 기병들의 손에서 일제히 그물이 날아갔다. 얄렌강의 왕골을 꼬아 엮어서 늑대족의 붉은 깃발과 갖가지 천들을 잘라 덧댄 그물이었다. 네 귀퉁이에 돌멩이를 매단 그물이 퍼지면서 전차를 끄는 말들의 머리를 씌워버렸다. 놀란 말들의 울음소리가 요란했다. 말들이 세차게 머리를 흔들었지만 생 왕골의 껄끄러운 잎으로 엮은 그물은 좀처럼 떨어지질 않았다. 전차병들이 급하게 고삐를 당겼으나 눈이 가려진 말들은 멈추지 않고 질주했다.

전차들의 혼란 속에서 강을 등지고 서 있던 늑대족 보병은 어느새 좌우로 나뉘어 도열했다. 전차병들 앞엔 도도하게 흐르는 얄렌강이 있을 뿐이었다. 중앙부의 전차병들은 각기 좌우로 기수를 돌리려 했으나 통제를 잃고 달리는 양 측면의 전차들 때문에 빠져나갈 수 없었다. 충돌을 피하려면 달릴 곳은 정면뿐이었다. 전차병들은 마침내 겁에 질리기 시작했다.

전차부대가 다가오자 늑대족 군사들은 일제히 화살을 퍼부었다. 양 옆에서 날아오는 화살에 전차를 끄는 말들은 더욱 기겁해서 달렸다. 가까운 거리에서 단각궁으로 쏘는 철제 화살은 전차병들의 방패와 갑주를 뚫고 깊숙이 박혔다. 화살에 맞은 말들이 나뒹굴고 전차들이 요란한 소리로 부딪치며 넘어졌다. 이제 그들은 화살을 피하기 위해서라도 강으로 뛰어들어야 했다. 누구도 그 혼란을 막을 수 없었다. 말들은 전차를 끌고 맹렬한 속도로 얄렌강을 향해 질주했다.

전차부대를 지나친 늑대족 기병들에게 융족 기병들이 달려왔다. 그들이 창을 들어 공격 자세를 취했지만 늑대족 기병들은 우회하여 그들을 피해버렸다. 그러자 융족 기병들은 달아나는 늑대족 기병에게 달려드는 대신 전차부대를 구하기 위해 달려갔다. 말을 통제할 수 없는 전차병들이 아우성치는 소리가 메아리쳤다. 마음이 급한 융족 기병들에겐 미친 말들에게 속절없이 끌려가는 전차만이 눈에 들어왔다. 그리고 그들이 문득 정신을 차렸을 때는 이미 늑대족 군사들이 퍼붓는 화살의 사거리 안으로 깊숙이 들어와 있었다.

사태를 알아차린 융족 기병들이 방향을 틀어 늑대족 군사에게 달려들었으나 무수히 날아오는 화살에 쓰러지는 자가 속출했다.

융족 기병들을 막지 않고 그냥 보내버린 토라와 양푸는 융족 보병들의 양 측면을 향해 달려들었다. 융족 보병들은 당장 혼란에 휩싸였다. 전차와 기병들이 무참하게 살육당하는 꼴을 보며 이미 겁에 질린 그들이었다. 파이한이 목청껏 소리쳐 대오를 지키려 했으나 소용이 없었다. 그들에겐 파이한의 목소리가 들리지 않았다.

피가 낭자한 아비규환이 벌어졌다. 철갑을 두르고 철창을 휘두르며 양쪽에서 조여오는 기병의 공격을 보병들만으로 막아내기에는 역부족이었다. 융족 보병들이 늑대족 기병을 맞아 사투를 벌이고 있는 사이, 전차부대와 기병을 괴멸시킨 늑대족 보병들이 함성을 지르며 달려왔다. 그들의 함성이 온 전장을 뒤흔들었다. 그들이 당도하고 기병이 퇴로를 끊으면 도망갈 수도 없게 될 터였다. 마침내 융족 보병들 사이에 도망치는 자가 속출하기 시작했다.

전세가 걷잡을 수 없는 지경에 이르자 파이한이 늑대족 보병을 이끄는 세르멕에게 달려왔다.

"세르멕! 내 창을 받아라!"

그 순간 파이한은 갑자기 머리가 뒤로 꺾이면서 말에서 떨어졌다. 토라가 쏜 화살이 날아와 그의 가슴에 꽂힌 것이었다.

힘겹게 늑대족 기병을 상대하던 융족 보병들은 아연실색하며 그 모습을 바라보았다. 이제 그들에겐 싸울 수 있는 마지막 힘마저 빠져버린 듯했다. 융족 군사들은 마침내 무기를 버리고 항복하고 말았다.

넓은 초원에 늑대족 군사들의 함성이 메아리쳤다. 그들은 서로 얼싸안으며 눈물을 흘렸다. 파이한의 융족 군사를 상대로 기적과도 같은 승리를 거둔 것이었다.

세르멕이 말에서 내려 파이한에게 다가갔다. 파이한은 창을 짚고 가까스로 일어났다. 그의 얼굴은 고통에 일그러져 있었다. 융국을 동토의 국가로 만드는 데 주저하지 않았던 냉혈한의 모습은 간데없이 사라졌다. 그토록 막강했던 군대를 한순간에 잃고 그는 힘겹게 창에 의지해 서 있었다.

"세르멕……. 내 전차와 기병을 그토록 간단하게 처리할 줄은 몰랐군."

"당신의 오만함을 이용했을 뿐이오."

파이한의 입가에 쓴웃음이 지나갔다.

"……늑대족 병사들을 어떻게 도성 안으로 불러들였나."

"당신의 아들인 훈추와 심복인 붉은수염이 늑대족 병사를 이끌고 와서 나를 구했소. 그들도 당신의 모반을 용서하지 않은 거요."

파이한의 입에서 피가 울컥 쏟아졌다. 짚고 서 있는 창이 휘청거렸지만 그는 안간힘으로 버텼다. 세르멕이 다시 말했다.

"파이한, 참으로 안타깝소. 당신은 존경받는 영웅이 될 인물이었소. 하지만 당신은 태자를 배반했고, 결국 죽음에 이르게 되었소. 그 오만함 때문에 말이오."

"세르멕."

파이한이 또다시 휘청거렸다.

"자네는 아직도 모르는군……. 자네가 오만이라고 말하는 그것은 내가 세상을 살아가는 힘이었네. 바꿀 수 없는 내 자신의 모습 이지……. 오히려 나는 자네에게 묻고 싶네. 어째서 자넨 태자를 비호하는가. 자신마저 지키지 못할 나약한 태자가…… 과연 국가를 이끌 수 있을 것이라 믿는가."

"어차피 누구든 백성을 마음대로 이끌진 못하오. 누군가 그런 욕심을 가지면 세상엔 혼란이 벌어지는 거요. 여태껏 벌어진 일처럼……."

세르멕은 말을 끊었다. 잃어야만 했던 고향이 떠올라 격정이 솟는 것을 가만히 억눌러야 했다. 잠시 뒤 세르멕이 다시 말했다.

"파이한. 당신은 태자님의 나약함을 말했소. 그러면서도 당신은 그분을 도울 생각조차 하지 않았소. 당신이 충성을 다했던 선대왕도 그 나이엔 그렇게 보였을 거요. 누구의 도움도 받지 못한다면, 혼자 힘으로 국가를 바르게 이끌 사람은 없소. 그것은 파이한. 당신이라도 불가능하오. 그것을 모르는 당신은 그래서 오만한 거요. 외롭고도 어리석은 인간이라는 말이오."

파이한은 힘겹게 선 채로 쓸쓸하게 웃었다.

"더 이상…… 무어 할 말이 있겠나."

그가 멀리 초원을 바라보았다. 눈길을 거기에 멈춘 파이한이 혼잣말처럼 말했다.

"이제 쉬고 싶군……."

저녁 햇살이 초원을 금빛으로 물들였다. 파이한의 전차들을 삼킨 얄렌강도 금빛으로 빛났다. 한적한 바람이 초원 위를 지나갔다. 세르멕이 힘겹게 서 있는 파이한에게 다가갔다.

"잘 가시오, 파이한."

세르멕의 창이 허공을 가르자 파이한의 몸이 무너져 내렸다. 이어서 그의 머리가 그 위로 떨어졌다.

불 속의 끓는 불

파이한은 일평생 융국의 안위를 지켜낸 인물이었다. 하지만 끝내 모반을 일으켜 나라를 파란으로 몰다가 죽었다.

대신과 제후들은 파이한의 시신을 조각내고 목을 도성의 저잣거리에 효수해야 한다고 주장했다. 융국 최고의 군사력을 가졌던 파이한은 그들에게도 불안의 근원이었다. 그러나 태자는 신하들의 의견을 듣지 않았다. 그는 파이한의 시신을 훈추에게 내주어 장례를 치르게 했다. 훈추에 대한 배려였다.

파란이 잠들자 오래도록 주인 없던 왕궁에서 마침내 태자가 즉위했다. 어지럽게 표류하던 융국의 사직이 비로소 제자리를 잡은 것이었다.

즉위식을 앞두고 젊은 왕은 감회가 새로웠다. 그는 파이한을 통해 깨달은 것이 있었다. 보좌에 앉는 일이란 욕심을 내서도 안 되며 피하려고 해도 되지 않는 것임을 알았다. 그는 국가를 짊어진 자로서의 책임이 스스로의 생명보다 무거운 것도 알았다. 그렇기에 왕은 이제 넓고 멀리, 그리고 깊이 볼 수 있는 눈을 가다듬어 가야 한다는 것을 알았다.

관을 수여받은 왕은 보좌에 올라가 앉았다. 이제 국가가 그의 어깨 위에 얹혔다. 그는 처음으로 자신의 자리에 진정한 두려움을 느겼다. 왕은 문무백관들을 향해 말했다.

"세상의 고통과 풍파는 영원히 지속될 것이오. 어디서 어떤 방식으로 어려움이 닥칠지는 아무도 모르오. 그래도 나와 그대들은 국가를 책임져야 하오. 언제 올지 모를 환란의 폭풍에 대비해야 하오. 그러면서 백성을 풍요로움으로, 행복으로, 평화로 이끌어야 하오. 이것이 다스리는 자의 변함없는 책무라는 것을 잊지 말아야 하오. 우리는 서로에게 믿음과 격려뿐만 아니라 경계와 질책의 책임이 있소. 신하들의 이기심이 국가의 환란을 불러들이고, 왕의 어리석음으로 국가에 폭풍이 몰아치는 법이오. 그렇기에 그대들과 나는 겸비(謙卑)의 눈으로 국가를, 세상을 바라보는 새로운 다짐을 가져야 하오."

모든 대신들이 왕 앞에 부복했다. 그들을 굽어보는 왕의 눈길에 위엄이 깃들었다. 파이한이 그토록 걱정했던 '나약한 태자'의 모습은 그 자리에 없었다. 무거운 어깨를 스스로 감당하기에 충분한 대왕의 깊은 눈길이 있을 뿐이었다.

즉위식에 이어 왕은 조서를 발표했다. 왕은 파이한의 모반을 온몸으로 막아낸 세르멕을 융국의 대장군이자 재상으로 임명했다.

"그대는 대장군으로서 힘은 아낄 것이며, 재상으로서 지혜는 만방에 펼쳐 나를 보좌하라."

이어 왕은 파이한의 아들 훈추를 비어 있는 남쪽 영지의 제후로 책봉했다. 그리고 훈추가 떠날 파이한의 저택을 세르멕에게 하사했다. 또한 도성 호위대를 늑대족 군사로 교체하였으며 호위대장에 양푸를 임명했다. 토라도 장군에 임명되었다.

불 속의 끓는 불

"융국에서 대장군 파이한이 모반을 일으켰다가 죽었습니다. 그리고 태자가 즉위했습니다. 새 왕은 파이한을 제거한 상인 세르멕을 대장군이자 재상에 임명했습니다."

간자의 보고에 쿤둘이 물었다.

"그 세르멕이라는 자는 어떻게 파이한을 죽였다더냐."

"파이한이 이끈 융족 군사와 세르멕이 이끄는 늑대족 군사가 융국 도성 외곽에서 충돌했습니다. 그 싸움에서 파이한이 패했다고 합니다."

파이한을 패배시킨 자가 자기 이후에 또다시 나왔다는 것은 놀랄 일이었다. 그러나 전쟁이란 미세한 실수와 잠깐의 잘못된 판단이 엉뚱한 결과를 초래하는 법이다. 쿤둘 자신도 파이한이 오판하도록 유도해서 전쟁에 이겼다. 그러나 쿤둘은 자신이 파이한을 능가한다고 자신하지는 않았다. 세르멕이라는 상인도 파이한을 온전히 능가하는 인물이라고 단정할 수는 없었다. 쿤둘은 다만 파이한이라는 천하의 지략가가 융국에서 사라졌다는 것에 집중했다. 융국의 새로운 왕은 새파란 어린아이였다. 이제 세상의 판세는 자신과 스기요메의 대결로 좁혀질 것이라고 쿤둘은 확신했다.

깊은 해자가 둘러쳐진 부카르의 성은 크고 견고하게 지어졌다.

웬만한 대군이 몰려와도 오래도록 농성하기에 충분했다. 쿤둘은 그곳을 차지하자마자 스카루국 백성들에게 선정을 펼쳤다. 그들의 재산엔 손도 대지 않았고 부카르가 군사력을 늘리기 위해 과도하게 걷던 세금까지 감면해주었다. 쿤둘은 백성들에게 악덕을 일삼던 부카르의 관리들을 처형하고 대신 키안족 관리들로 그 자리를 채운 뒤 엄명을 내렸다.

"이곳 백성들의 원성을 사는 자는 내가 직접 목을 베겠다."

스카루국 왕이 죽을 날은 머지않아 보였다. 그의 뒤를 이어 스기요메가 왕위에 오르면 넓고 비옥한 이 땅의 수복을 기도할 것이다. 그렇기에 쿤둘은 이곳의 민심을 단단히 장악해두어야 했다.

또 다른 할 일이 있었다. 스기요메가 왕이 되기 전에 스카루국과 융국이 대립하도록 손을 써야 했다. 보좌에 오른 스기요메는 파이한이 없는 융국과 자신이 버티고 있는 서쪽 영지를 놓고 저울질하게 될 것이다. 그로 인해 벌어지는 스카루국과 융국 간의 불신과 대립, 마찰은 자신에게 기회를 가져다줄 것이다.

쿤둘의 눈에 차가운 웃음이 번져갔다.

파이한의 소식을 들은 스기요메는 경악했다. 지난번 파이한이 회담 장소에 예하를 출현시켰을 때, 세르멕처럼 스기요메도 한 점 의심을 하지 않았다.

"그자가 거기에서 또 한 번 함정을 파냈다니. 놀라운 일이군."

더욱 놀라운 것은 세르멕이 정면 대결로 파이한을 무릎 꿇린 일이었다.

스기요메는 아직도 세르멕의 진면목을 안다고 자신할 수 없었다. 처음 그가 자기 집에 왔을 때 스기요메는 그에게서 느낀 인상을 솔직하게 말했다.

'당신은 상인으로 인생을 마칠 인물이 아니오.'

상인보다는 무인의 길을 걸을 사람으로 보였기에 했던 말이었다. 그렇다고 가까운 장래에 파이한을 꺾고 융국의 권력을 한손에 쥐게 될 인물로 내다본 것은 아니었다. 그러나 이제 그는 융국의 대장군이자 재상이 되었다.

세르멕에겐 자신처럼 강력한 철기가 쥐어져 있다. 그것은 쿤둘보다도 강한 군사력을 의미했다. 스기요메는 서늘함을 느꼈다. 언젠가 그와 한판 승부를 피하지 못할 날이 반드시 올 것이다. 미리 철저한 준비를 하지 않는다면 자신이 다스릴 스카루국의 앞날은 어두울 것이었다.

그러나 스기요메는 자신이 아직 세르멕의 진면목을 모른다는 것에 하나의 가능성을 보았다.

'내가 모르는 세르멕은, 과연 보좌의 유혹을 뿌리칠 수 있을까?'

23

왕에게 하사받은 파이한의 저택에서 세르멕은 수많은 이들의 방문과 축하의 인사를 받았다.

세르멕의 만류에도 파룬 의원은 무릎을 꿇고 절을 올렸다.

"융국을 환란에서 구한 은인께 드리는 예입니다. 겸양하지 마십시오."

곁에 있던 예하도 절을 올리며 말했다.

"융국에 큰 인물이 났으니 마땅히 경하를 올려야지요. 다만 이 늙은이가 꼭 한 가지 당부드릴 말씀이 있습니다."

"어르신, 그것이 무엇이옵니까?"

"한 나라를 이끌어갈 책무를 이게 되셨으니, 다른 나라들의 정세 또한 언제나 염두에 두셔야 합니다. 키안국의 쿤둘 장군과 스카루국의 신임 태자 사이에서 앞으로 헤쳐갈 일이 지난할 것입니다. 저희 상인들이야 모든 나라들이 평화롭게 지내기를 갈망합니다만, 앞으로의 정국을 섣불리 예단할 수 없군요. 모쪼록 융국의 신임 재상께서 각국과의 관계를 원만하게 풀어내셔서 상인들의 평화로운 거래가 지속될 수 있기를 바랄 뿐입니다. 그것이 곧 융국뿐만 아니라 주위 모든 나라 백성들을 평안으로 이끄는 길임을 재상께서는 잊지 말아주셨으면 합니다."

스카루국의 드넓은 곡창지대인 서쪽 영지를 키안국의 쿤둘이 빼앗았다. 스기요메가 스카루국의 왕좌에 앉게 된다면 가만있을 리 없었다. 두 나라 사이에 본격적인 전쟁이 일어나면 불똥은 융국에도 튈 것이 분명했다. 왕의 말처럼 세르멕은 재상으로서 평화를 일구기 위한 지혜를 짜내야 했다. 그러나 쉽지 않을 것이다. 세상은 세르멕으로 하여금 대장군의 힘을 사용하게 할지도 모른다.

세르멕은 오래도록 끌어안아 왔던 또 다른 문제를 떠올렸다. 고향. 어머니와 아들이 남겨진 동쪽 땅을 예전의 평화로운 땅으로 되돌리는 일이었다. 그것은 족장 세르멕의 사명이었다. 척박한 황무지에 가로막힌 먼 땅이라도 세르멕은 그곳을 잊을 수 없었다. 그곳은 웃음과 눈물, 사랑과 증오가 교차하는 곳이었다. 추억과 그리움, 한없던 꿈이 배어 있었다. 세르멕의 마음속에 고향은 언제나처럼 그대로였다.

세르멕은 여전히 어머니 베키라가, 메이가 그리웠다. 어머니는 쓰라린 질책을 거두지 않는 엄한 마음의 채찍이었지만 고통을 어루만져주는 자상한 마음의 손길이기도 했다. 그리고 따뜻한 품과 짙은 향기와 사랑스러운 웃음을 간직했던 메이의 추억은 영원히 세르멕의 가슴에서 사라지지 않을 것이다.

세르멕은 정말이지 먼 길을 돌아 여기까지 왔다. 고향을 탈출할 때만 해도 세상에 어떻게 부딪쳐가야 할지 알지 못했다. 다만 자신을 가르칠 세상을 믿었고, 닥쳐올 시련을 헤쳐갈 스스로의 힘을 믿었다. 고난이 거듭될 때에도 희망을 놓지 않고 내면에서 벌어지는 자기와의 전쟁에서 스스로에게 굴복하지 않으려 애써왔다.

앞으로도 삶은 계속될 것이다. 음모와 전쟁, 고통과 절망도 그 속에 담길 것이다. 하지만 인생의 진정한 가치는 시련을 헤치고 우뚝 선 곳에서 볼 수 있다.

초원엔 수없이 바람이 불어온다. 슬픔의 탄식과 희망의 함성을 담고 바람은 먼 미래에까지 불 것이다. 그리고 사람들은 언제나 그 바람 속으로 뛰어들 것이다. 서슴없이.

〈끝〉